틈새너머

틈새너머 ①
끝나지 않는 겨울

연광규 지음

좋은땅

저자의 글

간증 소설 시리즈 『틈새너머』 제1권
'끝나지 않는 겨울'을 시작하며

　저는 북녘땅에서 태어나 자랐습니다. 굶주림과 억압, 끝없는 공포 속에서도 살아남기 위해 몸부림쳤습니다. 삼촌을 고문하여 죽인 보위부 간부를 구타하여 끌려간 감옥에서는 3년 동안이나 인간으로서 마지막 존엄마저 짓밟히는 고통의 터널을 지나야 했습니다. 그러나 모든 고난의 터널 끝에서, 하나님은 나를 버리지 않으셨습니다.

　저는 북한 지하교회 선교사로 파송되어 복음을 전하다가 체포되어 다시 4년간 감옥에서 고난을 받았습니다. 그 여정 가운데 하나님께서 동행하시는 은혜를 경험하였습니다. 하나님의 크신 은혜로, 저는 다시 일어설 수 있었습니다.

　수많은 분들이 저에게 권하셨습니다.
　"하나님께서 당신의 삶 가운데 행하신 일을 자서전이나 간증집으로 기록하여 세상에 알리세요."

　그러나 저는 이렇게 대답했습니다.

"통일이 되는 날, 그때 비로소 이 이야기를 기록하겠습니다."

탈북하여 자유를 얻기까지, 그리고 목회자가 되어 복음의 길을 걷기까지, 하나님은 한 걸음 한 걸음 저를 인도하셨습니다.
저의 마음 깊은 곳에는 하나님께서 주신 사명, 꺼지지 않는 소망, '통일에 대한 불꽃'이 살아 있었습니다.

"하나님께서 역사하신 내 삶을 통해 누군가가 복음을 듣게 되기를,
통일의 꿈을 품게 되기를,
그렇게 하나님의 사랑이 한 영혼 한 영혼에게 전해지기를…"

이 간절한 기도를 품고, 저는 이 이야기를 세상에 전하기로 결심했습니다.
다만 단순한 간증이 아니라, 간증을 줄거리로 하여 소설의 형식을 빌려, 보다 깊고 생생하게 전하기로.

간증 소설 시리즈 『틈새너머』 1권 '끝나지 않는 겨울'은 단지 저 개인의 고난과 생존 이야기가 아닙니다. 북녘땅 어딘가에서, 오늘도 이름 없이 눈물 흘리며 하루를 버티고 있는 수많은 영혼들의 고통, 신앙, 그리고 꺼지지 않는 희망을 대신하여 증언하는 이야기입니다.

저는 직접 보았습니다.
굶주림으로 꺾이는 생명들을,
믿음 하나로 목숨을 내거는 이들을,

그리고 그 모든 절망 한복판에서도 여전히 살아 역사하시는 하나님을.

저의 간증 소설 『틈새너머』 시리즈는 아래 여섯 권의 여정으로 이어집니다.

제1권 '끝나지 않는 겨울'은, 탈북을 결심하기까지의 어린 시절과, 보위부 간부를 구타하여 감옥에 끌려가기 전까지의 삶을 담았습니다. 어둠 속에서 간절히 빛을 찾아 몸부림치던 시간입니다.

제2권은, 감옥이라는 또 다른 그보다 몇 배 더한 지옥 속에서 버텨야 했던 생존의 이야기와, 마침내 1차 탈북을 결행하는 과정을 그립니다. 존엄이 짓밟힌 그 자리에서도 하나님의 섭리는 숨 쉬고 있었습니다.

제3권은, 중국 땅에서 하나님을 만나는 기적의 순간과, 다시 북한으로 부름을 따라가는 여정을 담았습니다. 참 자유를 맛본 뒤, 죽음을 각오하고 복음을 품고 돌아간 믿음의 길이었습니다.

제4권은, 북한에 선교사로 파송되어 복음을 전하다가 다시 감옥에 끌려가기까지의 치열한 사역을 그립니다. 핍박 속에서도, 복음은 결코 사라지지 않았습니다.

제5권은, 감옥에서 풀려난 후 지하교회를 섬기며 다시 탈북하여 한국으로 향하는 광야의 길을 담았습니다. 넘어지고 깨어져도, 하나님의 손은 항상 나를 붙드시고 이끄셨습니다.

제6권은, 한국에 입국한 이후 하나님께서 베푸신 새로운 삶과 사역의 이야기입니다. 겨울을 지나 드디어 새봄을 맞이하는 여정이 될 것입니다.

마지막으로, 여섯 권을 모두 아우르는 하나의 **장편소설 『틈새너머』**로 이 여정을 하나로 엮어 낼 것입니다. 이는 단순한 책들을 종합하는 형식이 아니라, 저의 삶에 행하신 하나님의 살아 역사하심을, 저의 영혼이 하나님의 은혜로 구원받고 주님의 인도하심을 따라 걸어온 광야의 발자국을 한 권에 새기는 작업이 될 것입니다.

특별히 북한 망망대해 바다에서 풍랑으로 표류하며 죽어 가고 있을 때 극동방송 전파를 통하여 하나님의 말씀을 전해 주셔서 사명자로 일어설 수 있도록 힘을 주시고 이 책을 쓸 수 있는 기회를 만들어 주셨으며 사랑으로 추천해 주시고 격려해 주신 김장환 목사님께 진심으로 감사합니다.

귀한 추천의 글을 써 주신 이용희 목사님(에스더기도운동 대표), 김형민 목사님(새빛침례교회 담임), 임성빈 교수님(장로회신학대학 전 총장), 피영민 총장님(한국침례신학대학교), 안광복 목사님(청주 상당교회 담임), 노승빈 교수님(크리스찬타임즈 한국후원회장, 백석대 교수), 김진성 이사장님(통일부 사단법인 비전유니피케이션), 장햇살 목사님(베다니장로교회 담임, Vision for Reunification of Korea 선교법인 이사장), 권세열 목사님(캔사스 순복음교회 담임)께 진심으로 감사를 드립니다.

이 책이 세상에 나올 수 있도록 기도와 격려를 보내 주신 사랑하는 가족 김은주 사모와 사랑하는 자녀 지윤, 지아, 지성이에게 감사합니다. 그리고 존경하는 문대연 박사님, DBU 챈슬러 Dr. Gary R. Cook, DBU 총장 Dr. Adam C. Wright, Esther Joy 이사장님, 최스테파니 대표님, 유니스 허 박사님, 강희자 집사님, 이현숙 집사님, 극동방송 강성경 국장님, 주라 인터내셔널 대표 DBU 부학장 김종환 교수님께 감사합니다. 또한 극동방송 직원분들, 비전유니 동역자님들, VISION FOR REUNIFICATION OF KOREA 선교법인 동역자님들, 세계기독군인회 동중아 부회장 정봉대 목사님, 안태성 장학법인 이사장님, 이빌립 선교사님, 허베드로 목사님, 이은철 목사님, 새빛침례교회 성도님들, 달라스통광 기도자들, 코너스톤한인침례교회 손해도 목사님과 성도님들, 도성교회 김혜수 목사님, 유은영 권사님 소년부 선생님들, 도성교회 성도님들, 텍사스 1호 팬 집사님들께 진심으로 깊은 감사의 마음을 전합니다.

특별히 이 책의 출판을 위하여 지원해주시고 표지 그림을 만들어 주신 서하나 전도사님께 진심으로 감사의 인사를 드립니다.

나는 기도합니다.
이 책이 누군가에게 '살아야 할 이유'를 다시 붙들게 하고,
자유의 소중함을 깨닫게 하며,
북녘땅에서 신음하는 영혼들에게는 작은 희망의 불씨가 되기를.
그리고 무엇보다도, 이 모든 이야기를 통해 오직 하나님께서 홀로 영광 받으시기를 간절히 소망합니다.

"진리는 결코 억압될 수 없습니다. 생명은, 결국 빛을 향해 나아갑니다."

눈물로 써 내려간 이 작은 책이, 누군가의 겨울 속에 조심스레 피어오르는 희망의 씨앗이 되기를 소망하며.

2025년 4월 27일

텍사스주 달라스에서
- 연광규 목사 드림 -

추천의 글

김형민 목사
(새빛침례교회 담임)

연광규 목사님의 소설 『틈새너머』 제1권 '끝나지 않는 겨울'은 단순한 이야기 그 이상입니다. 이 책은 작가 자신의 뼈아픈 삶의 체험과, 북한 땅에서 벌어진 참담한 현실을 사실적으로 묘사한 감동적인 실화를 바탕으로 쓴 소설입니다. 어린 시절, 목사님은 북한의 혹독한 추위와 굶주림 속에서 생존을 위한 치열한 싸움을 이어 가야 했습니다. 정보국 장교로서 남한 침투 임무를 성공적으로 완수했던 아버지의 죽음 이후, 가정은 순식간에 몰락했고, 하루하루 끼니조차 해결하기 힘든 절망적인 상황 속에 내몰리게 됩니다.

연광규 목사님의 간증 소설 『틈새너머』 제1권 '끝나지 않는 겨울'은 목사님의 삶의 여정을 바탕으로 북한 사회의 실상을 생생하게 증언하고 있습니다. 그는 결국 탈북하여 중국으로 넘어갔고, 그곳에서 한 선교사의 헌신적인 사역을 통해 예수 그리스도의 복음을 접하게 됩니다. 복음을 받아들인 후, 그의 삶은 놀라운 전환점을 맞이하게 됩니다. 하나님께서 그를 사용하셔서 북한으로 다시 들어가 복음을 전하고 교회를 개척하는 사명을 감당하게 하셨고, 결국 감옥에 투옥되는 고난도 겪게 되었습니다.

그러나 그 모든 시련 속에서도 하나님의 은혜는 목사님과 함께하셨고, 그는 기적적으로 살아남아 오늘도 북한 복음화를 위한 사명을 준비하고 있습니다. 북한 땅에 신학교를 세우고, 기독교 대학과 극동방송국을 설립하며, 교회를 개척하는 그날을 소망하며 달려가고 있습니다. 마치 사도 바울이 다메섹 도상에서 주님을 만나 위대한 사도로 쓰임받은 것처럼, 연광규 목사님 또한 하나님 나라와 북한 복음화를 위해 귀하게 쓰임받으리라 확신합니다.

북한의 참된 실정을 알고자 하는 이들, 통일을 준비하는 이들, 그리고 북한 선교를 위해 기도하고 준비하는 모든 이들에게 이 책을 진심으로 추천합니다. 이 책을 통해 북한의 현실을 직시하고, 그 땅을 향한 하나님의 마음을 함께 품는 귀한 시간이 되기를 바랍니다.

추천의 글

이용희 목사
(에스더기도운동 대표)

　연광규 목사를 안 지도 10년이 넘어섰습니다. 신학생이었던 전도사 연광규, 통일선교사로 파송되어 통일 사역하는 선교사 연광규, 그리고 태평양을 넘어 미국으로 유학을 떠난 유학생 연광규, 미국 남침례교단에서 탈북민 최초로 목사 안수받은 목사 연광규를 10년을 넘게 가까이 지켜보면서 하나님의 북한 구원의 열정을 볼 수 있었습니다.

　본인은 연광규 목사가 박사 학위를 마치기 전 주님께서 북한의 문을 여실 것을 기대합니다. 그래서 박사 연광규 목사가 평양에 들어가 신학교를 세워서 북한 목회자들을 양성하고, 평양 극동방송에서 북한 동포들을 위한 방송 선교에 힘쓰며, 동시에 북한 젊은이들을 훈련시켜 전 세계에 선교사로 파송하는 비전을 봅니다.

　'끝나지 않는 겨울'은 저자 연광규 목사의 북한에서의 뼈 아픈 일생을 소설로 절절하게 담아내고 있습니다. 이 책을 읽으면 고난의 행군 시절 굶어 죽어 가던 우리 동포들의 신음 소리를 생생하게 들을 수 있고, 그들의 처절한 고통을 느끼며 함께 아파할 수밖에 없습니다. 이 책을 통해 한국과 해외의 많은 목회자들과 성도들이 북한 동포들의 실상을 바로 알게 되고, 북한 동포들을 향한 주님의 애끓는 심정을 느끼게 될 것입니다. 그리고 이 책은 독자들에게 왜 하나님의 소원이 '복음통일'인지 깨닫게 합니다.

연광규 목사가 유학 생활로 힘들고 학업으로 인해 시간에 쫓길 터인데 이같은 6부작 북한 소설을 집필하게 된 데에는 하나님의 분명한 뜻이 있다고 믿습니다. 그것은 주님께서 지금 복음통일을 위한 주님의 역사를 일으키기 위해 이 책을 사용하시려는 것입니다. 계속적으로 집필되는 이 책들을 통해 많은 사람들이 그동안 북한 동포들을 외면하거나 무관심했던 것들을 회개하고, 복음통일을 위한 주님의 부르심을 듣고 헌신하게 될 것입니다. 이제 통일의 때가 임박하므로 하나님께선 이 책을 들어 귀하게 사용하시리라 믿습니다.

이 책을 한국과 해외에 있는 모든 목회자들과 성도들에게 강력하게 추천합니다. 이 책은 북한 동포들을 살릴 뿐 아니라 또 한국교회와 교포교회에 북한 동족을 향한 핏줄적인 책임을 온전히 감당하게 하는 주님의 편지가 될 것입니다.

■ 임성빈 교수(한국리더십학교장, 장로회신학대 전 총장)

『틈새너머』는 단순한 개인의 이야기가 아니라 북녘 동포들의 고난을 대변하는 눈물의 기록입니다. 주인공 광성철의 여정은 우리 모두에게 삶과 문화를 돌아보게 만들며, 감사를 잊고 살아온 남한 사회에 깊은 울림을 줍니다. 이 책을 통해 더 많은 이들이 공감과 나눔, 그리고 다른 삶의 방향을 고민하게 되기를 소망합니다.

■ 피영민 총장(한국침례신학대학)

『틈새너머』는 개인의 간증을 넘어 체제와 이념의 문제를 드러냅니다. 투옥과 탈북의 과정을 통해 하나님의 섭리와 구원을 선명히 보여줍니다. 민족주의가 사상과 결합될 때의 위험을 일깨우며, 복음과 자유민주주의의 소중함을 강조하는 귀중한 증언입니다. 하나님께 크게 쓰임 받는 삶이 되기를 응원합니다.

■ 안광복 목사(청주상당교회 담임, 장신대 이사)

이 소설은 단순한 생존기가 아닌 영적 체험의 진한 고백입니다. 기도와 눈물로 적힌 문장은 독자에게 믿음, 자유, 소망의 본질을 묻습니다. 고통 속 피어난 신앙의 고백이 많은 이들에게 깊은 감동을 줄 것입니다. 북한의 절규가 더 크게 들리고, 통일의 기도 불씨로 타오르기를 기원합니다.

■ 노승빈 교수(크리스찬타임즈 한국후원회장, 백석대)

'끝나지 않는 겨울'은 어둠 속에서 길을 찾고 희망을 써 내려간 이야기입니다. 북한 탈출에서 미국 유학까지, 절망 속 피어난 용기와 신앙이 독자에게 큰 위로를 줍니다. 이 책은 오늘을 힘겹게 살아가는 이들에게 살아갈 이유와 용기를 다시 심어 줄 것입니다.

■ 김진성 이사장(사단법인 비전유니피케이션)

실화를 바탕으로 한『틈새너머』는 북한의 현실을 세계 시민들에게 생생히 전해 줍니다. 통일 교육의 귀한 자료가 될 것이며, 청소년과 청년들이 이 책을 통해 통합과 공감의 발걸음을 내딛기를 기대합니다. 통일을 향한 실천적 대화의 출발점으로 적극 추천합니다.

■ 장햇살 목사(VFROK 이사장, 베다니장로교회 담임)

에스겔 16장의 "피투성이라도 살아 있으라"는 말씀처럼, 이 책은 아무 자격 없는 자에게 베풀어진 하나님의 은혜를 증언합니다. 절망에서 소명으로 부르신 하나님의 섭리를 보여주는 간증 소설입니다. 이 책이 많은 이들에게 믿음과 위로, 그리고 통일에 대한 소망을 심어줄 것을 확신합니다.

■ 권세열 목사(켄사스순복음교회 담임)

연광규 목사님의 삶은 하나님의 섭리 아래 준비된 귀한 사역자의 이야기입니다. 처절한 영적 전쟁 속에서도 승리를 안겨주신 하나님의 역사가 감동적으로 담겨 있습니다. 이 책이 절망 속에서도 살아야 할 이유를 발견하게 하고, 참된 자유의 소중함을 일깨우는 계기가 되길 기도합니다.

프롤로그

지옥과 천국 사이

"지옥의 문을 열고 닫는 것은 우리의 자유 의지이지만, 그 너머가 천국일지 지옥일지는 아무도 알 수 없다."

문을 여는 것은 나의 선택이었다. 하지만 그 너머의 세계가 빛으로 가득할지, 어둠이 나를 삼킬지는 알 수 없었다. 지옥일지, 천국일지—그건 문을 넘은 후에야 비로소 드러나는 법이니까.

지독한 칼바람

백두산 아래의 깊은 골짜기 산 중턱, 은빛 겨울 산야를 휘감는 칼바람 소리가 마치 누군가의 비명처럼 들려왔다. 흰 눈으로 뒤덮인 대지 위에서 누군가 쓰러져 있었다. 바로 스물대여섯 살쯤 되어 보이는 한 청년이었다. 얼굴은 할퀸 자국으로 뒤덮이고 옷은 갈가리 찢겨 형체를 겨우 유지하고 있었다. 바짝 마른 두 팔과 두 다리가 눈에 띄게 삐죽거렸고, 윤기를 잃은 머리카락은 겨울바람에 이리저리 흩날렸다. 지옥에서 금방 탈출한 사람이라고 해도 과언이 아닐 정도로 처참한 몰골. 생사의 갈림길이라도 지나는 듯, 청년의 숨은 가쁘게 몰아쳤다.

"으음… 으으음…"

아주 낮은 신음소리가 그 입술 사이로 흘러나올 때마다 칼바람이 그의 얼굴을 가차 없이 도려내고 지나갔다. 그 바람은 뺨에 피 얼룩처럼 붉은 상처를 새겼다. 얼어붙은 공기가 폐 속을 파고드는 느낌은 숨통을 옥죄는 고통이었다. 뼛속까지 스며드는 한기가 청년을 무자비하게 몰아붙이고 있었다.

눈발이 휘날릴 때마다, 발밑의 눈더미와 나무 가지들이 가는 비명을 질렀다. 쌓인 눈이 삭아 드는 소리, 바람에 날리는 눈보라가 부딪히는 섬뜩한 마찰음이 오히려 자연의 숨소리를 증명하는 듯했다. 아무 말 없이 온몸으로 바람을 맞고 있던 청년은, 어느 순간 미세하게 떨리는 두 눈을 떴다. 눈을 뜨자마자 곧장 다시 감아 버릴 만큼의 강렬한 빛, 그리고 차가운 기운이 얼굴을 덮쳤다. 그는 죽음과 같은 깊은 잠에서 다시 현실로 끌려나온 듯, 놀란 숨을 들이켰다.

"여기가 어딜까? 여기는 어디지?"

허공으로 겨우 뻗은 그의 손이 산비탈에 날카롭게 솟은 가느다란 나뭇가지를 움켜쥐었다. 지지대 하나 없이 비틀거리며 일어서자, 한동안 제대로 서 있지 못하고 휘청거렸다. 마치 바람 한 번만 더 거세게 불어도 쓰러질 듯, 그의 몸은 위태로워 보였다.

주변은 새하얗고도 끝이 없어 보이는 겨울 밀림이었다. 밀림이라는 단어가 어색할 정도로 가파른 산세와 험난한 바위 지형이 겹겹이 이어져 있었다. 시야가 닿는 곳마다 높은 침엽수가 빽빽이 들어서서 하늘을 가리고 있었다. 사람의 흔적은커녕 산짐승 소리조차 들리지 않는 적막 속에서, 청년은 극심한 외로움과 두려움에 사로잡혔다. 얼어붙은 손으로 배를 움켜쥐었을 때, 오래 굶주린 내장이 스스로 비명을 질렀다.

"쪼르륵… 꼬르륵…"

심장박동처럼 울리는 그 소리가 고통스럽게 퍼져 나갔다.

프롤로그

"나는 도대체 왜 이 세상에 태어난 것일까? 나는 왜 이렇게 살아야 하는 것일까? 도대체 나는 왜 여기에 와 있는 것일까?"

청년은 하늘로 고개를 들었지만, 짙은 구름과 눈발에 가려 낮인지 밤인지조차 분간하기 어려웠다. 깊은 절망이 그의 눈동자에 서렸다. 그러나 동시에 어디선가 일말의 희망이 솟아나기를 간절히 바랐다. 죽을 힘을 다해 살아남아야 한다는 본능. 그런 본능이 그를 다시 일으켜 세웠다.

혹독한 추격

얼어붙은 공기 속에서 한낮인지 밤인지조차 분간하기 어려운 백두산 자락. 청년은 초췌한 몰골로 바위굴에 웅크리고 앉아 있었다. 희미해진 정신을 겨우 붙들고 있던 그는, 문득 머릿속을 가르는 섬광 같은 기억을 붙잡았다. 바로 혹독한 겨울 한복판에서 벌어졌던 탈출의 순간이었다.

"서라! 섯!"

겨울의 찬 공기를 아귀같이 물어뜯는 듯한 고함 소리가 귓전을 울렸다. 두만강 너머 북쪽 국경지대. 경비대 군인 두 명이 얼어붙은 강 위에 총부리를 겨눈 채 소리쳤다.

"서라고! 이 새끼야!"

청년은 그때 본능적으로 느꼈다.

멈추면 죽음이 기다리고 있다는 사실을.

"탕⋯⋯탕"

얼어붙은 두만강 한가운데서 느끼는 공포는, 뒤에서 쫓아오는 군인들의 고함 소리와 총성 앞에 한없이 작아져 버렸다.

'살아남아야 해…'

청년은 이 생각 하나에 사로잡혀 강 위를 무작정 질주했다. 영하 수십 도 혹한으로 단단해진 얼음판이지만, 발을 뗄 때마다 귓가에 생생히 꽂히는 소리—

톡, 톡-

얼음이 갈라지는 미세한 균열음이었다. 당장이라도 강물이 터져 나와 그를 얼음 밑으로 끌고 갈 듯한 위협이 계속 뒤따랐다. 하지만 총알에 맞아 쓰러지는 것보다는 차라리 얼음판 위를 달리는 편이 낫다고 청년은 믿었다.

숨이 목구멍까지 차올라 심장이 터질 듯했지만, 그는 결코 멈출 수 없었다. 뒤를 돌아볼 엄두도 내지 못한 채, 사지(死地)를 벗어나는 것만이 유일한 목표였다. 그러다 어느 순간 강을 건너긴 했는데, 정신이 몽롱해져 '지금 내가 어디쯤 왔는가?'라는 최소한의 판단조차 잃어버렸다.

그렇게 추격을 뿌리치고, 마치 지옥 같은 현실에서 또 다른 지옥으로 이끌리듯 산을 넘고 또 넘었다. 목숨을 부지하려고 달리고 기어오르다 보니, 고통도 두려움도 어느새 무감각해졌다. 그러다 눈앞이 새하얗게 뒤덮이는 순간이 왔고, 모든 기억이 중단되었다.

"그랬지… 분명… 그렇게 도망쳐 왔었어."

청년은 숨을 고르며, 자신이 왜 여기까지 오게 되었는지를 떠올렸다. 백두산 인근의 험준한 산악지대로 들어선 뒤, 추격전의 극심한 공포와 피로로 정신이 나가 버렸던 것이다. 그리고 눈을 떴을 땐, 이미 이 눈 덮인 골짜기 한복판에 쓰러져 있었다.

가쁜 숨을 고르며 청년은 굳어 버린 손가락을 하나둘 펼쳤다. 손바닥 안쪽이 하얗게 얼어붙어 있었다. 다시 추위를 느끼자, 방금까지 되살아난 기억의 파편들이 아득해졌다.

'지금은 회상을 할 때가 아니야. 살아남을 방법을 찾아야 해.'

고개를 살짝 들어 보았다. 여전히 사방은 매서운 칼바람과 함박눈으로 가득했다. 발밑에는 깊게 쌓인 눈더미와 얼어붙은 바위 턱들. 이 고비를 넘기지 못하면 모든 기억과 의지는 물거품이 될 게 분명했다.

"일단 이곳을 벗어나야 해…"

그의 눈동자에는 두려움과 희망이 뒤섞여 있었다. 경비대의 고함 소리, 파직파직 갈라지던 두만강 얼음판, 그리고 눈보라가 몰아치는 백두산 골짜기. 모두가 그를 옥죄어 오는 듯했지만, 동시에 '살아남겠다'는 본능이 다시 심장을 세차게 뛰게 했다.

청년은 바위에 몸을 기대어 천천히 일어섰다. 다리에 힘이 풀려 흔들렸지만, 곧 이를 악물고 발걸음을 내디뎠다. 지나온 길이 이미 지옥이었다면, 앞으로의 길도 만만치 않으리라. 그러나 그는 더 이상 멈출 수 없었다. 총알과 얼음판을 뚫고 여기까지 달려온 이유—생존을 향한 지독한 집념이 그를 버티게 하고 있었다. 눈보라 속에서, 어디선가 들려오는 바람 소리가 또다시 귓전에 울렸다.

"서라! 섯! 탕…… 탕!"

아직도 귀에 생생한 그 시간의 고함 소리였다. 하지만 이제는 뒤를 돌아볼 시간이 아니라 앞으로 나아가야 할 때였다. 청년은 차가운 겨울바람을 온몸으로 맞으며, 새하얀 대지 위에 다시금 자신의 흔적을 남기기 시작했다. 차디찬 바람의 포효, 끝이 보이지 않는 설원, 기억의 파편과 생존 본능이 얽혀 있는 백두산 자락. 언젠가 이 악몽 같은 겨울이 끝났을 때, 청년은 과연 어떤 모습으로 세상에 발을 내디딜까? 하지만 분명한 것은 하나였다. 문을 열었으니 발을 내딛는 것이었다.

목차

	저자의 글	4
	추천의 글 I	10
	프롤로그	16
1부	겨울의 시작	23
2부	아버지의 죽음	47
3부	남조선 파견대 조장 광덕칠	93
4부	자존심과 가난	129
5부	남조선 영화	171
6부	보위부에서	241
	에필로그	300
	추천의 글 II	303

주요 등장인물(배역)

광성철(주인공)

김영실(어머니)

광영철(동생)

광덕칠(아버지)

박진호(보위부 간부)

이수진(재일동포 가정 출신, 동급생)

김은향(동급생)

김철국(외삼촌)

1부

겨울의 시작

봄날, 그러나 차가운 꽃샘추위

***

　분명 달력은 봄을 가리키고 있었다. 마을 골목 어귀마다 녹아 내린 눈이 쌓였고, 군데군데 질척한 흙바닥이 드러나 있었다. 그러나 바람은 심상치 않았다. 사람들은 오랜 겨울을 뚫고 맞이하는 봄의 시작이라 여겼지만, 이른바 '꽃샘추위'라 불리는 계절의 변덕은 아직 한창 기승을 부리고 있었다. 마치 겨울이 제자리를 쉽게 내주지 않으려는 듯, 서늘하고 매서운 기운을 사방에 내리깔았다.

　마을 뒤편에 솟은 작은 산 능선에는 꽤나 많은 눈이 녹아, 곳곳에 돌출된 바위와 갈색 흙이 드러나 있었다. 하지만 그 틈 사이사이마다 하얀 눈덩이 혹은 얼어붙은 얼음 덩어리가 툭툭 남아 있는 모습이 눈에 띄었다. 오솔길 가의 풀들은 땅속에서 내내 웅크리고 있었는지, 아무런 새싹도 내밀지 못한 채 찬바람에 몸을 떨고 있었다.

　하늘은 구름 한 점 없이 푸른 색을 띠었지만, 햇살조차 온기를 제대로 전해 주지 못했다. 혹여라도 한낮 볕이 잠시 비추면 '아, 이제 봄이 오는구나' 싶었지만, 이내 바람 한 번 불면 살갗이 얼얼해지는 차가움이 덮쳐 왔다. 사람들은 이 애매한 날씨에 밖으로 나서기를 꺼렸고, 방 안 깊은 곳에서 추위를 피하고자 웅크리고만 있었다. 그런데 열두 살 광성철은 아침 일찍부터 혼자 집 마당에 나와 장작을 패고 있었다. 어머니 김영실이 "네 아버지가 병원에 계시니, 우리가 직접 챙겨 드릴 건 없고, 적어도 집안일이라도 미리 해 두자."라며 당부한 것이 떠올라, 자다가도 벌떡 일어날 만큼 마음이 분주했기 때문이다.

장작 더미 앞으로 나선 성철은 도끼를 단단히 쥐고, 이미 몇 차례 내리찍은 흔적이 남은 참나무 장작에 다시 한번 힘껏 도끼를 휘둘렀다.

"툭— 툭—!"

꽤 묵직한 소리가 흙바닥과 공기를 갈라냈다. 덜 마른 장작이 갈라지며 퍼지는 나무의 훈내가 순간적으로 콧속을 스쳤다. 그는 도끼가 빗나가 발등이라도 다칠까 봐, 집중해서 장작 한가운데를 조준했다. 칼바람이 불 때마다 콧잔등이 시큰거렸고, 손끝은 아리도록 시려 왔다.

장작은 이미 아담한 더미를 이루고 있었지만, 어머니 말에 따르면 밥을 짓고 국을 끓이거나 화로에 불을 지필 때를 대비해 좀 더 패 놓아야 했다. 올해 유난히 춥다는 이 꽃샘추위가 어디까지 이어질지 몰랐고, 여분의 장작이 많을수록 마음이 놓였다.

하지만 이 차가운 날씨는 어린 소년에게 혹독하기만 했다. 몇 번이고 손을 호호 불어도, 잠시 후 다시 뼛속까지 시려 오는 바람에 몸이 저릿저릿해졌다. 온몸이 떨려 잠깐 장작 패기를 멈추고 옷깃을 여미던 성철은, 불현듯 아버지 생각이 뇌리를 스쳤다.

'아버지라면… 이 정도 추위 따위야 아무것도 아니라고 했을 텐데…'

예전 같으면 아버지가 이 장작 패는 일을 도맡았을 것이다. 성철과 동생 광영철은 가끔 옆에서 장난 삼아 흉내만 내 보곤 했다. 아버지는 늘 장작을 내리치며 "남조선에까지 다녀온 내가 이 정도쯤 춥다고 느끼겠냐?"며 우쭐했었다. 그러나 지금 그 자리에 아버지는 없었다. 떠오르는 기억만이 서러울 뿐이었다.

며칠 전부터 아버지 병세가 심각하다는 이야기가 마을 안팎에 퍼지기 시작했다. 아버지는 특수부대 간부로 남조선 파견 임무를 세 번이나 완수하고 돌아온 적이 있었다고 했다. 그는 뛰어난 체력과 담력을 인정받으며, 한때 주변으로부터 '영웅 대접'을 받았다. 하지만 작전 도중 입은 총상과 심각한 내상 때문에, 결국 온몸 여기저기에 쌓인 '어혈'이 치명적으로 악화되었다는 게 병원 진단이었다. 동네 사람들은 "이미 회복이 쉽지 않은 상태라더라."라는 말을 수군거렸고, 성철의 어머니 역시 그 말에 한없이 근심에 사로잡혀 있었다.

어머니는 오늘도 새벽같이 병원으로 가서 아버지를 간호하고 있을 터였다. 그 모습을 머릿속으로 떠올릴 때마다, 성철의 마음은 짓눌렸다. '혹시 아버지 상태가 더 나빠져서, 어머니가 집에 못 돌아오시는 건 아닐까?' 하는 불안감이 날카로운 가시처럼 가슴속을 찔렀다.

성철은 애써 그 생각을 밀어내려 고개를 흔들었다. 그 와중에도 팔에 힘을 주어 도끼질을 이어 가야 했다.

'그래도 아버지는 강인한 분이야. 괜찮으실 거야.'

스스로 몇 번이고 되뇌었지만, 어딘가 모르게 불길한 예감이 스며들어 쉽게 가라앉지 않았다.

그때, 부스스한 발소리와 함께 작은 목소리가 들려왔다.

"형, 물 좀 마실 수 있어?"

뒤돌아보니 동생 광영철이 오들오들 떨며 입술을 만지고 있었다.

얼마 전부터 동생은 감기 기운인지 기침도 자주 하고, 밥을 제대로 먹지 못해 기운이 없어 보였다.

"주전자에 남은 물 있을 거야. 근데 왜 이렇게 파리하게 보여? 좀 쉬지."
성철은 도끼를 땅에 내려놓은 뒤, 동생을 살폈다.

광영철은 마당 구석에 놓인 작은 주전자에서 물을 조심조심 따라 한 모금 마셨다. 꿀꺽 삼키는 소리가 작게 났고, 곧장 목이 시린지 헛기침을 하고 나서 낮은 목소리로 답했다.

"집 안이 더 추워서… 형이 뭐 하나 궁금하기도 하고, 아버지 소식도… 그게 자꾸 신경 쓰여서…"

동생의 목소리는 희미하게 떨렸다. 성철도 마찬가지였다. 아버지 걱정이 머리를 떠나지 않았지만, 지금으로서는 뾰족한 방법이 없었다. 어머니가 돌아와야 정확한 소식을 들을 수 있을 테니, 그저 기다릴 수밖에 없는 상황이 답답하기만 했다.

"아버지 곧 나으실 거야. 그리고 어머니도 빨리 돌아오실 테니, 넌 걱정 말고 들어가 쉬어."

성철은 자신 있게 말하고 싶었지만, 말끝이 자꾸만 흐려졌다. 광영철은 그저 고개를 끄덕였고, 이후 숨이 가쁜지 얕은 기침을 몇 번 내뱉었다.

"응… 나 들어갈게. 형도… 너무 추운데 오래 있지 마. 아버지 진짜 괜찮으실까?"

이쯤 되면 형이 무슨 대답을 해도, 동생 마음은 불안에서 헤어 나오기 힘들 터였다. 성철은 억지로라도 웃으려 노력했지만, 입술이 잘 떨어지지 않았다.

"그래, 분명히 괜찮으실 거야. 얼른 들어가."

동생이 문턱을 넘어 방 안으로 들어간 후, 성철은 다시 마당 한가운데로 돌아왔다. 그리고 덜 말린 장작을 도끼로 힘껏 내리쳤다. 분노인지 두려움인지 알 수 없는 감정이 온몸을 조여 왔다. 일단 오늘 해야 할 일부터 마무리해야 했다. 도끼질이 번번이 힘겨워졌지만, 몸에 익은 동작으로 장작을 패다 보면 어느새 해가 중천에 이르고 있었다.

오후가 되기 전, 성철은 더 이상 허리나 어깨가 견디지 못할 정도로 지쳐 있었다. 더해 온 칼바람은 식은땀을 순식간에 얼려 버릴 만큼 매서웠고, 가슴속에도 얼음이 끼어드는 기분이었다. 결국 그는 도끼를 내려놓고 마당에 주저앉았다.
"휴… 아버지, 제발 건강 좀 회복하시면…"
그는 숨을 몰아쉬며 중얼거렸다.

그 시각이면 평소 같았으면 어머니가 돌아와 점심을 챙겨 주곤 했다. 때때로 아버지도 병원 외진을 마치고 함께 귀가했던 적이 있지만, 오늘은 그 어떤 인기척도 느껴지지 않았다. 대문 밖은 적막했고, 먼 하늘에는 잔뜩 찬 기운이 넘실대며 탁한 빛을 깔고 있었다.
옆집 담장 너머에서 이웃 아주머니 목소리가 낮게 울려왔다.
"성철아, 밖에서 뭐 하니? 이렇게 추운데…"
성철은 하늘을 바라보다가 고개를 돌렸다. 아주머니는 보이지 않고 목소리만 들렸다.
"장작 패고 있었어요."
상대는 한숨 섞인 목소리로 대답했다.
"네 어머니는 아직도 병원에 계시디? 아버지는 좀 어떠셔…?"

성철은 내심 '무슨 좋은 소식을 기대하는 걸까' 싶었지만, 그들도 걱정하는 마음 반, 호기심 반이라는 걸 알았다.

"잘 모르겠어요. 어머니가 안 오셔서요."

아주머니는 더 묻지 않았으나, "에구, 안 좋단 소문이 있더니만…" 하고 중얼거리는 게 성철 귀에도 들렸다. 그 말이 가슴 한편을 무겁게 짓누르며 또 다른 불안감이 피어올랐다.

집으로 돌아온 어머니

***

시간이 흘러, 어느덧 해가 서쪽으로 기울었다. 하늘에는 옅은 붉은빛이 깃들고, 바람은 다시 기세를 올렸다. 차가운 돌풍이 마당 가장자리를 소용돌이치며 잔가지를 날렸다.

성철은 동생이 있는 집 안을 살폈다. 문틈 사이로 살짝 보이는 광영철의 모습이 그늘져 보였다. 곧 동생 목소리가 새어 나왔다.

"형, 어머니 아직 안 오셔?"

"아직… 곧 오시겠지."

정말 곧 돌아오실지 확신이 없었다. 마음은 불안으로 가득 찼고, '아버지가 정말로…' 하는 끔찍한 상상이 자꾸 떠오르는데 애써 고개를 흔들며 '괜찮을 거야'라고 중얼댔다.

날이 저물어 갈수록 바람은 더 매서워졌다. 대문이 삐걱이며 요란한 소리를 냈고, 온기는 사라져 손발이 금세 마비되는 듯했다. 성철은 배가 고팠지만, 동생보다 자신이 더 낫다고 여겨 그냥 참고 있었다. 동생의 몸이 건강치 못한 걸 알기에, 모든 것이 막막했다.

'아버지가 살아 계셨다면, 이런 추위 속에서 우리를 그냥 두지 않았을 텐데…'

분노와 서러움이 뒤섞여 목이 메었지만, 울음조차 선뜻 나오지 않았다. 아직 소년이라기엔 너무 큰 짐을 지고 있는 기분이었다.

해가 완전히 넘어간 뒤, 마당은 어둠에 잠식되기 시작했다. 하늘은 보랏빛을 머금더니 서서히 깊은 어둠으로 넘어갔고, 그와 함께 기온도 뚝 떨어졌다. 꽃샘추위가 밤이면 더 극심해진다고 했는데, 과연 그 말이 사실임을 온몸으로 느끼게 되었다. 바람은 마당 구석구석을 헤집고 다녔고, 문짝은 다시금 요란한 소리를 냈다.

영철은 방 안에서 담요를 뒤집어쓴 채, 얼어붙은 손을 녹이려고 애쓰고 있었다. 아침부터 제대로 먹은 것이 없어 배고픔마저 동반해 기운을 내기 어려운 상태였다. 성철은 동생을 보며 마음이 아팠지만, 당장 먹을 것도 마땅치 않아 스스로도 당황스러웠다.

"형, 어머니… 언제쯤 오시려나…"

영철의 목소리는 그 어느 때보다 기운이 없었다.

성철은 대답 대신, 동생을 향해 화로에 남아 있던 장작 몇 개를 더 넣어 불씨를 살릴 수밖에 없었다. 화로가 잠시 붉은빛을 다시 뿜어냈지만, 오래가지 못할 게 뻔했다. 쌓아 놓았던 장작이 꽤 있었어도, 추위가 워낙 혹독해 금방 타들어 갈 것만 같았다.

어둠이 깊어질 무렵, 대문 밖에서 인기척이 느껴졌다. 삐걱거리는 문 너머로, 달빛과 희미한 집안 불빛에 실루엣 하나가 흔들거리며 다가왔다. 성철은 눈이 번쩍 떠지듯 얼른 밖으로 달려나갔다.

"어머니!"

희미한 불빛 속에서 어머니 김영실이 허리를 반쯤 굽히고 천천히 걸어오고 있었다. 가까이 다가가 보니, 그녀의 얼굴에는 피곤함과 절망감이 뒤섞여 있었다. 눈가가 이미 새빨갛게 부어오른 것이 보였고, 입술은 말라서 자주색 기운이 감돌았다. 성철은 반가움과 동시에 무언가 불길한 예감을 떨칠 수 없었다.

'어머니 표정이 왜 저렇게 슬퍼 보이지?'

그러나 그는 차마 바로 묻지 못했다. 대신 달려가 그녀 팔을 붙잡았다.

"어머니, 아버지는… 아버지는 괜찮으신 거죠?"

그 순간, 어머니 눈에서 뜨거운 눈물이 왈칵 쏟아졌다. 그녀는 말 없이 성철과 뒤이어 나온 영철을 와락 끌어안았다. 그리고 참았던 울음이 마당을 가득 메울 정도로 터져 나왔다.

"아버지가… 아버지가… 끝내… 떠나셨다…!"

그 한마디는 성철의 심장을 무자비하게 후려쳤다. 시간이 멈춘 듯, 소년은 아무 말도 하지 못했다. 동생 광영철은 바닥에 주저앉아 "아버지… 안 돼… 아버지!" 하고 소리쳤다. 서러운 울음소리가 골목까지 퍼져 나갔다. 사람의 가슴을 후비는 바람과 함께, 세 모자의 통곡이 어둠 속을 뒤흔들었다.

꽃샘추위 속에 깃든 절망

***

어머니는 제대로 숨도 쉬기 어려울 정도로 흐느끼며, 떨리는 목소리로 중얼거렸다.

"아침에… 갑자기… 내가 옆에서… 붙잡고… 있었는데… 의사도… 손… 쓸 수… 없었다고…"

성철의 눈앞이 아찔해졌다.

'강인했던 아버지가… 정말로 돌아가셨단 말인가?'

온몸의 힘이 빠져나갔다. 머릿속에서 뭔가 쾅 하고 폭발한 듯한 소음이 울렸다. '남조선 파견까지 나갔다 온 아버지'는, 성철에게 세상에서 제일 강하고 흔들림 없는 존재였다. 그런 분이, 병마 앞에서 갑자기 무너져 버렸다니, 이 현실이 도무지 믿기지 않았다.

광영철은 울부짖으며 "아버지! 아버지!"를 외쳤지만, 아무런 대답이 돌아올 리 없었다. 그 울음소리가 잠시 끊긴 뒤, 다시 찢어지는 듯한 통곡으로 이어질 때, 어머니도 참지 못하고 같이 목놓아 울었다.

꽃샘추위의 바람은 더욱 세차게 마당을 할퀴고 지나갔고, 마치 이 가족의 절망을 비웃기라도 하듯 무정하게 휘몰아쳤다.

마당에서 한참을 울고 난 후에야, 세 사람은 겨우 집 안으로 들어왔다. 그러나 집 안 역시 살을 파고드는 추위가 금세 가득 찼다. 화로에 남았던 장작은 이미 거의 다 탔고, 붉게 피어오르던 불씨는 미약한 기운만 남아 있었다. 더욱이 아버지의 부재가 안겨 주는 적막함은 그 어느 때보다 실감나게 다가왔다.

"아이고… 이게 무슨 일이냐…"

어머니는 방 한가운데서 주저앉아 다시금 오열했다. 허리 부상으로 거동도 제대로 못 하는 상황이지만, 슬픔이 그녀를 더욱 옴짝달싹 못 하게 묶어 놓는 듯했다. 성철과 영철은 허둥지둥 어머니를 부축했으나, 정작 자신들 마음도 무너져 내려 제대로 버틸 수가 없었다.
영철은 울면서 몸에 경련이 일어날 지경이 되었다.
"형… 어쩌면 좋아… 우리…"
정신을 붙들기조차 힘겨운 목소리였다. 성철은 말이 나오지 않았다. '정말 이제 어떻게 살아야 하지? 아버지가 없는데, 우리가…'
머릿속이 하얗게 텅 비고, 동시에 끝없는 공포와 상실감이 덮쳐 왔다.

한참 후, 울음이 조금 잦아들자 어머니는 힘겹게 숨을 골랐다. 그리고 떨리는 손으로 벽을 짚으며, 아버지의 마지막 순간을 회상하기 시작했다.
"새벽쯤… 네 아버지가 분명 의식이 있었어. 나한테 '아이들한테 미안하다, 내가 더 버텨 줘야 했는데…' 그러면서… 끝까지 너희를 부탁하더라…"
어머니는 이를 악물고, 꼭 참고 있던 눈물을 다시 흘렸다.
"의사가 와서 어떻게든 해 보려고 했는데… 몸 구석구석 합병증이 퍼져서 방법이 없다더라… 내가, 내가 손을 잡고 있었는데…"
그 이야기에 성철은 목이 쩍 하고 잠겼다. 아버지는 마지막까지도 가족을 걱정하고 있었다. 그 사실이 더 애달팠다. '아버지가 얼마나 괴로웠을까.

그리고 얼마나 우리를 지켜 주고 싶었을까…' 막연한 자책감이 몰려들며, 눈물이 또다시 흘러내렸다.

밤이 깊어 갈수록, 꽃샘추위는 더욱 악랄하게 몰아쳤다. 바람 소리가 지붕을 휘감고, 벽을 때렸다. 그 소리는 마치 세상의 모든 우환이 이 집을 향해 달려드는 듯 음산하고 무서웠다. 화로에 새로 넣은 장작도 오래 버티지 못했다. 집 전체가 금방 서늘해졌고, 다시금 악몽 같은 추위가 몸을 파고들었다.

끝없이 얼어붙은 밤을 지새우다

***

영철은 울다 지쳐서 담요 속에서 오들오들 떨다가, 어느 순간 기침 소리를 내며 쓰러지듯 잠이 들었다. 어머니는 허리를 겨우 가누면서도, "이제 어쩌니… 아이들을 어찌 키워야 하니…" 하며 낮은 목소리로 통곡을 멈추지 못했다. 성철은 그 옆에 조용히 앉아, 시리고 얼어붙은 손으로 어머니 등을 토닥였다.

"어머니… 어머니까지 쓰러지면 안 돼요."

그러나 그 말이 무슨 위로가 될 수 있을까. 아버지를 잃은 충격, 그리고 고달픈 현실이 어머니의 마음을 부서뜨렸을 게 뻔했다. 성철도 겨우 눈물을 삼키며, 동생과 어머니를 번갈아 바라볼 뿐이었다.

그날 밤, 세 사람은 제대로 잠들 수 없었다. 스산한 바람 소리에 자꾸 깨어났고, 눈만 감으면 아버지의 얼굴이 떠올라 숨이 막혔다. 때로는 너무 피곤해 잠깐 잠이 들면, 곧바로 악몽이나 이상한 환영에 시달려 소스라치게 깨곤 했다. 집 안은 차가움과 슬픔으로 꽉 차서, 조금의 안식도 허락하지 않았다.

새벽이 가까워지자, 바람 소리조차 한층 더 요란해졌다. 마을 전체가 윙윙 울리는 듯 느껴졌고, 문짝은 덜컹거렸다. 그 때마다 세 사람은 잠에서 다시 깨거나, 혹은 이미 깨어 있었으면서도 공포에 질려 서로를 바라봤다.
'이게 정말 현실일까? 아버지가 우리 곁에 없다고?'
성철은 머리를 감싸 쥐고 싶을 정도로 혼란스러웠다.

아버지가 과거 남조선에 파견됐던 일화를 종종 말해 주었던 것이 어린 성철에게는 엄청난 용맹담으로 들렸고, 동시에 아버지에 대한 자부심으로 가슴이 벅찼었다. 하지만 이제 그 모든 기억은 가슴을 후벼 파는 아픔이 되었다.
한참을 그렇게 뜬눈으로 지새우다가, 어느 틈엔가 성철도 깜빡 잠이 들었다. 그러나 길게 이어지진 않았다. 비몽사몽간에 아버지가 꿈속에서 부르는 소리가 들린 듯했고, 갑자기 숨이 막혀 헐떡이며 깨어났다. 이마에는 차가운 땀이 송골송골 맺혀 있었다.
"허억… 허억…"
눈을 뜬 성철은 영철이 담요 속에서 코를 훌쩍이며 잠들어 있는 모습을 바라봤다. 동생의 파르스름한 얼굴을 보니, 배고픔과 추위가 동시에 아이를 갉아먹고 있음을 느꼈다. 어머니는 벽 쪽에 등을 대고 앉아 멍하니 빈 공간을 바라보고 있었다.
"하나님 어쩌면 좋아요… 흑흑…"

어머니가 무릎을 꿇고 앉아 중얼거리며 흐느껴 울고 있었다.

"어머니… 안 주무세요?"

성철이 목이 잠긴 소리로 물었다. 어머니는 고개를 천천히 돌렸다. 눈두덩이 퉁퉁 부어올라 있다.

다시 영실의 눈가에서 눈물이 고여 흐르려 하자, 성철은 어머니 손을 잡았다.

"어머니… 힘내세요. 아버지도 어머니 쓰러지는 거 원치 않으셨을 거예요."

어머니는 그 말에 고개를 끄덕이면서도, 허리 통증에 얼굴을 찌푸렸다. 부축 없이 오래 걷기도 힘든 몸인데, 오늘 병원까지 어떻게 가야 할지 막막해 보였다.

아버지의 부재 앞에서

***

해가 뜨기 직전, 어머니와 성철은 잠깐씩 눈을 붙였다가 다시 깨어났다. 이미 몸이 한계에 다다른 상태에서, 그래도 아버지 장례 준비라는 현실적인 문제를 해결해야 했다. 창문 밖은 아직 어둠이 깔려 있었지만, 서서히 새벽빛이 번져 나오려는 기색이 있었다. 꽃샘추위가 엄습하는 이른 봄의 새벽 공기는 살을 찢을 듯한 차가움을 동반해, 문틈으로 스며들었다.

어머니는 바닥을 짚고 일어섰다. 허리를 한 번 펴는 것도 고통스러운지, 잔뜩 인상을 쓰며 힘겹게 움직였다.

"성철아, 오늘 병원에 가서 네 아버지… 시신을 모셔 와야 한다. 장례를 치르든, 뭘 하든 우리가 직접 해야 해…"

그 말에 성철은 다시 가슴이 꽉 막혔지만, 이미 충분히 울어 눈물이 나오지도 않았다. 뭔가 언뜻 얼어붙은 심장 속에서 또 다른 감정이 올라오려 했지만, 그는 고개를 들어 어머니를 바라보았다.

"네, 어머니. 제가 같이 갈게요."

광영철은 감기 기운이 잔뜩 있는 데다가 허리도 약하고 몸도 더 약해 보였다. 그를 마을 병원까지 데려가는 건 무리였다. 게다가 이 추위 속에서 동생이 오래 걸어가는 것도 위험했다. 어머니도 그 점을 잘 알기에, 광영철을 집에 남겨 두기로 했다.

간신히 아침이 찾아온 시각, 하늘은 어둑한 잿빛을 머금고 있었다. 바람은 전날만큼 세차지 않았지만, 차가운 기운은 여전했다. 집 안에는 옥수수 풀죽이(* 끼니를 부풀려 먹기 위해 적은 양의 옥수수가루에 많은 산나물을 채집하여 섞어 끓여 낸 죽을 말한다.) 조금 남아 있었지만, 그것도 거의 바닥이 보일 정도였다. 어머니와 성철은 허기진 배를 부여잡은 채, 병원으로 갈 채비를 했다.

"형… 어머니… 다녀오세요. 나는… 집이라도 좀 치우고 있을게."

광영철은 벽에 기대 앉은 채 힘겹게 말했지만, 표정은 당장이라도 울음을 터뜨릴 듯 보였다. 성철은 동생 머리를 가볍게 쓰다듬어 주었다.

"곧 돌아올게. 아프지 말고 있어."

그러나 '돌아온다'는 말이 그저 허울처럼 느껴졌다. 아버지가 돌아오지 못할 곳이 되었다는 사실이, 이 집 안 공기를 한층 더 무겁게 만들었다. 아버지가 차지하던 자리를 누가 대신할 수 있을까? 누가 이 가족을 지탱해 줄 수 있을까?

어머니와 성철은 집을 나섰다. 대문을 열고 몇 걸음만 나가도, 해가 떠오른 뒤임에도 불구하고 여전히 얼어붙은 바람이 뺨을 때렸다. 그 길은 아버지가 예전에 건장한 몸으로 함께 지나던 길이었다. 그때는 "성철아, 여기 길이 조금 미끄러우니 조심해라." 하며 손을 이끌어 주었는데, 이젠 그 손을 더는 붙잡을 수 없었다.

걸음을 뗄 때마다, 어머니는 허리를 붙잡고 신음을 흘렸다. 성철이 팔을 곧세워 부축했지만, 그 역시 아직 열두 살 소년일 뿐, 어머니 체중을 다 지탱하기에는 역부족이었다. 마을 골목길을 지나서, 약간 언덕진 길을 넘어가야 병원 쪽 대로가 나온다. 도중에 길가에서 만난 사람들은 슬쩍 시선을 피했다. 아버지가 병원에 입원해 있었고, 상태가 안 좋다는 소문을 다들 알고 있었을 터였다. 그러나 누구도 뚜렷하게 다가와 위로의 말을 건네지 않았다.

서슬 퍼런 체제를 가진 이 땅에서, 쓰러진 영웅은 더 이상 영웅이 아니라는 사실을 몸소 체감하는 순간이었다. 어머니는 이를 악물고 한 걸음씩 걸었다. 땅바닥에는 밤사이 얼었던 물기가 아침 해에 녹아 질퍽하게 변해 있었다. 신발이 흙탕물에 빠질 때마다 찰박거리는 소리가 났고, 찬 바람이 그 물기를 금세 식혔다.

"어머니… 힘내세요."

성철은 옆에서 할 수 있는 한 어머니를 받쳐 주려고 애썼다. 그런데 어머니는 걸음이 잠시 멈추더니, 울컥하는 표정으로 숨을 삼켰다.

"네 아버지가… 내가 이렇게 걷는 것도 힘들다니 보면 안타까워했을 텐데… 아이고…"

그리고 다시금 머리를 숙이고 흐느꼈다.

둘은 그 자리에서 잠시 숨을 고른 후, 다시 앞으로 나아갔다. 병원까지 가야 하는 길은 멀기만 했다. 길 위에는 아직 채 녹지 않은 얼음 덩이와 진흙이 뒤엉켜 있었다. 발을 디딜 때마다 중심을 잘 잡지 못하면 미끄러질 것만 같았다.

맹추위 속 병원으로

***

결국 두 사람이 병원에 도착했을 때, 이미 해가 꽤 높이 떠 있었다. 병원 앞은 휑했고, 낡은 간판이 칼바람에 흔들리며 삐걱 소리를 냈다. 어머니는 문을 열고 들어가며, 마치 마지막 희망 같은 것을 내려놓는 듯했다. 이미 전날 밤, 아버지가 숨을 거둔 뒤 간단한 절차만 밟고 나온 터였지만, 시신을 인수받아야 하기에 다시 이곳에 와야 했다.

병원 내부는 황량했다. 창문 사이로 들어오는 찬바람이 복도를 휩쓸고 지나갔다. 곳곳에 회칠이 벗겨진 회색빛 벽, 오래된 의자 몇 개, 그리고 사람보다 침묵이 더 가득한 음산한 분위기가 어두운 아침을 더욱 우울하게 만들었다.

어머니와 성철은 간신히 접수대에 있는 간호사에게 다가갔다. 간호사는 이들을 보자마자, 그저 무뚝뚝한 표정으로 "시신 인도 절차는 저쪽에서 문서에 서명하고 진행하면 됩니다."라고 말했다. 위로나 동정의 기색은 전혀 없었다. 성철은 가슴이 답답했지만, 뭐라 항의할 수 없었다. 시스템이란 게 그런 것인지, 아니면 사람들이 이미 인간적인 온정을 잃어버린 것인지, 알 수 없는 노릇이었다.

어머니는 허리를 굽히며 간호사가 건네준 서류에 몇 곳을 서명했다. 간혹 지나가는 의사나 직원들이 이쪽을 곁눈질했지만, 누구 하나 제대로 된 위로를 건네지 않았다. 그저 '분위기가 심상찮군' 싶은 눈길을 잠시 보냈을 뿐이다.

절차를 마치고, 아버지 시신이 안치된 작은 방으로 안내받았다. 그곳은 전기가 제대로 들어오지 않아 음산한 기운이 감돌았다. 낡은 형광등이 깜빡이며 울리는 미묘한 소리는 사람의 신경을 긁는 듯했다. 어머니가 떨리는 손으로 방문을 열자, 아버지의 몸이 하얀 천에 덮인 채 차가운 침상 위에 누워 있었다.

성철은 심장이 쿵 내려앉았다. 어제 밤, 어머니로부터 아버지의 죽음 소식을 들었을 때는 실감이 덜 났지만, 눈앞에 이렇게 눕혀진 아버지의 몸을 보는 순간, 모든 것이 현실이 되었다. '아버지 정말… 숨을 쉬지 않는구나…'

어머니는 비틀거리며 다가가, 조심스레 아버지 얼굴을 덮은 천을 걷어 올렸다. 아버지의 얼굴에는 고통에서 벗어난 듯한 고요함이 깃들어 있었다. 그러나 이미 식어 버린 피부는 어떠한 온기도 전하지 못했다.

"여보… 여보… 여보… 여보~오~ …"

어머니가 끝내 참아 온 눈물을 다시 쏟으며 몸부림을 쳤다. 성철은 옆에서 한 발도 움직이지 못한 채 굳어 있었다.

아버지는 남조선에 파견됐을 정도로 용맹한 군인이었고, 집에서는 언제나 씩씩하고 활달한 가장이었다. 그 모든 이미지를 한 번에 무너뜨리는 듯한, 이 죽음의 장면 앞에서 성철은 말문이 막혔다.

'아버지, 일어나세요… 일어나세요.'

속으로 외쳐 봐도, 그 울림은 벽에 부딪혀 튕겨 나올 뿐이었다.

간호사가 들어와, "이제 시신 이관 절차를 진행할 건데, 준비하세요."라고 짧게 말했다. 그녀의 말투에는 사무적이고 냉정한 기색뿐이었다. 어머니는 겨우 몸을 가누며, 성철과 함께 아버지를 시신 포로 말아야 했다.

형식적인 절차를 밟는 동안, 성철은 자꾸 숨이 턱 막혔다. 아버지 육신을 들어 옮기는 것이 이렇게나 고통스러울 줄 몰랐다. 고작 열두 살짜리 몸으로, 아버지의 무게를 감당하기에는 너무 벅찼다. 그것은 물리적인 무게만이 아니라, 마음에 얹히는 거대한 슬픔 그 자체였다.

병원을 나설 즈음, 바깥으로 나오자마자 다시 매서운 바람이 훅 끼쳐 왔다. 눈이 시려울 만큼 차가운 바람이었다. 꽃샘추위라는 이름이 무색할 정도로, 이 가족에게 봄은커녕 끝없는 겨울만이 이어지는 느낌이었다.

성철과 어머니는 마을 쪽으로 오솔길을 따라 아버지 시신을 운구하는 작업을 도왔다. 어머니는 걸음을 뗄 때마다 허리가 고통스러워 비명을 지를 듯했지만, 이를 악물고 버텼다.

성철과 어머니는 아버지 몸을 집으로 모셔 갈 방법을 곰곰이 고민해야 했다. 마을 입구에 다다르자, 몇몇 이웃이 멀리서 이들을 훔쳐보듯 쳐다봤다. 분명 아버지가 남조선 임무를 수행한 영웅이었다고 칭송하던 때가 있었다. 그러나 병들어 쓰러져 나라에서조차 외면받는 순간, 이웃들도 말 한마디 쉽게 건네지 못했다. 그러다 누군가는 마음이 조금 불편했는지, 소 달구지

(* 소 달구지란 소에 멍에를 매어 끄는 수레를 말하는 북한식 말이다. 북한은 소를 축력으로 사용하여 마차처럼 물건을 나르는 이동 수단으로 사용하기도 한다.)를 밀고 와 주었다.

"이거라도 쓰쇼… 내가 오래된 수레 하나 있어서…"

어머니는 절절히 고맙다고 인사를 했고, 그 사람도 "아이고, 어떻게 이런 일이…" 하며 안타까워했다. 그것이 그나마 받은 유일한 '인간적 도움'이었다.

결국 그렇게 어머니와 성철은 수레에 아버지를 모시고 집으로 돌아왔다. 문을 열고 들어서자, 광영철은 벽에 기대 있다가 그 장면을 보곤 바로 달려와 엉엉 울며 소 달구지를 붙잡았다.

"아버지… 아버지…!"

형제는 서로를 끌어안고, 눈물에 목이 메었다.

저녁이 다가올 무렵, 세 사람은 굶주림으로 배에서 꼬르륵 소리가 자주 났다. 그러나 아버지의 시신 옆에서 따뜻한 밥을 차린다는 것 자체가 죄스럽고, 먹고 싶다는 의욕조차 사라진 상태였다. 어머니는 "그래도 아이들이 굶으면 안 된다."라며 남은 옥수수 풀죽을 조금 덥혀서 자식들에게 권했다. 광영철은 울먹이면서도 한 입 두 입 넘겼지만, 금세 눈물을 떨구었다. 성철은 억지로 떠먹으며, 이미 식은 눈물 맛인지 죽 맛인지 모를 쓴맛을 삼켰다.

방 안은 적막했다. 화로에 불을 피워도 삭막한 공기가 가득했다. 꽃샘추위가 아직도 기승이라, 밤이면 온도가 급격히 떨어져 모든 것을 얼어붙게 만들었다. 창문 틈새로 들어오는 바람은 살을 도려내듯 가차가 없었다.

마당에선 바람 소리가 계속 윙윙거리며 아버지의 부재를 되새김질하게 했다. 성철은 가만히 앉아, 아버지의 생전 모습을 하나씩 떠올렸다.

"성철아, 이제 꽤 컸구나." 하고 웃던 모습을 떠올리면, 마치 가슴 안에서 돌덩이가 회전하는 기분이었다.

'아버지, 왜 이렇게 빨리 가신 거예요…'

그러나 이 어린 소년에게 주어진 현실은, '이제부터 내가 어른이 되어야 한다'는 막막함이었다. 아버지가 마지막 순간 어머니에게 "아이들을 잘 부탁한다"고 했다는 말. 그것은 성철과 광영철이 이제 스스로 살아가야 함을 뜻하는 것 같았다. 어머니 혼자서는 이미 몸이 성치 않으니, 열두 살밖에 안 된 성철이 사실상 가장 역할을 해야 할지도 몰랐다.

"아버지… 저, 잘할 수 있을까요…"

성철은 답이 없는 허공에 대고 물었다.

"쌔~앵~~"

날카롭고 처량한 바람 소리만이 대답 없이 스쳐 갔다.

한편, 어머니는 허리 통증과 아버지를 잃은 슬픔에 지쳐, 결국 방 한쪽에 쓰러져 조용히 흐느끼다가 잠이 들었다. 광영철도 형 옆에서 기침을 하다가 지쳐, 이불을 덮고 혼곤히 잠에 빠져들었다.

그들 가족에게 이 밤이 얼마나 길고 혹독할지, 지금으로서는 감히 가늠하기조차 어려웠다. 햇살이 조금씩 길어지는 봄이라지만, 전혀 봄 같지 않은 이 추위와 현실의 냉혹함이 그들을 에워싸고 있었다. 그렇게, 아버지의 죽음은 단순히 한 사람의 생명이 끝난 사건이 아니었다. 이 가족이 그나마 의지하던 삶의 토대가 송두리째 흔들렸다. 강인했던 아버지가 병마 앞에 무너지는 것을 지켜봐야 했고, 남은 가족은 "고난의 행군"(1990년대 중반 북한이 겪었던 극심한 경제적 붕괴와 대규모 기아, 사회적 혼란을 가리키는 표현이다.) 같은 암담한 상황 속에서 앞으로 살아 내야 했다. 꽃샘추위가 봄을 가로막고 있는 이 계절처럼, 이 집안의 봄 역시 쉽게 찾아올 기미가 보이지 않았다.

열두 살 소년 성철은 아직 완전히 어른이라 하기엔 어린 나이지만, 이제 스스로를 다독이며 가족을 지키겠다는 책임감을 느끼기 시작했다.

동생 영철은 기침을 달고 살며 몸이 약한 상태이고, 어머니는 허리를 다쳐 거동조차 편치 않다. 먹고살기조차 막막한 상황에서 아버지를 잃은 슬픔은 눈덩이처럼 커져만 간다.

그러나 '살아야 한다'는 현실은 외면할 수 없다.

아버지가 마지막으로 남긴 "미안하다."라는 말 속에는 가족에 대한 사랑과 미련, 그리고 더는 지켜 주지 못해 미안함이 뒤섞여 있을 것이다. 성철은 그 마음을 헛되게 만들지 않으려, 결심을 단단히 다져야만 한다.

바람은 여전히 차갑고, 밤이 되면 온도가 영하로 내려가는 이 꽃샘추위 속에서도, 마치 아버지의 빈자리가 더 크게 느껴지도록 춤추듯이 불어 댄다. 그러나 아이들은 이 추위에도 언젠가 봄이 올 거라는 희망을 놓아서는 안 된다. 더디더라도, 겨울 뒤에 반드시 봄이 찾아오듯, 그들도 결국엔 이 시리고 처절한 시간을 이겨 내야 할 것이다. 아버지의 죽음이 준 상실과 분노, 그 뒤에 남은 유일한 희망은 서로를 붙들고 일어서는 것. 성철에게는 이제 눈물 대신, 아버지가 남긴 마지막 유언을 가슴 깊이 새기고 앞으로 나아갈 용기가 필요했다.

곧 동틀 때, 성철은 다시 한 번 결심했다.

'아버지가 미안하다고 하셨지만, 우리가 포기하면 아버지의 희생이 헛될 테니… 어떡하든 살아남자. 동생도 어머니도 내가 지켜야 해.'

창밖으로 서서히 떠오르는 희미한 빛 아래, 그 소년의 눈동자엔 슬픔과 각오가 뒤섞여 있었다. 꽃샘추위라 불리는 이 절절한 계절이 더 깊어질수록, 그들은 더욱 단단해져야만 한다고, 어쩌면 아버지가 마지막으로 전하고 싶었을지도 모른다.

2부

아버지의 죽음

무너져 내리는 공로자의 흔적
✳✳✳

검푸른 새벽녘, 숨막히는 적막이 광 씨 집안을 짓누르고 있었다. 장례식이 끝난 지 겨우 며칠, 그 시간은 살아 있는 이들에게는 지나치게 빠르고 잔인하게 흘렀다. 어머니 김영실은 밤새 한숨도 못 자고 방바닥에 주저앉은 채, 눈만 껌벅이며 허리 부여잡고 있었다. 열두 살 광성철과 열 살 광영철도 피곤에 절어 있었지만, 눈을 붙일 수가 없었다. 그들은 슬픔마저 바닥난 상태였다. 더 울고 싶어도, 눈물조차 말라 버린 듯 가슴에서는 매캐한 통증만 올라왔다. 매 순간 아버지가 눈앞에 아른거렸고, 새벽 기운은 그리움을 곱씹기엔 지나치게 싸늘했다.

방 안 공기는 곰팡내 섞인 습기로 눅눅하게 가라앉아 있었고, 벽 틈새를 스며드는 찬바람이 세 모자를 더욱 움츠러들게 했다. 화로에 남아 있던 장작 불씨는 이미 옅은 잿빛으로 변해, 마치 가족의 마음처럼 식어 버린 상태였다. 문득 탁한 바람이 훅 들이치자, 바닥에 흩어져 있던 재가 가늘게 흩날렸.

"어머니… 허리 괜찮으세요?"
미약한 목소리로 묻는 성철의 눈동자는 어두운 방 안에서 더욱 까맸다. 허리를 짚고 숨을 고르던 어머니 김영실은 고개를 살짝 흔들며 작은 신음을 뱉었다.
"조금 전부터 통증이 심해져서… 괜찮다, 성철아. 곧 나아지겠지."
그 말은 오히려 자녀들을 안심시키려는 의도였지만, 열두 살 소년에게는 거짓을 숨길 수 없을 만큼 허망하게 들렸다.

한 구석에서 담요를 꼭 쥐고 있는 광영철은 눈을 반쯤 감고 있었다. 예민한 감각으로 동생의 숨소리를 살피던 성철은, 조금만 움직여도 기침을 토해 내는 광영철 모습에 애가 탔다. 최근 들어 동생의 식사도 변변치 않았고, 장례식 이후로 더욱 수척해졌다. 기약 없이 끊긴 배급이 눈앞 현실임을, 아이들이라도 모를 리 없었다.

어머니는 짧은 숨을 몰아쉰 뒤, 창밖을 힐끗 보았다. 새벽 어스름이 감도는 하늘은 어딘가 모르게 검붉은 기운이 서려 있었다. '봄이 올 때가 됐는데, 이게 웬 추위람…' 김영실은 마음속으로 몇 번이고 탄식을 삼켰다. 슬픔과 괴로움이 겹치면, 시간이 이렇게 천천히도, 동시에 무자비하게도 흘러간다는 것을 새삼 깨달았다.

그 순간, 아버지가 떠난 날 아침이 떠올랐다. 병원에서 눈을 감은 아버지의 얼굴은 평온해 보였지만, "아이들, 미안하다…"라는 마지막 말이 귓가에 생생히 맴돌았다. 김영실은 고개를 들어 다시 아이들을 살폈다. '내가 이 애들을 건사해야 하는데… 도대체 어떻게 하면 좋단 말인가… 하나님 도와주세요…'

그러나, 살아야 한다는 현실은 가차 없이 문을 두드렸다. '이대로 주저앉아 있을 수만은 없어.' 김영실은 재차 허리를 부여잡고 일어서려 했지만, 통증이 도져서 몸이 휘청거렸다.

"어머니!"

성철이 황급히 뛰어와 어머니 허리를 받쳐 주었다. 허약한 팔로는 버티기가 힘들었지만, 더 이상 어머니가 쓰러지는 모습을 지켜볼 순 없었다. 애써 몸을 가누려는 어머니의 이마엔 이미 식은땀 방울이 맺혀 있었다.

"괜찮다, 성철아. 괜찮아. 내가 너무 오래 앉아 있었나 보다."

그 목소리는 한껏 굳은 각오와 애틋함이 동시에 스며 있었다. '이 고통 정도야, 아이들을 먹이고 살릴 방도를 찾는 데 비하면 아무것도 아니다'라는 비장함이, 어머니의 떨리는 음성에 묻어났다.

살벌한 새벽 공기가 엷은 빛을 머금자, 방 안은 조금씩 윤곽이 잡혀 갔다. 흙벽 사이로 갈라진 틈, 그 틈새마다 스며드는 차가운 외기, 그리고 끝이 말라 비틀어진 장판… 아버지를 잃고 난 뒤, 이 집안이 안고 있는 현실적 쇠락이 그대로 드러났다.

"성철아, 영철아. 이따가 날 좀 더 밝으면… 너희끼리 마당에 있는 장작을 옮겨서 화로에 피워라. 바람이 많이 불어도… 지금 우리에겐 그게 유일한 난방이야."

어머니의 목소리가 칼칼하게 갈라졌다. 그래도 아이들을 향한 걱정이 우선이었다. 허기가 지고 추운 밤을 보냈을 테니, 조금이라도 따뜻한 불씨를 피우고 싶었다.

성철은 대답 대신 고개를 끄덕이고, 광영철이 깨지 않도록 조심스레 담요를 더 감싸 주었다. "동생이 춥지 않게 덮어 줘야지." 하는 마음이 순간 들었지만, 사실 남은 담요 한 장조차 여유롭지 않았다. 언젠가 아버지가 직접 사다 준 낡은 담요 두어 장이 이들 가족의 전부였다.

창문 틈으로 밀려드는 바람 때문에 방 안 공기는 한기를 더해 갔다. '이제 곧 봄이라는데, 이건 진짜 너무하다…' 성철은 한숨을 삼키며 벽에 기대 앉았다.

방 구석에 놓인 옛 가구는 삐걱거리며 위태로워 보였고, 그 위에는 아버지의 유품이던 군모와 남조선제 벨트 하나가 덩그러니 놓여 있었다. 카키색 벨트 버클 안쪽에 '★국군★'이라고 새겨져 있었다.

'아버지… 저희, 어떡하면 좋죠…?'

아무 말도 없는 군모가, 그저 새벽빛을 받으며 빛바래고 있었다.

어머니는 다시금 숨을 고르며 눈을 감았다. 밤새 잠도 못 잔 터라, 자칫하면 그대로 기절해 버릴지 모를 피로가 몰려왔다. 하지만 당장 오늘 해야 할 일들이 머릿속에 끝없이 되살아났다. 이른 시각에 동사무소 비슷한 곳에서 배급 여부를 통보해 준다고 했으니, 혹시나 모를 소량이라도 챙길 수 있을까 하는 희망을 놓칠 수 없었다. 그러나 이미 마음 한편에서는 '배급이 중단된다던데…' 하는 암울한 예감이 밀려오고 있었다.

시간은 아주 천천히 흐르는 듯 보였으나, 실제로는 이른 새벽에서 아침으로 넘어가는 순간들이었다. 광영철이 몸을 살짝 뒤척이더니, 이불 안에서 콜록대며 깨어났다.

"형… 어머니… 추위… 물 좀 마실 수 있어?"

그 연약한 목소리에 어머니는 금방이라도 달려가 보듬어 주고 싶었지만, 허리가 저며 와 몸을 쉽게 움직일 수 없었다. 대신 성철이 얼른 일어나 옆에 있던 물 주전자를 챙겼다. 그러나 주전자 안의 물은 밤새 식어 얼음장처럼 차가워져 있었다.

"영철아, 이거라도 조금씩 마셔."

영철은 입술을 달싹거리며 물을 마셨다. 체온이 내려간 상태에서 차가운 물을 삼키니, 눈을 질끈 감고 고개를 떨구었다.

2부 아버지의 죽음

"형… 나… 아직도 졸려… 좀 더 잘래…"

한마디를 남기고, 다시 이불 안으로 파고들었다. 그 사이 성철은 조심스레 어머니 곁으로 갔다.

"어머니, 조금이라도 쉬셔야 해요. 허리가…"

어머니는 희미한 웃음을 지었다.

"잠을 자면 또 허리가 뻣뻣해질 것 같아. 그리고 곧 나가 봐야 하잖니."

성철은 어머니의 손을 꼭 쥐었다. 그 얇고 거친 손등이, 늘 강인하던 아버지의 손과 겹쳐 떠올라 마음이 쿵 내려앉았다.

'아버지 대신, 내가 좀 더 열심히 해야 하나…?'

열두 살 소년에게는 버거운 생각이었다.

새벽빛은 어느덧 문틈을 비집고 들어와, 방 안에 희미하게 번져 있었다. 뒤숭숭한 공포와 막막함을 깨뜨리듯, 닭 울음소리가 멀리서 들려왔다. 아버지 없는 이 집안에 다시 아침이 찾아오고 있었다. 김영실은 다시 한번 마음을 다잡았다.

'배급이 끊긴다는 소문도 있지만, 혹시라도 운 좋게 조금이라도 나온다면… 그걸로 아이들 밥이라도 지어야지.'

길어야 한두 시간 후면, 동네 쪽에서 사방이 분주해질 것이다. 하지만 그조차 확신할 수 없었다. 아버지를 잃은 가족에게 닥친 현실은, 꽃샘추위처럼 뼛속 깊이 파고드는 냉혹함이었다.

어머니와 성철이 나직이 숨을 고르는 사이, 벽 반대편에서 광영철이 기침소리를 다시 내기 시작했다. 그 청승맞은 기침소리가 새벽 공기를 가르며 울려 퍼졌다. 그리고 그 소리는, 이 집안에 내려앉은 상실과 두려움을 더욱 선명하게 드러내 주고 있었다. 그렇게, 다가오는 아침 해를 맞이하는 광 씨 집안의 새벽은, 말 그대로 어둠과 차가움이 공존하는 시간이었다. 아버지를 잃고 난 후 며칠, 이들은 아직 슬픔이 무엇인지 이해할 겨를도 없이, 다음 식사와 생존을 위한 걱정에 매달리고 있었다.

'그래도… 살아야 한다.'

김영실이 조용히 입술을 깨물었다. 아버지의 마지막 순간, 그가 남긴 "미안하다"는 말이 귓전에 생생했다. 더 이상 울 자격도 없을 만큼 절박한 상황에서, 그녀는 다시 허리를 세우려 애썼다. 아무리 척박해도, 아이들과 함께 헤쳐 나가야 한다. 작은 결의가 마음속에 자라났다. 방바닥에 고인 서늘한 기운이 배를 타고 올라와 소름이 돋았지만, 오늘도 어머니는 문밖으로 나가야만 한다. 아이들을 남겨두고 일하러 가는 발걸음이 떨리고 무겁겠지만, 그것만이 이 지독한 새벽을 뚫고 살아가는 길이다.

유가족이라 해도 도움이 없다

✳✳✳

며칠 전, 동사무소 역할을 하는 사무실에서 날아온 통보장은 얇은 종이 한 장에 불과했지만, 그 내용은 가족의 생계를 송두리째 뒤흔드는 것이었다.

"이제부터는 특별 배급이 없을 것."

열두 살 광성철은 그 문구를 보고 순간 눈앞이 아찔해졌다. 아버지가 특수부대 간부로 남조선 파견 임무까지 완수했다는 이유로, 몇 년간 '공로자 가족' 대우를 받아 왔는데, 이제 아버지가 세상을 떠나자마자 모든 것이 무너져 내린 것이다.

어머니 김영실도 종이를 손에 쥔 채 한동안 말이 없었다. 허리 부상으로 오래 서 있기도 힘든 상황이지만, 그보다 더 그녀를 주저앉게 만든 것은 "유가족이라 해도, 국가에 기여할 사람이 없다면 우선순위에서 밀린다."라는 문구였다. 그것은 곧, '남편이 죽었으니, 이제 당신들과는 상관없다'는 냉정한 선언에 다름 아니었다.

아버지가 살아 있을 때, 마을에선 광 씨 가족을 대단하게 여겼다. 쌀이 더 나오고, 명절이면 옥수수를 넉넉히 배급받았던 시절이 있었다. 아버지의 공로 덕분이었다. 그런데 이제는, 그 모든 대우가 한순간에 끊겼다. 아버지의 장례가 끝나기가 무섭게, 이 얄팍한 통보장이 가족을 생존의 벼랑 끝으로 몰아넣고 있었다.

어머니는 종이를 접어 허리춤에 쑤셔 넣으며, 등골이 서늘해지는 기분을 떨칠 수 없었다. '이게 정말 끝인가? 남편이 목숨 바쳐 임무를 수행했는데, 그 보상은 단지 요 며칠 받고 끝나는 건가?' 그러나 누구에게도 호소할 길이 막막했다.

성철은 매서운 바람이 방 안으로 스며드는 느낌을 받으며, 마치 이 종잇장 하나가 가족에게 더 차가운 바람을 불러온 듯한 착각이 들었다. "어머니, 뭘 어떻게 해야 해요?" 하고 묻고 싶었지만, 이미 지쳐 있는 어머니를 더 힘들게 할까 봐 꾹 참았다.

다음 날 아침, 어머니는 허리가 아파 절룩이는 몸으로 동사무소에 직접 찾아갔다. 혹여나 잘못된 통보가 아닐까 하는 마지막 희망 때문이었다. 하지만 그곳 담당자는 퉁명스러운 목소리로 말했다.

"아이고, 공로자 가족이라도, 이제 국가에 기여할 분이 없지 않습니까. 규정상 특별 배급 대상에서 제외됩니다. 원망하려면 법과 규정을 원망하십시오."

말을 끝맺는 동안, 사무실 안은 딱히 애도나 연민 같은 분위기가 아니었다. 다른 민원인들도 각자 할 일만 하고 돌아설 뿐, 누구도 광 씨 가족의 사정을 깊이 신경 써 주지 않았다.

어머니는 무겁게 고개를 숙인 채, 집으로 돌아오며 애써 마음을 다잡았다. '배급이 끊겼다면… 우리 힘으로 살아야지. 다른 길이 없다면, 어떻게든 찾아야 해.' 그러나 그 결심 속에는 억울함과 막막함이 동시에 뒤섞여 있었다.

집에 돌아온 어머니 손에는 더 이상 국가에서 주는 쌀도, 옥수수도 없었다. 허리를 부여잡고 마당을 들어설 때, 광영철이 연신 기침을 하며 다가왔다. "엄마, 우리 밥은 있어?" 하고 묻는 아이의 목소리에, 어머니는 차마 대답을 하지 못했다. 대신 성철이 형다운 표정으로 동생 어깨에 팔을 두르며, "이따가 뭔가 마련될 거야. 조금만 기다려 봐."라고 달랬다.

그러나 성철 역시 확신이 없었다. 아버지를 잃은 슬픔이 채 가시기도 전에, 먹을거리가 끊긴 이 살벌한 현실 앞에서 가족은 우두커니 서 있을 뿐이었다.

어머니는 괜히 허리춤에 둔 통보장을 만지작거리며, 속으로 수없이 아버지를 떠올렸다. '당신은 우리를 버리고 간 게 아닐 텐데, 국가가 이렇게 등을 돌리면 우린 어떻게 살아…' 그러나 이미 싸늘한 바람은 그 어떤 대답도 들려주지 않고, 당장의 하루 끼니조차 막막해지는 상황을 더욱 선명히 보여 줄 뿐이었다.

거기서부터가 진짜 가난의 시작이었다.

특별 배급이 끊기고 나자, 어머니 김영실과 두 아들, 열두 살 광성철과 열 살 광영철은 매 끼니를 옥수수죽으로 간신히 이어 갔다. 그런데 그나마 남은 옥수수도 바닥이 보이기 시작했다. 한 번 죽을 끓일 때마다 물의 양을 더 늘려 묽게 만들었지만, 이미 굶주림은 조금씩 온 가족의 체력을 잠식해 가고 있었다.

어머니는 허리 부상 때문에 무거운 노동을 하기 어려웠지만, '이대로 손 놓고 있으면 아이들이 굶어 죽을지도 모른다'는 공포가 가슴을 계속 할퀴었다. 낮에는 동사무소며 이웃집을 찾아 배급 여부를 물어 보았으나, 돌아오는 답은 "우리도 형편이 어렵다"거나 "더 이상 특별 지원은 없다"였다.

밤이면 어머니는 화로 곁에 앉아 고개를 떨군 채, 허리를 붙들고 목놓아 흐느끼다가도, 한참 뒤 문득 일어나 이불이나 옷가지들을 뒤적이며 '이걸 팔아 봐야 하나…' 하는 생각을 하곤 했다. 하지만 팔아서 얻을 만한 금액은 터무니없이 적을 것이 뻔했고, 자칫 남은 살림마저 깡그리 사라질까 두려웠다.

그런 초조함 속에서 어머니는 몇 날 며칠 잠을 제대로 이루지 못했다. 식은땀이 이마에 흘러내리고, 가슴이 두근거리는데도, 오로지 '아이들을 어떻게든 먹여야 한다'는 생각이 고삐 풀린 말처럼 뛰어다녔다.

병약한 동생

※※※

그 무렵, 광영철의 얼굴은 하루가 다르게 핼쑥해졌다. 영양 부족이 심해져 입술이 건조하게 갈라졌고, 걷다가 갑자기 기침이 터져 나오는 통에 밖에서 오래 지내기도 힘들었다. 더 큰 문제는, 감기 기운이 스멀스멀 덮쳐 왔다는 점이었다.

광영철은 자주 "형, 머리가 띵해… 열이 나는 것 같아…"라며 힘없이 호소했지만, 제대로 된 약이나 진료를 받을 여력이 없었다. 어머니는 병원에 아이를 데려가야겠다고 몇 번이고 마음 먹었으나, 형편을 따져 볼 때 이는 꿈같은 일이었다. 병원비뿐 아니라, 먼 거리를 이동할 교통편조차 구하기 어려웠다.

성철은 밤마다 동생 방 문틈을 엿보곤 했다. 조용히 들어가보면, 광영철이 가쁜 호흡 사이사이에 잔기침을 내뱉으며 뒤척이다, 곧 식은땀으로 범벅이 되는 모습이 눈에 들어왔다. 그럴 때마다 형으로서 해 줄 수 있는 건, 허름한 수건을 물에 적셔 이마를 식혀 주거나, "곧 나을 거야, 조금만 참아."라고 토닥이는 말뿐이었다.

그러나 성철의 마음속에선 끓어오르는 무력감과 분노가 일렁였다. '아버지가 계셨다면, 동생이 이렇게 앓아 누워 있어도 최소한 약이라도 구할 수 있었을 텐데… 어쩌다 우리가 이렇게 됐나…' 그는 어두운 방 안에서 동생의 희미한 숨소리를 들으며, 점점 날카로워지는 가난의 발톱을 실감했다.

계속되는 굶주림, 좁아진 살림살이, 그리고 언제든 병으로 쓰러질 수 있는 동생을 지켜보는 상황… 이 모든 것이 합쳐져, 광 씨 가족에게 '진짜 가난'이 어떤 의미인지를 처절하게 깨닫게 해 주고 있었다. 한편으로는, 이 절망적인 여건 속에서도 어떻게든 살아남기 위해 발버둥 칠 수밖에 없다는 사실이, 어린 소년 성철의 마음에 차가운 각오를 심어 주고 있었다.

아버지의 장례식이 끝나고 며칠이 지나자, 동네 사람들의 태도가 눈에 띄게 달라졌다. 광성철이 집 마당을 쓸고 있으면, 옆집 아낙네는 슬쩍 눈길을 주곤 했다. 특히 다른 이웃들이 함께 모인 자리에서는, "나라에서 진짜 공로를 인정했으면 가족을 이렇게 내팽개치겠나? 분명히 뭐가 있으니까 그렇지." 하고 말을 흘렸다.

성철은 그 모습을 창문 너머로 우연히 보고, 가슴이 철렁 내려앉았다. 아버지가 위험을 무릅쓰고 남조선까지 파견되어 임무를 완수했다고 늘 자랑스럽게 여겨 왔는데, 이제 사람들은 그 사실조차 의심하는 모양이었다.

배급소에 들렀을 때도 상황은 별반 다르지 않았다. 평소 '공로자 가족'이라며 인정받았던 시절에는, 직원들이 성철이건 동생 광영철이건 웃으면서 아는 척해 주곤 했다. 그런데 장례식 이후, 마치 손바닥 뒤집듯 태도가 돌변했다.

"공로자 가족? 글쎄… 이제 별 볼 일 없지. 괜히 잘못 엮였다가는 나까지 곤란해지니까."

이야기를 엿들은 성철은 얼굴이 화끈거릴 정도로 수치심을 느꼈다. '아버지가 그렇게 헌신했는데, 지금 와서 우리를 안 좋게 보는 건가?' 속에서 울분이 치밀었지만, 당장 어떻게 항변할 수도 없었다.

그날 집으로 돌아오는 길, 성철은 마을 이곳저곳을 새삼 둘러보았다. 자신에게 아버지가 어떤 존재였는지, 그리고 이 마을 사람들에게 아버지가 어떤 존재였는지를 곱씹게 되었다.

아버지가 생전 건강할 때는, 동네 가게나 마을 회관에서 종종 "광 씨는 나라에 큰 공헌을 했다고 하니, 우리 마을 자랑이지!" 같은 칭찬을 들었었다. 그런데 이제 그가 세상을 떠나자, 남은 가족에게는 무심한 시선만이 가득했다. 오히려 '그 가족은 뭔가 문제가 있으니 당국도 더는 돌보지 않나 보다'라는 의심 어린 말들이 돌아다니고 있었다.

집에 도착한 성철은 마당에 우두커니 서서 허리 부상으로 고생하는 어머니가 허름한 옷차림으로 화로를 정리하는 모습을 지켜봤다. 어머니는 영예군인(* 북한에서 군 복무 중에 부상당한 상이군인을 높여서 이르는 말.)으로 국가에서 돌봄이 필요한 대상이었다. 동생은 기침을 달고 살면서 어둑한 방 안 한구석에 틀어박혀 있었다.

한때, 아버지의 공로를 높이 사서 배급이 늘어났을 때만 해도, 이웃들은 빌려 달라며 찾아오거나, 명절에 서로 음식 나눠 먹으며 정을 나누었다. 그러나 지금은 그렇게 형식적이던 '친절'조차 찾아볼 수 없었다.

성철의 마음 깊은 곳에서, '이게 도대체 뭐지? 나라를 위해 희생하면 뭐하나… 한순간에 버려지는 건가?' 하는 생각이 날카로운 가시처럼 돋아났다.

가슴 한편엔 아직도 '분명 어떤 오해가 있을 거야. 아버지의 노고를 잊었을 리 없어…'라며 애써 부정하고 싶었지만, 이웃들의 냉소적인 반응이 그 환상을 자꾸만 깨뜨렸다. 배신감과 분노가 서서히 싹트기 시작했다.

성철은 그 감정을 누를 수 없었지만, 동시에 어머니와 동생을 위해서라도 쉽게 폭발시키지 못하고, 밤이면 텅 빈 방 안에서 '아버지, 이게 어떻게 된 일인지 제발 알려 주세요…'라고 속삭일 뿐이었다.

학교에서의 왕따와 폭력
***

어느 날 아침, 성철은 학교에 가는 길이 유난히 길고 무겁게 느껴졌다. 아침밥이라고 해 봤자 제대로 된 쌀밥은커녕 옥수수죽조차 모자랐기에, 빈속에 한기가 들어 머리가 지끈거렸다. 그럼에도 불구하고 "학교만은 포기하지 말자."라며 스스로를 다독였다. 어머니의 조언도 있었고, 아버지 살아생전부터 가져온 습관이기도 했다.

하지만 첫 교시가 시작되기도 전에, 성철은 마음 한구석에서 불길한 예감이 엄습하는 걸 느꼈다. 요즘 들어 또래 아이들이 자신을 힐끔거리며 수군대는 일이 잦았기 때문이다.

'아버지가 특수부대 군인이었다고 큰소리치던 애가, 결국 장례 치르고 나서는 꼼짝 못 한다더라.'

'집안 꼴이 말이 아니래. 배급도 끊겼다고…'

이런 말들이, 교실 구석구석 스며들어 성철 귀에까지 들어오곤 했다. 자신들이 배급을 받지 못할 때에도 성철이네 집은 공로자 가족으로 배급을 받아 왔던 터라 그들의 잠재된 불만이 비웃음으로 노출되는 것이었다. 과거에는 '우리 아버지는 남조선에도 파견된 용사야!'라고 말하면 웬만한 아이들이 호기심 혹은 경외심을 보이며 함부로 굴지 않았다.

그러나 이제 아버지가 없다. 그 보호막도 사라진 마당에, 성철은 무방비

상태로 교실 안에 서 있었다. 더구나 굶주림 탓에 제대로 체력이 따라 주지 못해, 머리는 멍하고 몸은 휘청거릴 것 같았다.

쉬는 시간이 되자, 같은 반 몇몇 아이가 슬쩍 성철 쪽으로 다가왔다. 평소에도 성철을 '약골'이라 부르며 은근히 따돌리던 무리였다. 그중 가장 키가 큰 아이가 성철의 팔을 잡아채더니, 순식간에 교실 뒤편 구석으로 몰아붙였다. 주위에 있던 학생들은 순간 분위기가 험악해짐을 느끼고도, 마치 구경거리 보듯 시선을 고정했다.
"잘난 척하더니, 결국 너희 집 망했다며?"
또 다른 아이가 비웃음을 실어 끼어들었다.
"너네 아버지 대단하다더니, 별거 없었네. 그래서 배급도 끊긴 거지?"
성철은 갑자기 몰려오는 분노와 치욕감에 목이 말라 왔다. 책으로 머리를 꾹꾹 내리치는 아이들의 손길을 느끼는 순간, 이 모든 상황이 믿기지 않았다. '왜 아무도 말리지 않는 거야? 왜 나한테 이러지?' 하는 생각과 동시에, '내가 뭘 잘못했지?'라는 무력감이 동시에 엄습했다.

혼미해지는 정신 한 켠에서, 성철은 배고픔이 겹쳐 온몸이 휘청거릴 것만 같았다. 그러나 동시에 가슴속에서 무언가가 치밀어 올라왔다. 뜨거운 용암처럼 억눌린 분노가 솟구치며, 이대로 당하고만 있으면 안 되겠다는 생각이 머리를 스쳤다.

어린 시절, 아버지가 건장한 군복 차림으로 "남조선에 다녀올 정도면 난 어떠한 적도 상대할 수 있지" 하고 웃던 모습이 번개처럼 떠올랐다. 그 기억은 성철에게 '나는 아버지의 아들이다'라는, 작은 자존심의 불씨를 던져 주었다.

하지만 현실은 너무나 가혹했다. 상대는 무리로 몰려와 있고, 성철 혼자서는 역부족이었다. 한 아이가 "이게 어디서 뻗대?"라며 성철의 어깨를 밀치자, 겨우 균형을 잡던 성철이 뒤로 휘청거렸다. 교실 구석에 쌓여 있던 쓰레기통이 발에 걸려 넘어질 뻔했다.

순간, 주변에서 킬킬대며 웃음소리가 터져 나왔다.

"하하, 봐라. 역시 약골 맞네."

그 말에 성철은 얼굴이 화끈 달아오르며 이마에 식은땀이 송골송골 맺혔다. 아버지가 남조선에서 귀환했을 때 한껏 자랑스러워했던 기억과, 지금 눈앞에서 조롱받는 현실이 대비되면서, 눈앞에 붉은빛이 어른거렸다.

'이대로 두면 안 돼… 어떤 식으로든 맞서야 해…'

하지만 몸은 마음처럼 움직이지 않았다. 배가 고파 힘이 없고, 무엇보다 혼자 다수를 상대하는 건 역부족이라는 생각이 뇌리를 스쳤다. 게다가 만일 심하게 다툼이 벌어지면, 학교에서는 어머니를 불러 곤욕을 치르게 할 게 뻔했다. 허리 부상으로 힘겨워하는 어머니에게 또 다른 걱정을 안겨 주기 싫었다.

결국 성철은 자존심이 무너지는 걸 알면서도, 반격 대신 주먹을 꽉 쥔 채 이를 악물었다. 애써 눈물을 삼키며, 가슴속에서 솟구치는 분노를 꾹꾹 눌러 담았다. 어느새 쉬는 시간 벨이 다시 울리고, 주위 아이들은 교실 앞으로 달려 나가고 있었다. 뒤편 구석에 남겨진 성철은, 자기 머리 위로 떨어지는 책 한 권을 겨우 손으로 치우면서, 복도 너머에서 들려오는 소란함에 덜덜 떨렸다.

'아버지가 살아 계셨다면… 이런 꼴은 당하지 않았을 텐데…'

입술을 꼭 깨무는 성철의 눈가에 분함이 맺혔다. 상실감과 배고픔, 그리고 왕따와 조롱의 중압감이 한꺼번에 몰려들어, 교실 뒤편 한 모퉁이가 폐허처럼 느껴졌다. 그러나 막막한 좌절 속에서도, 성철은 스스로에게 속삭였다.

'이대로 쓰러지진 않을 거야. 아버지가 내게 남긴 용기라도 붙잡고, 어떻게든 살아야 한다.'

그러나 그 생각조차, 곧 몰려오는 현실의 어둠 앞에서 한없이 작아지고 말았다. 빈속에서 꼬르륵 소리가 진동했고, 교실 정면에서 선생님의 목소리가 들리기 시작했지만, 성철의 마음은 이미 먼 곳에 머물러 있었다.

이날의 사건은, 성철에게 '보호막이 완전히 사라졌다'는 사실을 더욱 뼈저리게 일깨워 준 큰 충격이었다. 그리고 동시에, 그 마음속에는 언젠가 터져 나올 분노의 씨앗이 소리 없이 뿌리를 내리고 있었다.

학교가 끝난 뒤, 성철은 굳은 표정으로 집 문을 열었다. 문지방을 넘는 순간, 허기가 몰려오는 탓인지 다리가 후들거려 비틀대다가, 결국 마당 한가운데에서 주저앉아 버렸다. 낮에 당한 모욕과 폭력이 억눌렸던 울분을 타고 올라, 그는 참았던 울음을 터뜨리고 말았다.

그 소리를 들은 어머니 김영실은 부엌에서 물을 끓이던 손을 멈추고, 허리를 짚으며 허둥지둥 뛰쳐나왔다. 부딪히는 시린 공기가 허리를 예리하게 아프게 했지만, 아들 상태가 더 걱정이었다.

"성철아, 너 무슨 일이야? 어디 다쳤니?"

어머니가 다가오자, 성철은 고개를 푹 숙인 채 욱신거리는 머리를 감싸 쥐었다. 그녀가 다시금 재촉하듯 "말 좀 해 봐…" 하고 물었지만, 한동안 흐느끼는 소리만 허공을 맴돌았다.

잠시 후, 성철은 간신히 숨을 골라 학교에서 일어난 일을 털어놓았다. 아이들에게 폭언을 들은 일, 책으로 머리를 맞은 상처, 그리고 아버지를 경멸하는 말까지… 말을 옮길 때마다, 가슴속에 괴로운 감정이 다시금 불타오르며 목이 메었다.

어머니는 아들의 부은 눈과 머리 뒤쪽의 상처를 살폈다. 피멍이 들지는 않았지만, 퉁퉁 부은 자국이 아들 마음의 상처보다 덜하겠느냐고 생각하니 속이 쓰렸다. 잠시나마 모든 말이 멈췄고, 화로의 불씨가 이글거리며 공기를 흔드는 소리만 들렸다.

그러다 김영실은 굳게 다문 입술을 느리게 떼며, 차분히 아들의 말을 정리했다. 그가 당한 폭력, 아이들이 내뱉은 모욕, 특히 "네 아버지 대단하다더니, 별거 없었네."라는 말… 어머니는 가슴이 무너지는 기분이었.

"어떡하면 좋아… 성철아."

잔뜩 몸을 웅크리고 있는 아들에게 나지막이 물었지만, 도리어 본인이 더 답답하게 느껴졌다. 아버지가 떠난 지 얼마 되지도 않았는데, 세상은 너무도 차가웠다. 그는 나라를 위해 헌신했으나, 정작 남겨진 가족은 배급이 끊겨 버린 채, 주변 사람들의 조롱과 외면 속에 방치되어 있었다.

하지만, 이대로 울고만 있을 수는 없었다. 허리 부상으로 몸을 일으키는 것도 쉽지 않았지만, 김영실은 굳은 의지를 담아 몸을 일으켰다. 그리고 아들의 얼굴을 바라보며, 한결 또렷해진 목소리로 말했다.

"네 아버지가… 어떤 분이셨는지 기억해 봐라."

'특수부대' 출신 어머니의 속성 교육

***

김영실은 간단히 등을 두들기는 대신, 부엌 한 켠에 기대져 있던 작은 몽둥이 같은 도구를 집어 들었다. 특수부대에 근무할 때 배운 몇 가지 무술 동작을 떠올리며, 조심스럽게 허리를 펼쳤다. 사실 그녀 또한 군 특수부대 생활을 함께하면서 기본적인 호신법 정도는 익힌 경험이 있었다.

"성철아, 네 아버지는 정식으로 훈련 받은 뛰어난 특수부대 군인이었다. 그런데 우리가 이렇게 약자로만 살 순 없잖니."

어머니의 낯빛은 부드러움 대신 단호함으로 물들어 있었다. 성철은 그 눈빛이 생소하면서도, 왠지 모를 안도감을 느꼈다. 그동안 어머니가 허리를 다쳐 아파하거나 우는 모습만 봐서, 이렇게 결연한 표정을 짓는 건 오랜만이었다.

김영실은 몽둥이를 가볍게 들더니, "자, 잘 보아라. 이렇게 잡고, 상대가 덤벼들면 몸을 살짝 빼면서 밀쳐야 한다. 여기 급소 부위를 살짝 스치는 정도지만, 잡히면 상대가 당황하게 돼." 하며 동작을 시범 보였다. 그러고는 빈손으로도 팔과 다리를 어떻게 써야 하는지를 간략히 알려 주었다.

"물론 학교에서 싸우라는 건 아니다. 하지만 네 몸을 지키는 방법은 알아야 해. 우리가 너무 어려워지니 남들도 우릴 쉽게 무시하잖니."

성철은 어머니의 시선과 몸짓을 잔뜩 집중해서 지켜봤다. 마음 한쪽에서 뜨겁게 솟아오르던 분노가, 새로운 돌파구를 찾는 느낌이었다. 아무리 배고파도, 더는 맞고만 있을 수 없다는 결심이 서서히 피어났다.

어머니는 허리가 금세 욱신거리는지, 동작을 하다 잠시 절뚝거리며 신음을 흘렸다. 그럼에도 표정은 흐트러지지 않았다. 마치 '이 정도 고통쯤이야, 우리 아이들을 보호하기 위해선 감수해야지'라고 말하는 듯했다.

"성철아, 우리 너무 주눅 들지 말자. 네 아버지 없다고, 이제 다 끝난 게 아니란 걸 보여 줘야 해."

그 한마디가 성철의 가슴을 후벼 파면서도 이상하게 힘이 되었다. 아버지가 남긴 것 중에는 군인으로서의 강인함도 있었을 테고, 그것이 바로 지금 이 절망 속에서 이겨 내야 할 유산인 셈이었다.

"네 아버지는 임무 중에 죽는 순간까지도 우리를 생각했어. 그러니 이제 우리가 해낼 차례다. 아무리 현실이 삭막해도, 만만하게 당하지만은 않을 거야."

단호한 어머니의 말에, 성철은 머리 통증이 아직 남아 있음에도 움츠렸던 어깨를 약간 펴고 '그래, 나도 지켜야 해. 동생, 그리고 이 집…' 하고 생각했다. 화로에서 타오르던 불씨가 흔들리더니, 이내 더 붉고 뜨겁게 일렁였다.

그날 밤, 성철은 머릿속으로 계속해서 어머니가 보여 준 동작과 아버지의 늠름했던 군복姿(자태)를 번갈아 떠올리며, 주먹을 꼭 쥐고 잠에 들었다. 몸은 여전히 아팠지만, 마음속에는 전에 없던 각오가 샘솟고 있었다. 그것이 부디 앞으로의 상처와 시련을 이겨 낼 작은 불씨가 되길, 아무도 모르게 간절히 빌었다.

어머니 김영실이 허리를 다독이며 천천히 일어섰을 때, 성철은 그 모습이 왠지 낯설면서도 동시에 믿음직스럽게 보였다. 어머니가 아버지와 함께 군 특수부대에서 근무한 적이 있다는 건 들었지만, 평소엔 워낙 허리 부상으로 고생만 하는 모습이 익숙했기 때문이다.

"내가 특수 무술 훈련을 받았다고는 해도, 오래 전에 배운 거라 완벽하지 않을 수 있어. 그래도 이 정도는 너 스스로를 지키기엔 도움이 될 거야."

어머니는 담담한 어조로 말했지만, 그 목소리 뒤에는 모성의 결연함이 엿보였다. '더 이상 우리 아이가 학교에서 맞고만 있지는 않았으면 좋겠다.' 하는 간절한 마음이, 군 출신다운 단호함과 뒤섞여 있는 듯했다.

성철은 가만히 설레는 듯한 마음으로 어머니를 바라보았다. 이미 머리 뒤쪽에 남은 상처가 욱신거려, 학교에서 당한 모욕과 수모가 고스란히 떠오르고 있었다. '나도 이제는 맞고만 있을 수 없지…' 하는 생각이 스멀스멀 솟아났다. 그러나 또 한편으로, '내가 과연 힘센 아이들을 이길 수 있을까?' 하는 의구심도 들었다.

어머니는 허리를 조심스레 굽힌 상태로, 팔을 옆으로 뻗으며 동작을 하나하나 시연해 보였다. 마치 그림자 연습을 하듯, 상대방이 오른손으로 치고 들어온다면 어떻게 빗겨 나가야 하는지, 무게 중심을 어느 쪽에 두어야 흔들리지 않는지 등을 천천히 설명했다. 가까이서 보니 어머니의 이마에는 이미 땀이 송골송골 맺혀 있었다. 조금만 자세를 유지해도 허리가 저릿하게 아파질 텐데, 그럼에도 불구하고 구체적인 동작까지 재연하려 애쓰는 이유가 분명해 보였다. '우리 아들이 더 이상 아프지 않도록, 그리고 여기서 절망하지 않고 살아가도록…'

"성철아, 두려워하지 말고 몸을 낮추면 돼. 몸이 무거울 땐 중심이 다리 쪽에 있어야 해. 그리고 상대가 덤벼들 땐, 그 힘을 그대로 받아 내기보다는 흘려 버리는 게 중요해."

어머니는 말끝마다 뭔가를 더 설명해 주려 했지만, 혹여나 무리해서 허리를 다칠까 봐 성철이 재빨리 그녀를 부축했다.

"어머니, 괜찮아요. 조금씩만 하세요. 제가 익혀 볼게요."

그렇게 간단히 동작을 배운 뒤, 성철은 집 마당 한쪽에서 혼자 연습해 보았다. 동생 광영철이 먼발치에서 호기심 어린 눈으로 지켜보고 있었다. 헛디뎌 중심이 흔들릴 때마다, 광영철은 조용히 웃음을 지었다. '형이 호신술을 연습한다니 좀 어색하지만, 그래도 멋있어 보이긴 해…' 하고 말없이 생각한 듯했다.

어머니는 잠시 쉬었다가, 다시금 성철에게 다가와 자세를 교정해 주었다. 손목을 어떻게 뻗어야 상대를 밀어낼 수 있는지, 다리를 어떻게 굴려야 아프지 않게 넘어질 수 있는지 등을 알려 주었다. 허리가 아파 가끔씩 인상을 찌푸리면서도, 눈빛만큼은 날카롭게 빛나고 있었다.

"성철아. 지금 당장 아이들을 이기고 지는 게 중요한 건 아니야. 최소한 네 몸을 함부로 건드릴 수는 없다는 걸 보여 주는 거야."

어머니는 한 호흡 쉬고, 이어서 덧붙였다.

"네 아버지도 그랬어. 남조선에서 작전을 할 때, 가장 먼저 배운 게 '내 목숨을 지키는 법'이었다고 했지. 그게 전부는 아니지만, 일단 네가 좀 더 당당해지면 주변에서 섣불리 얕잡아 보지 못할 거야."

성철은 목이 메어 아무 말도 나오지 않았다. 한편으론, 이렇게까지 어머니가 애쓰는 모습을 보니 마음이 짠했고, 또 한편으로는 강해지고 싶은 열망이 솟구쳤다. '어떻게든 더 이상은 당하기만 하지 않겠다'는 결심이 굳어졌다.

다시 한번 자세를 잡고, 어머니가 시범을 보여 주는 대로 몸을 움직여 봤다. 팔을 휘두르고 몸을 틀 때마다, 아버지가 영웅담을 들려주던 날들이 아스라이 떠올랐다. 어쩌면 지금 이 순간, 어머니를 통해 아버지의 일부라도 이어받고 있는 게 아닐까 하는 생각이 들 정도로 가슴이 뜨거워졌다.

어머니는 허리 부상을 악화시키지 않도록 조심하며 동작을 마무리 짓고, 성철의 어깨를 가볍게 쳤다.

"그래, 조금만 더 노력하면 돼. 지금 약해졌다고 해서 항상 당하기만 하진 않게 될 거야. 적어도 네가 네 몸을 지킬 힘이 있다는 걸 잊지 마."

성철은 한껏 상기된 얼굴로 숨을 몰아쉬었다. 허리가 아프면서도 아들을 위해 열정을 쏟는 어머니의 모습이, 마치 작은 횃불처럼 따뜻하게 다가왔다.

'다음번에 또 누가 날 건드리면, 그냥 주저앉아 있진 않을 거야.'

소년은 굳은 결심을 안고, 해가 저물어 가는 마당을 물끄러미 바라보았다. 그 하늘빛이 노을처럼 붉게 물들어 가듯, 그의 마음속에도 작지만 분명한 용기의 불꽃이 번져 가고 있었다.

어머니에게 간단한 호신 동작을 배운 뒤, 성철은 스스로도 깜짝 놀랄 정도로 마음가짐이 달라졌다. 이전에는 학교에 가는 길이 불안하고 두려웠지만, 이제는 '그래도 나도 할 만큼은 해 볼 수 있어.'라는 작은 자신감이 피어올랐다. 물론 빈속 때문에 머리가 띵하고 몸이 무거운 건 여전했지만, 더 이상 움츠러들어 있진 않겠다는 굳은 의지가 가슴속을 지탱해 주었다.

다음 날, 학교 교실에 들어서자마자 친구들은 여느 때처럼 성철을 힐끔거리며 수군댔지만, 그는 내색하지 않고 자리에 앉았다. 잔뜩 구겨진 교복 상의를 펴며 숨을 고르던 중, 어제 예습해 둔 문제집을 펼쳐 들었지만, 배고픔 때문에 글자가 눈에 잘 들어오지 않았다. 머릿속은 텅 빈 듯하고, 뱃속은 거북한 공복감으로 일렁였다. 그럼에도 성철은 '나는 이 학교를 다닐 자격이 있고, 마음만 먹으면 나도 스스로를 지킬 수 있어.'라고 몇 번이고 다짐했다. 그 한 줄기 결심이, 감나무에서 떨어질 듯 흔들리던 그의 마음을 간신히 붙잡아 주었다.

수업이 한 차례 끝나자, 주변 친구들이 떠드는 소리나 웃음소리가 더욱 요란하게 들려왔다. 교실 뒤편에서 '밥도 못 먹고 굶주린다던데?' 하는 낮은 억양의 이야기가 들렸지만, 성철은 애써 신경 쓰지 않으려 했다. 먼저 시비를 걸고 싶진 않았기에, 노트에 연필로 뭔가를 끄적이며 의식을 다른 곳에 집중하려 했다. 그러나 내심, '이번엔 더는 물러서지 않으리라'는 결연함이 커졌다.

피해자와 가해자

***

며칠 뒤, 결국 일이 벌어졌다. 그날도 쉬는 시간에 같은 무리 아이들이 성철 쪽으로 다가와, 그를 교실 구석으로 몰아붙였다. 리더 격인 아이가 비꼬듯 말했다.

"야, 너희 집 쌀 없어서 굶고 있다며? 그러면 중간에 쓰러지진 않겠지?"

주변에 있던 몇몇 아이들이 낄낄대며 성철 주변에 둥그렇게 서서 구경했다. 예전 같았으면 성철이 몸을 잔뜩 웅크리고 주눅 들어했겠지만, 그날은 달랐다. 이미 심장이 뛰고 있었지만, 어머니의 말처럼 '최소한 맞고만 있지는 않겠다'는 생각이 그를 버티게 했다.

"그래, 네 말이 맞아. 그래서 지금 배고프다."

성철은 자조적인 농담처럼 대답했다. 그리고는 상대 아이의 시선을 똑바로 마주쳤다. 그 태도에 당황한 건 오히려 상대였다.

"이게, 농담해? 많이 컸네…"

그 아이가 거칠게 손을 뻗어 성철의 어깨를 잡아채려는 순간, 성철의 몸이 본능적으로 먼저 움직였다. 어머니에게 배웠듯, 상대 손목을 낚아채는 동시에 살짝 비틀었다. 그리고 순식간에 빈틈이 보이자, 팔꿈치로 반격을 날렸다.

"윽!"

상대는 예상치 못한 일격에 비명을 지르며 뒤로 물러섰다. 구경하던 아이들 사이에서 '어?' 하는 놀란 목소리가 터져 나왔다. 성철도 마음이 다급하게 뛰었지만, '해냈다. 더는 일방적으로 맞지 않아도 된다.'는 벅찬 감정이 동시에 치솟았다.

물론 상대는 여러 명이었고, 성철은 여전히 배고프고 힘이 빠진 상태였다. 그러나 더 중요한 것은, 그가 이제 잔뜩 움츠러든 토끼가 아니라, 자신을 지킬 최소한의 발톱을 가진 존재로 변했다는 사실이었다.

그중 반에서 가장 힘이 센 아이가 성철의 멱살을 움켜잡고 한 손은 주먹을 불끈 쥔 채 성철을 때릴 기세로 흔들어 대었다. 농촌 아이들이라 힘은 어지간히 세서 성철이의 몸은 이리저리 흔들렸다.

그러나 성철은 어머니 영실에게서 배운 싸움 방법을 이미 익힌 아이였다. 그는 흔들리면서도 오른손으로 멱살을 잡은 녀석의 손목을 꽉 붙잡고 몸을 틀어 녀석이 멱살을 움켜쥔 팔을 왼쪽 옆구리에 걸어 붙잡았다. 그리고 갑자기 온 몸을 오른쪽으로 비틀자 멱살을 잡고 있던 녀석의 손과 팔이 성철에게 제압된 상태로 "우드득…" 소리가 나며 관절이 꺾어졌다.
"으~~아악!!!"
아이는 그 자리에서 기절하고 말았다.

주변에서 사태가 커지는 걸 직감한 아이들이 "야, 그만해! 선생님 오신다!" 하며 흩어졌다. 분위기는 순식간에 아수라장이 되며 어수선해졌고, 교실 쪽으로 선생님의 발소리가 급하게 다가오는 게 느껴졌다. 쓰러져 있는 아이를 보는 성철은 가슴이 쿵쾅거리며 입술이 바짝 말랐지만, 성철은 또렷이 깨달았다.

'어머니가 말한 대로, 아무리 힘들어도 내가 스스로를 지킬 수 있다는 걸 보여 주는 순간, 더는 날 쉽게 못 건드리는구나.'

몸에선 식은땀이 흘렀고, 머리는 여전히 띵했지만, 그 한 번의 반격으로 성철의 마음속에는 오랫동안 억눌려 있던 두려움이 조금씩 사라지고 있었다. 그리고 그 빈자리를 대신 채운 것은, '나는 혼자가 아니다. 아버지와 어머니, 그리고 내가 지키고 싶은 사람들을 위해 지금이라도 강해져야 한다.'는 조용한 의지였다. 하지만 상황은 걷잡을 수 없었다. 이미 선생님의 눈앞에 팔이 꺾이어 기절하여 쓰러진 아이가 있었다.

억울함과 미안함
✽✽✽

결국 학교 안에서 큰 소란이 벌어졌다. 몇 분 뒤 교장이 직접 교실로 달려와서 상황을 수습했지만, 이미 여러 아이들 입에서 "성철이 폭력을 행사했다"며 떠들어 댄 터였다. 그 애의 부모들이 알고 몰려와 어머니와 성철에게 행패를 부릴 것이 뻔했다.

'나는 그냥 내 몸을 지키려고 했을 뿐인데…'

성철은 교장실로 불려 들어가면서도 억울함에 치가 떨렸다. 책으로 머리를 맞고 욕설과 비아냥을 듣던 건 정작 자신이었고, 이제 겨우 한 번 반격했을 뿐인데, '가해자'로 몰린다는 사실이 이해가 되지 않았다.

교장실에 들어서자, 교장은 심각한 표정으로 성철을 노려보았다.

"네가 집안 사정이 어렵고, 또 아버지를 잃은 지 얼마 안 돼서 힘든 건 안다. 하지만 그렇다고 함부로 폭력을 쓴다면 어쩌겠니?"

그 말에 성철은 울컥 눈물이 치솟았지만, 꾹 참았다. '내가 전부 다 잘못한 걸까? 저쪽 아이들이 먼저 나를 괴롭힌 건 누구도 고려하지 않는 건가…' 하는 분노가 머릿속을 휘저었다.

"하기야, 네 사정을 감안하지 않으려는 건 아니지만, 이번 일은 너무 심각해. 동무의 팔을 꺾어 놓았단 말이다. 너의 아버지와 평소 친분 때문에 너를 감싸 주었지만 이번은 어쩔 수 없다."

교장은 원래 성철의 아버지와 가끔 장기도 함께 두면서 술도 같이 마시던 친분이 있던 사람이었다. 성철의 아버지가 돌아가셨을 때에도 찾아와 비통해했었다. 교장은 결국 팔이 부러진 아이의 부모들을 설득하여 '가정 문제 때문에 심리적으로 불안해져서 폭력을 썼다'는 쪽으로 결론을 내리는 듯했다.

"네 어머니를 모셔 와야겠다. 이대로 넘어갈 수 없거든."

성철은 그 말을 듣는 순간, 마치 발끝에서 차가운 기운이 퍼져 올라오는 듯했다. 허리 부상으로 고생하는 어머니에게 이런 곤란한 상황을 떠안기고 싶지 않았는데, 어쩔 수가 없었다.

'차라리 내가 참을 걸 그랬나? 하지만 더는 참기 싫었는데…'

가슴 한가운데에 매서운 바람이 휩쓸고 지나갔다. 갑작스런 교장실 풍경, 차가운 시선, 아이들의 수군거림, 그리고 '폭력 가해자'라는 꼬리표가 억울하게 붙은 현실.

그러나 성철은 굳게 입술을 다물고 아무런 변명도 하지 않았다. 저들이 이해해 줄 거라 믿기 어려웠고, 또 눈물이 터질 것만 같아서였다. 속에서 울음이 치솟아 시야가 흐릿해졌지만, 더 이상 눈물을 보이고 싶지 않았다. 이미 너무 오랜 시간 무시당하고, 누군가에게 호소하려 할 때마다 외면당해 왔으니까.

결국 그날 오후, 성철은 아무도 말리지 않는 상태에서 혼자 교장실 의자에 앉아 있었다. 창문 너머로는 해가 저물고 있었고, 텅 빈 복도 저 편에서 어머니가 오고 있을지도 모른다는 생각에, 그저 목이 바짝 타들어 갔다. 마음속에는 '아버지, 보고 계시나요… 전 그냥 제 몸을 지키고 싶었을 뿐인데… 이게 잘못된 건가요…?'라는 서글픈 외침이 맴돌았다.

교장실에 팔이 부러진 아이의 부모가 찾아와 소리를 지르며 난리를 피웠으나 교장은 그들을 엄히 질책했다. "너희들이 성철이를 괴롭히고 폭력을 먼저 썼으니 성철이가 참다 참다 분노하여 저지른 행동이다. 그러니 성철에게만 잘못이 있다고 볼 수 없다…"고 하면서 성철이와 팔이 부러진 아이

두 명 다 처벌하겠다고 으름장을 놓았고 성철의 어머니를 불렀으나 그녀는 앓고 있어서 데려오지는 못했다.

결국 이 사건을 문제 삼지 않기로 하고 팔이 부러진 아이의 부모들도 물러가고 나도 집으로 돌아갈 수 있었다. 교장은 측은한 눈길로 더 이상 성철이를 보면서 엄마가 앓고 있으니 어서 가서 엄마를 돌보라고 말해 주었다.

"더 이상 학교에서 소란을 피우면 안 된다. 그땐 용서가 없어!!!"

교장의 경고는 마지막 경고인 것처럼 들렸다.

성철이 집으로 돌아왔을 때, 이미 저녁 해가 넘어가고 있었다. 마당에 들어서 출입문을 열자, 어머니는 누운 자리에서 허리춤을 짚은 채 마치 기다렸다는 듯 안간힘을 쓰며 일어났다. 그러나 그 얼굴에 담긴 감정은 한마디로 설명하기 어려웠다. 걱정, 분노, 체념, 그리고 아주 희미한 안도까지.

"성철아, 학교에서 안 좋은 일이 있었다고 들었어."

잔뜩 굳은 표정으로 다가온 어머니, 눈밑에 다크서클이 짙게 내려앉아 있었다. 작게 한숨을 뱉자, 허리에 순간 통증이 일었는지 몸이 살짝 휘청거렸다. 성철이 달려들어 부축하려 하자, 그녀는 애써 손을 들어 막았다.

"어머니… 괜찮으세요?"

"괜찮아. 네가 더 괜찮은지가 중요하지."

어머니의 목소리는 여전히 힘없었지만, 그 안에 깃든 애틋함은 분명했다. 다만 바로 이어진 말은 성철의 가슴을 조여 왔다.

"학교에서 연락이 오면, 퇴학까지 고려하겠다는 얘기가 나올 수 있대. 너, 폭력 가해자로 찍히면 큰일인 거 알지?"

성철은 등골이 서늘해지는 걸 느꼈다. '가해자'라는 말이 다시금 머리를 때렸다. 사실상 자기는 방어를 한 것뿐이라고 생각했지만, 결과적으로 학교에선 그를 '문제아' 취급하기 쉬울 터였다.

한편으로 '그럼 내가 계속 맞고만 있어야 했나?' 하는 억울함이 끓어올랐지만, 어머니에게 대놓고 말하기는 어려웠다. 허리를 다쳐 고생하는 어머니가 이 일로 더 마음고생하실 걸 알기 때문이다.

아무 대꾸도 하지 못한 성철을 바라보는 어머니의 눈빛은 복합적이었다. 짙은 걱정과 함께, 아주 작게나마 '그래도 이제 내 아들이 맞고만 있지는 않는구나' 하는 안도감 같은 것이 스치고 있었다.

'이게 무슨 아이러니람… 내 아들이 퇴학당할 수도 있지만, 그래도 무력하게 당하지만은 않게 됐다니…'

어머니는 자신도 모르게 또 한 번 긴 한숨을 내쉬었다. 눈가가 붉어지려 했지만, 울음을 참으려는 듯 고개를 들어 텅 빈 하늘을 바라보았.

어머니는 성철의 손을 살며시 잡았다. 그 손바닥엔 날카로운 책 모서리에 긁힌 흠집과, 주먹을 꽉 쥐며 생긴 잔뜩 굳은살이 느껴졌다.

"성철아… 내가 잘하란 말도, 못하란 말도 못 하겠어. 네 마음은 이해하지만, 학교에선 다른 아이들에게 네가 폭력을 썼다고 판단할 수밖에 없을 거야."

성철은 울컥하며 고개를 떨궜다. 눈물이 다시 차오르려 했지만, 입술을 악물고 참았다. '어머니가 이 일로 더 힘들어하면 어쩌지…'

그때, 허리 통증을 억누르듯 잠시 허리를 펴던 어머니가 낮은 목소리로 속마음을 내비쳤다.

"그래도… 그래도 말이야, 이제 더는 아이들한테 일방적으로 당하지 않는다고 하니… 엄마로서는 좀 안심이 되기도 해. 네 아버지 떠나시고 나서, 우리가 너무 무력하게만 살았잖니."

그 말에 성철은 새삼스레 어머니 얼굴을 쳐다봤다. 굳게 다문 입술 주변에 미세한 떨림이 감돌았다. 눈앞에서 혼란스러운 표정을 짓고 있는 어머니를 보자, 그 복합적인 심정이 전해져 왔다.

'아들이 다칠까 봐 두렵고, 학교에서 쫓겨날까 봐 겁도 나지만, 한편으론 이 아이가 더 이상 억울하게 당하지 않게 되어 다행스럽다…'

결국 두 감정 사이에서 갈피를 못 잡고 있는 어머니의 모습에, 성철은 오히려 어른스럽게 입술을 깨물었다. '그래, 어머니가 제일 힘들겠지… 허리도 아픈데 내가 또 문제를 일으켰으니…'

두 사람 사이에 잠시 침묵이 흘렀다. 바람 한 점 없는 적막한 마당에서, 멀리서 개 짖는 소리가 낮게 들렸다. 곧 저녁밥을 해야 할 시간인데, 집안에는 변변한 식재료가 없어 걱정도 많았다. 그러나 지금은 그마저도 뒤로 밀릴 만큼, '학교 폭력' 문제는 가족에게 커다란 시름이었다.

하지만 어쩌면, 자식을 약자로만 키울 순 없다는 애증과, 아들이 제법 강인해졌다는 안도감이 그녀를 서로 다른 두 갈래 길에서 흔들어 대고 있었다.

'주체사상'

***

집안에 남아 있는 쌀이며 옥수수죽 재료가 거의 바닥난 상황에서, 어머니 김영실은 결국 결심을 내렸다. "콩을 사서 두부를 만들어 팔자." 누구에게 물어볼 것도 없이, 그녀에게 남은 선택지는 그것뿐이었다. 두부를 만들어 장마당에 내다 팔면 적어도 당장 한 끼를 벌어들일 수 있을지도 모른다는 희망이 있었다. 그러나 문제는 시작부터 난관이었다.

'자기 운명의 주인은 자기 자신이다. 자기 운명을 개척하는 힘도 자기 자신에게 있다.'

어머니는 위대한 김일성 수령님의 말씀대로 우리의 운명을 개척해 나가자고 나를 격려했다. 하지만 집 안에 있는 돈이라곤 푼돈에 지나지 않았고, 배급이 끊긴 이래로 쌀가게나 방앗간에서마저 외상을 꺼리는 분위기가 강했다. 허리 부상 때문에 무거운 물건도 옮기기 어려운 형편이었지만, 아이들을 굶길 수는 없었다. '이대로 있으면 우리 모두 굶어 죽을 거야.' 어머니는 이를 악물고 동네 곳곳을 찾아다니며 빚을 내기 시작했다.

하지만 그마저 쉽지 않았다. 이웃들은 '공로자 가족' 대우가 끊긴 광 씨 집안에 돈을 빌려 주는 것을 꺼려했다. 간혹 초면인 사람들은 "허리가 아프다더니, 두부 장사를 할 수 있긴 한 거요?"라며 비꼬는 투로 거절했다. 그래도 어머니 김영실은 멈추지 않았다. 불편한 허리를 붙들고, 잔뜩 흐린 날씨에도 빗줄기를 뚫고 몇 시간을 돌아다녔다. 끝내 흑백 텔레비전을 담보로 맡기고, 콩 몇 자루를 겨우 구입하기에 이르렀다.

"고맙습니다… 꼭 갚을게요."

어머니는 머리를 조아리며 읍소했다. 아버지가 살아 있었더라면 이런 굴욕적인 상황까지 오지 않았을 텐데, 이제 와서 누굴 탓하랴. 아이들을 먹이는 일이 급선무였다. 콩 자루를 들고 집에 돌아오는 길, 허리에 힘이 빠져 몇 번이고 길바닥에 주저앉고 싶었지만, '이것만 있으면 뭐라도 해 볼 수 있다.'라는 생각으로 간신히 버텼다.

다음 날 새벽, 집 안은 벌써부터 분주했다. 아직 하늘은 검푸른 기운을 띠고 있었지만, 어머니는 물이 가득 들어 있는 큰 솥단지를 아궁이에 걸어 놓고 불을 지피고 있었다. 뜨겁고 무거운 솥은 허리에 무리를 줬지만, 멈출 수 없었다. 이른 시간부터 물을 끓여야 콩을 불리고 두부를 만들 수 있기 때문이다.

"어머니, 제가 좀 도울까요?"

늦게 깬 성철이 뒷마당으로 나와 물동이를 옮기려 했지만, 어머니는 금방이라도 무너질 듯 지친 기색으로 고개를 저었다. "아니다. 너도 힘이 없잖니. 조금만 괜찮아지면 다시 불 지피는 걸 도와 줘." 이미 헛기침이 이어지는 동생 광영철도 있으니, 둘 다 무리시키고 싶지 않은 마음이었다.

물 온도가 뜨겁게 올라가자, 어머니는 손수 씻어 둔 콩을 맷돌로 갈아내기 시작했다. 한 숟가락, 두 숟가락 맷돌의 상판 목구멍으로 콩이 들어가면 옆구리로 보드럽게 갈아진 거품과 같은 것을 밀어내고 있었다. 어머니는 그것을 광목천에 받아 흰 콩물을 짜내어 솥에 서서히 넣으며 온 신경을 집중했다. 옛날 어렸을 때, 시골에서 잠시 두부 만드는 과정을 배운 기억을 더듬어 가며, 주방 한편에 놓인 낡은 책상 위에 재료와 도구를 준비했다. 간수를 구하기도 어려워, 대신 집 안에 남아 있던 소금을 약간씩 섞어 가며 간을 맞춰야 했다.

허리가 찌릿찌릿 아픈 통증이 수시로 올라왔지만, '이 고통 정도야, 아이들 굶기는 거 생각하면 아무것도 아니야.'라는 생각이 어머니를 버티게 했다. 아버지가 살아 있었다면, 강인한 몸으로 이 무거운 솥단지를 거뜬히 들어 주었을 것이다. 목소리도 커서 아침부터 성철과 광영철을 훈련시키듯 분주하게 움직였겠지. 그 시절이 그리워 눈시울이 뜨거워지려 했지만, 곧 마음을 다잡고 콩을 젓는 손에 힘을 주었다.

한참 후, 집 안 구석구석에 두부 끓이는 고소한 냄새가 퍼지기 시작했다. 그러나 그 냄새가 달콤하게 느껴질수록, 어머니는 마음 한 켠이 무거워졌.

'이걸 만들어 장마당에 내다 판다고 해도, 과연 얼마나 팔릴까? 재룟값과 빚은 어떻게 갚나…'

하지만 이미 선택지는 없다. 어머니는 천천히 허리를 굽혀, 옅은 김이 피어오르는 초두부를 조심스레 체에 받으며, '그래도 이 길밖에 없어. 한 모씩이라도 팔아서 당장 아이들 굶기지 않는 게 우선이야.' 하고 중얼거렸다.

새벽은 밝아 오지만, 가족에게 다가올 현실은 여전히 짙은 어둠과 같았다. 그래도 어머니는, 아버지가 남기고 간 마지막 의지에 의존하듯, 스스로에게 '너무 힘들면 안 돼, 아이들이 나만 믿고 있다'고 되뇌었다. 그리고 그 마음으로 허리 통증을 견디며, 두부를 짜는 일에 다시 몰입했다.

이른 아침, 아직 해가 높이 뜨지 않은 시간에 어머니 김영실은 허리를 조심스레 펴고 마당을 나섰다. 새벽부터 새하얀 두부를 짜낸 손끝에는 이미 물기가 빠져 거칠었지만, 마음만큼은 절실하고 간절했다. 오늘이야말로 장마당에서 두부를 팔아 조금이라도 수익을 내야 하는 첫날이기 때문이었다. 집 안에 남은 식량도 얼마 없고, 빚도 조금씩 늘어만 가니, 더는 미룰 수가 없었다.

어머니가 작은 좌판 하나를 찾아내 사방을 걸쳐 놓은 뒤, 그 위에 직접 만든 두부를 물대야에 담아 조심스레 올려놓았다. 흰 천으로 덮은 두부들 사이로 고소한 냄새가 풍기는 듯했지만, 이번 장사가 잘될지 불안감이 크게 앞섰다. '다들 먹을 거 찾기 힘든 시국인데, 과연 두부를 사 줄까…' 하는 의심이 머리를 떠나지 않았다.

 아픈 허리를 부여잡고 겨우 자리를 잡자마자, 동생 광영철이 숨을 고르며 좌판 옆에 주저앉았다. 열 살 남짓한 어린 동생은 기침을 자주 하고, 배고픔에 시달려 한낮에도 휘청대기 일쑤였다. 그래도 '형이랑 엄마가 뭘 하는지 궁금하다'며 따라나선 아이였다. 어머니는 그런 광영철을 물끄러미 바라보다가, 긴 한숨을 쉬며 멋쩍게 웃었다.
 "영철아, 춥진 않니? 조금이라도 앉아서 쉬어라."
 동생은 말없이 고개를 끄덕일 뿐이었다. 예전엔 순진한 표정으로 "두부 만들면 맛있겠지!" 하고 낙관적으로 말하곤 했는데, 이제는 그저 지쳐 있었고, 혹시라도 남은 두부에서 한 모쯤은 집에 가져가 먹을 수 있으면 좋겠다며 희미한 기대를 품고 있었다.

 사람들의 왕래가 많은 장마당은 의외로 한산했다. 이곳저곳을 기웃거리던 사람들은 구경만 하다 휙 지나쳐 버리기 일쑤였다. 누군가는 "요즘 두부 사 먹을 돈도 없는데…"라고 혼잣말을 뱉으며 곁을 지나갔고, 또 누군가는 "두부 값이 싸야 살 텐데, 얼마에 팔아요?" 하며 물어 놓고는 결국 빈손으로 돌아섰다.
 어머니는 잔뜩 굳은 표정으로 "두부 사세요… 두부 사세요…"라고 읊조렸지만, 사람들의 반응은 시큰둥했다. 어떤 이는 아예 빈정대듯 "한 모 공짜로 줄 거면 살 의향이 있다"고 말하기도 했고, 또 다른 이는 흘끗 보며 "우리 집도 먹을 것 없는데, 그 돈이면 차라리 쌀을 사지"라며 바쁘게 사라졌다.
 좌판 위의 두부는 점점 햇빛에 노출되어 물이 데워졌고 그러면 두부가 쉬어 버리니 어머니도 그러한 모습이 안쓰러워, '조금이라도 얼른 팔아서 쉬지 않게 해야 할 텐데…' 하는 생각에 애가 탔다.

　시장의 분위기는 늘상 활기가 넘치는 것이 아니었다. 각자 제 살길을 찾아다니는 사람들이 훑어보고 가는 자리일 뿐, 애정 어린 시선은 거의 없었다. 먹을 것이 부족한 시대에, 돈이 없으면 쌀도 살 수 없다는 사실은 모두가 잘 알고 있었다. 그래서 어머니는 하루 종일 자리에서 일어나지 않고 "이것만 사 주세요, 네?"라고 되뇌었다. 하루치 수익이라곤 쌀 몇 줌 살 정도가 고작이라는 걸 느낄 때마다, 가슴이 쿵 내려앉았다.

　오전 내내 한두 명이 간신히 "한 모 주세요." 하고 사 갔지만, 값을 지나치게 깎으려는 사람도 있어서 거래마저 쉬운 일이 아니었다. 그래도 어머니는 울음을 삼키며 고개를 끄덕였다.
　'그래도 팔려야 집에 쌀이라도 가져갈 수 있으니…'
　그날, 광영철은 옆에서 눈을 반쯤 감고 앉아 있었다. 기침으로 목이 아파 말을 별로 안 했지만, 배에서 자꾸 꼬르륵 소리가 났다. 그런데 마실 물조차 제대로 가져오지 못해, 갈증이 심해지자 아이의 눈빛이 흔들리고 있었다. 어머니도 애초에 물을 챙겨 올 새가 없었고, 다 팔지도 못한 두부를 놔두고 자리를 비울 수도 없어 서글펐다.
　한낮을 넘어 오후가 되어도 딱히 손님이 늘지 않았다. 해가 중천을 지난 시각, 어머니는 입술이 바짝 마르고 갈라져 작은 피가 맺힐 정도였다. 그렇다고 여기서 철수하면 수익은커녕 아침의 고생이 다 수포로 돌아간다. '아버지가 살아 있었다면… 이렇게 허리가 아프면서도 장마당에 나와 앉아 있진 않았을 텐데…' 하고 한탄이 목구멍까지 차올랐지만, 지금 상황에서 누구를 탓하겠는가.

결국 해가 기울 무렵, 어머니는 두부 몇 모가 남은 상태로 좌판을 접을 수밖에 없었다. "오늘 번 돈으론 쌀 몇 줌밖에 못 사겠구나… 나머지는 또 어떻게 하시."

광영철은 휘청이는 몸을 간신히 추슬러, 어머니가 정리하는 걸 도우려 했지만 기운이 없어 무기력하게 고개를 숙였다. 그 모습을 본 어머니는 더 가슴이 무너졌다. '아픈 아이를 데리고 나왔는데, 이게 뭐 하는 건지…'

간신히 짐을 챙겨 허리춤에 움켜쥐고, 두부를 몇 모 남긴 채 시장 골목을 빠져나오자, 어머니는 다시 한번 허리에 통증이 일어 비틀거렸다. 그러나 넘어질 순 없었다. 배고픈 채로 집에서 기다리고 있을 성철이 생각나고, 지금 쌀을 조금이라도 사야 한다고 생각에 정신을 다잡아야만 했다.

그렇게 시작된 장마당 두부 장사는, 첫날부터 쉽지 않았다. 벌어들인 돈은 한 줌도 안 되는 쌀 값 정도로, 빚을 생각하면 아무것도 아닌 수준이었다. 그래도 어머니는 또 내일을 준비해야 했다. '어쩌겠어… 우린 이걸로라도 살아야 해.'

장마당 골목을 빠져나올 때, 광영철의 가느다란 손을 꼭 붙들고 있던 어머니는, 피가 맺힌 입술을 깨물며 끝내 눈물을 삼켰다. '이제부터가 진짜 고난의 길일지도 몰라… 그래도 아이들과 함께 살아 나가려면, 해내야 해.'

대책 없는 현실 앞에서, 조금이라도 앞으로 나아가려는 이들의 모습이 장마당을 떠나는 해 질 녘 풍경과 함께 흔들리고 있었다.

조금만 더 견뎌 줘, 동생아…

✳✳✳

장마당 구석에서 급히 짐을 챙길 때, 어머니는 동생 광영철이 바닥을 짚으며 기침을 심하게 하는 걸 보고서야 사태가 심상치 않음을 깨달았다. 허리를 부여잡고 서둘러 달려가 동생의 이마를 짚어 보니, 이미 뜨끈한 열기가 느껴졌다. 한낮에 서 있기도 힘든 상태였을 텐데, 기어코 따라온 아이가 결국 무리한 것이다.

"이제 그만 집에 가자. 더 있다가 큰일 나겠다."

어머니는 두부 몇 모가 남은 채로 좌판을 접고, 겨우 챙긴 동전들을 헝겊 주머니에 쑤셔 넣었다. 그러나 수익이라곤 변변치 않았고, 그나마도 빚에 보태야 할 일이 산더미였다. '조금 더 팔아야 하는데… 아이가 이러니 어쩔 수 없지…'

마음이 초조했지만, 동생이 열이 오르는 걸 확인한 이상 늦출 수 없었다. 어머니가 장바구니와 짐꾸러미를 두 팔에 끼고, 허리가 아프면서도 한쪽 손으로 광영철을 부축했다. "조금만 참아, 곧 집에 가면 누워 있을 수 있단다."

광영철은 고개를 끄덕이려 했지만, 기침이 연달아 나오면서 말도 제대로 못 했다.

결국, 그날 장사라곤 반쪽짜리로 끝나 버렸다. 다 늦은 오후, 빚을 조금이라도 갚으려던 계획은커녕, 겨우 동생을 이끌고 버선발로 집에 돌아올 수밖에 없었다. 마치 바람 빠진 풍선처럼, 어머니는 무거운 마음을 안고 한숨을 내쉬었다.

집에 돌아온 뒤, 광영철은 곧장 자리에 누웠다. 허기와 피로에, 감기 기운까지 겹친 모양인지, 몸이 후끈 달아올라 땀까지 비 오듯 흘렸다. 성철은 그를 지켜보며, 가슴이 새카맣게 타들어 갔다. '동생이 점점 야위어 가는데, 병원 한번 가기 힘든 이 현실이 너무나 야속해…'

어머니는 작은 화로에 남은 장작을 던져 불씨를 살리려 애썼다. 뭔가 따뜻한 물이라도 데워 자식들에게 마시게 하고 싶었기 때문이다. 그러나 허리를 다쳐 만신창이인 몸으로 도착하자마자 불 피우고, 동생의 상태를 살피는 게 쉽지 않았다.

"어머니, 좀 쉬세요. 동생은 제가 돌볼게요."

성철이 간신히 어머니를 만류했다. 광영철에게 미지근한 물이라도 먹여야 할 텐데, 집 안을 둘러보니 물동이에도 물이 얼마 남지 않았고, 약은 말할 것도 없었다. '이러다 동생이 더 나빠지면 어쩌지…' 하는 불안이 성철의 마음을 괴롭혔다.

밤이 되자, 광영철의 열은 더 오르더니 몸이 화끈거렸다. 성철은 담요 한 귀퉁이를 말아 그의 이마를 가볍게 감싸며, 얼음장처럼 차가운 손으로 형겊을 적셔 올려놓았다.

"영철아, 괜찮아. 좀 있으면 나아질 거야."

그러나 그 말을 하면서도, 성철은 두려움이 엄습했다. 하루 종일 장마당에 있다가 기진맥진해 돌아왔는데, 광영철이 제대로 된 치료조차 받지 못한 채 고열에 시달리면 자칫 위험해질 수도 있다는 생각이 들었다.

어머니는 한편에서 화로 곁에 웅크리고 앉아, "어떡해… 이게 무슨 일이람…" 하고 나지막이 중얼거렸다. 허리 통증에 지친 몸으로 새벽부터 두부를 만들어 팔았고, 돌아온 수익은 터무니없이 적었다. 빚 독촉은 언제 다시

닥칠지 모른다. 그리고 막내아들은 지금 식은땀에 범벅인 채 열로 앓아누워 있다.

그날 밤, 성철은 불안감 때문에 잠들지 못했다. 동생의 숨소리를 살피느라 자꾸만 귀를 기울였고, 때때로 광영철이 가쁜 숨을 몰아쉴 때마다 가슴이 철렁 내려앉았다. '아버지가 계셨더라면 어떻게든 약을 구했을 텐데… 나라에 그런 연줄이라도 되었을 텐데…'

희미한 등잔 빛 아래, 어머니는 벽에 기댄 채 거의 반쯤 잠이 들었다가 화들짝 깨고, 다시 광영철의 이마를 만졌다. 성철 역시 "조금만 더 견뎌 줘, 동생아…" 하고 속삭였지만, 마음 한구석에는 '내일은 또 어떻게 먹고살아야 하나' 하는 걱정이 얼음덩이처럼 자리 잡았다.

어느새 바깥 바람 소리가 더욱 거세지며 집 전체를 흔들었다. 그 바람은 마치 가족의 절망을 재확인이라도 하는 듯, 벽 틈으로 파고들어 차가운 기운을 뿌렸다. 그러나 성철은 '그래도 살아야 한다. 아버지 몫까지 우리가 살아야 한다…'고 되뇌며, 동생의 식은땀을 닦아 주는 손길을 멈추지 않았다.

어두운 밤, 광영철의 기침 소리가 방 안 가득 울렸다. 그의 숨소리가 거칠어질 때마다, 성철은 괜스레 마음이 조급해졌다. 더운 열기에 식은땀이 번지는 동생의 이마에 손을 올릴 때마다, '내가 조금 더 어른이었다면… 이 아이가 이렇게 앓아누울 때 뭐라도 해 줄 수 있지 않았을까?' 하는 자책감이 밀려왔다.

하지만 실제로는 열두 살 소년에 불과한 성철에게, 동생의 고열을 낮출 만한 약도, 병원비도, 그 어떤 수단도 없었다. 그저 물을 적신 헝겊을 자주

갈아 올려놓으며, "곧 나을 거야. 조금만 버텨 줘, 영철아." 하고 속삭일 뿐이었다.

옆방에서 어머니가 기침을 삼키고 있었다. 허리가 아픈 몸으로 새벽부터 두부를 만들고 장마당에 다녀오느라 하루 종일 땀을 흘렸는데, 이제는 탈진 직전인지 누운 사리에서 고개만 늘썩이는 게 보였다. 이미 두부 장사로 번 돈은 얼마 안 되는 데다, 그마저도 빚 갚기에 턱없이 부족한 액수였다.

성철은 그런 어머니를 생각하면, 더더욱 마음이 무거워졌다. '아버지가 살아 있었다면, 최소한 이렇게 몸이 성치 않은 어머니가 혹독한 노동에 시달리지는 않았을 텐데…' 허기 때문에 어지러운 머릿속에도, 그 생각만큼은 또렷했다.

가끔 생각해 본다. 아버지가 이 집안에 건재했더라면, 동생이 앓아누웠을 때 병원으로 데려갈 수 있었을 텐데. 분명 "걱정 마라. 내가 다 알아볼 테니 넌 동생 곁에만 있어라."라고 든든하게 말해 주었을 것이다.

그 기억이 아련하게 떠오르자, 성철은 눈을 질끈 감았다. '아버지, 왜 이렇게 빨리 우리 곁을 떠나셨어요…'라는 원망이 가슴 한가운데를 후벼 팠다. 어머니는 허리가 아파도 쉬지 못하고, 동생은 이렇게 고열에 시달리며 앓아눕고 있다. 성철은 모질게 입술을 깨물었다. 아무리 눈물짓고 싶어도, 가족 중 그나마 몸이 멀쩡한 자신마저 울고 있으면, 누가 이 지긋지긋한 현실을 버텨 낼까 싶었다.

방 안에 깔린 암흑이 더 짙어질 즈음, 광영철의 기침이 잠시 멈추었다. 헝겊을 갈아 주려던 성철은 이불 속에서 동생의 차가워진 손을 쥐며 "좀 괜찮아?"라고 낮게 물었다. 대답은 돌아오지 않았지만, 그저 오래 잠들어 주길 바랄 뿐이었다.

그 순간, 허리 통증을 참으며 옆방에서 일어난 어머니가 문가를 붙잡고 애써 몸을 일으켰다. 성철은 재빨리 어머니를 향해 달려가 부축했다.

"어머니, 좀 더 쉬셔야 돼요."

하지만 어머니는 지친 얼굴로 작게 웃었다.

"네 아버지라면, 이렇게 아이들이 고생할 때 가만있지 않았을 텐데… 내 허리만 성했어도 너희가 이렇게 힘들진 않았을 텐데…"

두 모자는 그저 서로를 바라볼 뿐이었다. 윗방 창문 끝 어디선가, 밤바람이 윙윙거리는 소리만 들려왔다. 그 소리가 마치 이 집안을 온통 뒤흔드는 듯했다. 그러나 그럼에도 성철은 어머니를 부축하며 마음으로 다짐했다. '아버지가 떠나셔도, 우리가 어떻게든 살아남아야 해. 동생도, 어머니도, 내가 지켜야 할 소중한 가족이니까.'

그 비장한 결의 속에서, 깊은 밤은 더 무겁게 가라앉고, 집 안 공기는 싸늘했지만, 어느샌가 광영철의 숨소리는 차차 고르게 변해 가고 있었다. 작은 희망이나마 붙들려 애쓰는 소년의 마음이, 아버지가 부재한 이 현실을 힘겹게 떠받치고 있었다.

밤이 깊어 갈수록, 광 씨 집안의 공기는 더욱 무거워졌다. 좁은 방 안에서 동생 광영철은 온몸을 달구는 열과 싸우며 앓아누웠고, 그런 동생의 숨소리를 듣고만 있는 성철은 초조함에 손가락을 부르르 떨었다. '아버지가 살아 있었다면, 이렇게 병으로 힘들어하는 동생을 방치하지는 않았을 텐데…' 하는 생각이 사방을 맴돌았다.

성철은 문득 눈을 감고, '내가 조금만 더 어른이었으면, 동생을 위해 약이라도 사 오거나 병원에 데려갈 수 있을 텐데…' 하고 괴로워했다. 실제론 겨우 열두 살짜리에 불과하다는 사실이 뼈저리게 느껴졌다. 방 안을 둘러봐도 돈이 될 만한 물건 하나 없고, 약 하나 살 여유조차 없다.

이웃집에 도움을 청하고 싶어도, 이미 아버지를 잃은 뒤부터 주위의 시선은 냉랭했다. '공로자 가족' 대우도 끝났고, '아마 저 집은 뭔가 잘못이 있으니 당국이 외면하는 거겠지?'라며 오히려 피하는 분위기였다. 설령 장마당에 나가서 누군가에게 빌리려 해도, 그것도 쉽지 않았다.

그 순간, 곁에서 허리를 붙들고 힘겹게 숨을 고르는 어머니가 성철의 시야에 들어왔다. 새벽부터 허리 통증을 애써 참아 가며 장사 일을 했지만, 번번이 한계에 부딪히고 만다. '아버지가 계셨다면 어머니를 이렇게 고생시키지 않았을 텐데…' 생각하자마자, 성철은 괜히 눈앞이 흐려졌다.

어두운 방 한쪽에서, 동생이 헛기침을 하다가 잠시 울컥거리는 소리를 냈다. 성철은 놀라서 다가갔다. "영철아, 괜찮아? 물 좀 마실래?" 하지만 집 안에는 마실 물조차 얼마 남지 않았다. 그마저도 끓여야 하는데, 장작 역시 모자랐다.

'정말 내가 어른이라면… 지금 당장 밖으로 나가 광영철을 병원에 데려가고, 허리 다친 어머니도 쉬게 하고, 이 공포스럽게 빈 집안에 식량도 채워 넣을 텐데…'

그 생각만 해도 갑갑했다. 현실은, 열두 살 소년의 두 어깨에 고된 짐을 잔뜩 실어 놓고 있었다. 성철은 "아버지…" 하고 이름만 불러 보다가, '정말 왜 이렇게 빨리 우리 곁을 떠나셨어요…'라는 말이 가슴 한구석에서 터져 나왔다.

아버지가 생전, 언제나 든든한 모습으로 환하게 웃는 장면이 불현듯 떠올랐다.

'그렇게 강했던 분이, 왜 갑자기… 우리를 두고…'

성철은 눈을 질끈 감았다. 아무리 생각해 봐도, 도무지 받아들이기 어려운 현실이었다. 서러운 마음이 파도처럼 밀려와, 입술이 달싹거렸다. 그러나 울음을 터뜨릴 수는 없었다. 지금 울면, 어머니와 동생이 더 걱정할 게 뻔했다. 집안에서 유일하게 비교적 건강한 몸을 지닌 건 자신뿐이었다.

'내가 무너지면 안 돼. 아버지가 없어도, 우리가 살아야 하지 않나…'

그래서 성철은 이불 위에 엎드린 동생의 이마를 다시 한번 만져 보았다. 아직도 열기가 가시지 않았다. 안쓰러운 마음에 흘러나오는 탄식은, 벽에 막혀 메아리치지도 못하고 방 안에서 사그라들었다.

어머니는 화로 곁에 쭈그려 앉은 채, 떠나지 않는 허리 통증을 참으며 "어떡하면 좋니… 아버지가 있었으면…" 하고 낮게 중얼댔다. 그 말이 왜 이렇게 미안하게 들리는지, 성철은 본능적으로 어머니 쪽으로 다가가 손을 잡았다. "이대로 두면 영철이 많이 힘들겠죠…"라고 말해 보았지만, 그 역시 뾰족한 해답이 없었다. 집 안은 너무나 적막했고, 밖에서는 칼바람이 불어왔다. 앞마당에 쌓인 낙엽이 윙윙 소리를 내며 날렸다. 성철은 '아버지, 제발 꿈에서라도 나타나서 괜찮다고 말해 주세요. 그리고 동생을 낫게 할 방법이라도 알려 주세요…'라고 마음속으로 외쳤다.

그러나 현실에서는 아무런 대답도 들려오지 않았다. 아이러니하게도, 그

적막이 의지해야 할 사람 하나 없이 세 모자를 더 깊은 겨울로 밀어 넣는 것만 같았다. 그럼에도 성철은 애써 의연해지려 했다. '아직 난 어린애지만, 아버지 대신 어른이 되어야 하는 건가…'

동생의 기침 소리가 또렷이 커질 때마다, 성철은 이불 끝자락을 움켜쥐고 숨을 삼켰다. 아버지 없는 이 공간이, 이렇게까지 차갑고 황량할 줄 정말 몰랐다. 하지만, 그가 할 수 있는 일은 이 작은 방에서 동생의 땀을 닦아 주고, 어머니를 조금이라도 안심시키는 것뿐이었다.

'아버지… 난 아직 준비가 안 됐어요. 근데… 그래도 버틸게요. 동생이랑 어머니를 위해서라도, 어떻게든…'

사실 결심이라고 부르기도 힘든 작은 의지였지만, 그마저도 없으면 성철은 당장이라도 주저앉아 오열했을 것이다.

3부

남조선 파견대 조장 광덕칠

시 보위부 부장 박진호

***

밤이 깊어 적막해지면, 성철은 가만히 누워 과거를 떠올리곤 했다. '아버지 생전에 만났던 사람들 중 누가 우리를 도와줄 수 없을까?' 하는 막연한 바람에서였다. 그러던 어느 날, 문득 장례식장에서 스쳐 지나갔던 박진호라는 인물이 기억났다.

그 장례식 날, 박진호는 풀칠한듯 빳빳한 국방색 군복 깃에 번듯한 약장을 달고 나타났다. 다른 조문객들과 달리, 깔끔한 인상에 꽤 높은 직급을 암시하는 듯한 분위기가 있었다. 그의 모습은 애도하는 사람들의 시선을 잠시 모을 정도로 존재감이 뚜렷했다.

당시 박진호는 아버지와 함께 군 복무를 한 옛 동료라고 자신을 소개했다. 장례식장에서 짧게 고개를 숙여 조의를 표하고 어머니에게 "힘들면 연락하라"며 종이쪽지를 건넸다. 그것이 전부였지만, 성철의 마음속에는 작은 불씨가 피어올랐다. '아버지와 함께 군 복무했던 분이래. 지금 보위부(* 북한의 보위부는 간첩, 기독교 및 종교인, 불순 이색분자, 체제를 반대하는 자, 불평불만 자, 정치적 견해가 다른 자들 등등을 체포 구금하고 고문 및 정치범 수용소, 처형을 시키는 악랄한 정보기관으로 암살, 도청, 미행 등의 일을 감당하는 사복 군사정보기관. 한국 국정원과 비슷한 업무를 수행한다.) 간부라는데, 우리를 조금이라도 도와줄 수 있지 않을까?'

장례가 끝난 뒤에도, 성철은 박진호가 아버지를 대신해 뭔가 해 줄 수 있는 사람이 아닐까 기대했다. 혹여 배급이 끊긴 상황에서 필요한 식량이나 약을 구해 줄 방법을 알지 않을까, 혹은 한마디만 해도 당국에서 가족을 돌

봐 주는 게 달라지지 않을까 하는 희망이 있었다.

사실 어머니도 당시 박진호가 건넨 종이를 들고 망설이던 시선이 역력했다. 박진호가 건넨 종이에는 연락처와 소속만 적혀 있었고, 더 자세한 내용은 알기 힘들었다. 그럼에도 그는 아버지와 함께 군 복무했다는 이야기를 하면서 집안 사정을 헤아려 주듯 몇 마디 덧붙이기까지 했다. "내가 도와줄 일이 있으면 연락하시오." 그 말 한마디가 성철에게는 꽤 인상 깊게 남았다. 보위부라는 조직은 일반인들에게 두려운 이미지로 다가오지만, 동시에 정부의 핵심 권력 기관이니 '뭔가 힘이 있을 것'이라는 막연한 기대감을 안겨 주기도 했다.

'그분이 아버지와 친분이 깊다면, 우릴 그냥 외면하지 않겠지…' 성철은 어려운 현실에 부딪혀 한참을 허우적거리다가도, 한 번씩은 박진호의 얼굴을 떠올리며 희미하게나마 용기를 얻었다. 그 희망이 세상에 등을 돌린 듯한 슬픔 속에서도, 아이를 붙들어 매는 작은 버팀목이었다.

아직 그에게 연락을 해 보지는 않았지만, 언젠가 정말 더 이상 버틸 수 없을 때, '박진호 아저씨가 도움의 손길을 내밀어 주지 않을까?' 하고 은근히 기대하는 마음이 성철의 가슴 한구석에서 부드러운 불씨로 피어나고 있었다.

장례식 직후, 성철은 그나마 붙잡고 있던 작은 희망 하나를 실행에 옮기려 했다. 박진호가 건넨 종이에 적힌 번호로 전화를 걸어 보기로 한 것이다. 그러나 결과는 성철의 예상과 많이 달랐다. 전화를 건 첫날, 박진호 대신 다른 남성이 받았다. "지금 박 부장 동지는 바쁘니 나중에 다시 걸어라." 라는 무심한 말만 들려왔다. 성철이 다시금 걸어 봤지만, 그때마다 돌아오는 건 비슷한 대답이었다. "해외 출장 중이다." 혹은 "지금 통화가 어렵다."라는 식이었다.

그나마 운이 좋아 통화가 연결될 듯하면, 이내 "자네 누구냐. 용건이 뭐냐."라는 반문이 쏟아지다가, 정작 박진호 본인은 전화를 받지 않았다. 시간이 갈수록 성철의 마음은 조급해졌고 허탈했다.

'아버지랑 정말로 친분이 깊던 사이가 맞나… 왜 이리 연락을 피하는 거지?'
종종 그 의문이 머릿속을 떠나지 않았다.

그러던 중, 마을 어귀에 잠시 박진호가 왔다는 소문이 돌았다. "보위부 사람이 근처에 차를 타고 지나갔대. 박 부장 동지가 맞는 것 같더라."라는 이야기를 들은 성철은, 마치 구원을 보는 것처럼 부리나케 달려 나갔다.

하지만 이미 박진호는 흔적도 없이 사라진 뒤였다. 누군가의 말에 따르면, "박 부장 동지가 급히 업무를 보러 떠났다"고만 했다고 했다. 성철은 그 길가에서 덜컥 주저앉았다.

'정말 우리를 외면하는 걸까… 아버지와 그렇게 가깝던 사람이 왜 이러는 거지?'

마음 한구석에서 작은 불씨처럼 지탱해 주던 '혹시 도움을 받을 수 있지 않을까'라는 희망이, 흔들리는 촛불처럼 깜박이며 꺼져 가는 느낌이었다. '이젠 누구도 우리 가족을 돕지 않는 건가… 아버지의 공로 같은 건 아무 의미 없나…'

초조함은 점차 분노로 번졌다. 나라를 위해 몸 바쳐 임무까지 수행한 아버지를 두고, 이렇게 홀대받는 상황이 너무나도 서글펐던 것이다. 그러나 곧 성철은 그 감정을 꾹 삼켰다. 다른 수단이 보이지 않는 현실에서, 더 이상 할 수 있는 것도 없었다. 어머니는 "괜히 보위부 간부에게 계속 연락했다간, 우리가 더 의심받을 수도 있어."라며 아들을 만류했다. 그 말이 사실인지 여부는 알 수 없었지만, 김영실은 체제의 공포를 본능적으로 알고 있었다. '도움이 필요하다고 아무한테나 말하는 게, 오히려 우리에겐 해가 될 수도 있지 않을까…'

결국 성철은 망연자실했다. '정말 우리가 버림받은 건가… 아버지 죽고 나니, 누구도 우리를 챙겨 주지 않는 건가…' 이런 회의감이 머릿속을 뒤덮었고, 이따금 밤이 깊어지면 조용히 담요를 뒤집어쓰고 흐느끼곤 했다. 박진호라는 이름은, 이제 점점 아득하게 멀어지는 희미한 희망으로만 남아 있었다.

"어머니, 그래도 아버지랑 한때 전우였던 분이라잖아요. 그냥 외면하진 않을 것 같은데…"

성철은 몇 번이고 이렇게 말했지만, 김영실의 반응은 늘 똑같았다. 팔짱을 끼고 허리에 체중을 싣는 자세로, "지금 그 사람 찾아간다고 해서 뭔 이득이 있겠니?"라며 차갑게 받아쳤다. 어머니가 그렇게 단호한 태도를 보인 건 오랜 경험에서 비롯된 것이었다고 생각했다. 그보다 더 깊은 사연이 있는 듯했다.

"네 아버지가 있는 동안엔 차마 드러내지 않았을 뿐이야. 힘 있고 권력 있는 사람이 무슨 생각을 하는지는 우리가 알 수가 없다. 괜히 발만 담갔다가 더 큰 화를 부를 수도 있어." 허리를 손으로 짚으며 어렵사리 말을 이을 때마다, 그녀의 목소리에는 피로와 두려움이 섞여 있었다. 몸도 성치 않은데,

마음속 공포까지 지닌 채 하루하루 버티는 게 얼마나 힘든 일인지, 옆에서 지켜보는 성철도 느낄 수 있었다.

하지만 그럼에도 불구하고, 성철은 왠지 모르게 답답함을 떨칠 수 없었다. 그런 성철을 바라보는 어머니 영실의 마음은 참으로 착잡했다.

"여보 성철이가 진호 그 인간과 엮일까 봐 겁나요."

영실은 진호를 처음 만나던 때를 회상했다.

두 남자 사이의 여인

***

북조선의 어느 외딴 지방 깊은 산골에 위치한 조선인민군 63저격 특수부대…

"이~~야앗!!! 악악악!!! 일당배~액!!!"

요란한 구호와 기합이 뒤섞여 이산 저산 메아리치고 있었다. "백절불굴의 혁명정신"(* 백 번 꺾일지언정 절대로 굴하지 않는 혁명적 신념과 지조를 지키겠다는 구호이다.)이라는 깃발이 나부끼는 이곳은 살인 병기들을 양성하는 특수 비밀 훈련 기지였다.

그러나 그 안에서도 인간의 감정과 야망은 쉼 없이 소용돌이쳤다.

영실이 처음 광덕칠과 박진호를 동시에 마주한 것은, 조선인민군 제63저격여단 부대 특수 훈련소였다.

소좌 덕칠은 농촌 출신으로, 힘도 좋고 정직하며 머리도 재치 있고 정의로운 청년이었다. 대위 진호는 중앙당 간부 집안의 도련님으로, 보위대학을 졸업한 전도 유망하고 미래가 촉망되는 청년이었다. 사람들 앞에서는 예의 바르고 성실한 모범 청년처럼 보였다. 그러나 속으로는 자존심이 남달리 강했다. 이 부대에서 영실은 군의소(* 군부대 의료업무를 담당하고 있는 부서이다.)에서 업무를 담당하고 있었다.

처음 특수 훈련소에서 만났을 때, 영실은 덕칠의 꾸밈없고 따뜻한 마음씨에 끌렸다. 하지만 진호 역시 영실에게 호감을 느끼고 있었다. 그는 한번 마음을 붙인 대상은 쉽게 놓지 않는 성격이었다.

덕칠과 진호는 사실 같은 조(組)로 "조장"과 "부조장"으로 묶여, 함께 특수전 전술 및 전투훈련에 참여하는 '친구' 사이였다. 생사를 가르는 특수훈련 때마다 함께 동고동락했다. 한번은 둘이 낙하 훈련을 하다가 둘의 낙하산이 서로 엉키며 바다에 떨어져 죽을 뻔했을 때 당시 조선노동당중앙군사위원회(* 북한에서 조선노동당 규약에 따라 설치된 당 내 최고 군사정책 결정기구이다. 이 중군위가 당의 군사 정책 결정과 군대(조선인민군)에 대한 지도를 담당한다. 조선노동당 총비서가 위원장을 맡고, 기타 위원들은 당과 군의 핵심 간부로 구성된다. 김정은 총비서를 정점으로 하는 당내 권력의 축이 '정치국 상무위원회(정무국) → 당중앙군사위 → 국무위원회' 등으로 이루어진다. 김정은이 이 세 권력 구조의 위원장직을 겸하고 있다.) 부부장(* 당중앙군사위원회 부부장(副部長)'은 위원들을 보좌하는 차관급 직위로 이해할 수 있다. 당중앙군사위원회위원은 장관 이상 급으로 분류되며 국방장관에게 지시할 수 있는 계급이다.)이었던 진호의 아버지가 해군 부대를 동원하여 살려 냈다. 그리고 덕칠은 산악 생존 훈련할 때 벼랑에 떨어져서 다리를 다쳤던 진호를 업고 그를 치료해 주며 끝까지 임무를 완수하였다.

이들은 부대에서 서로 떨어질래야 떨어질 수 없는 딱친구이며 생명을 함께 한 전우였다.

두 사람은 서로의 장점을 보완하며 꽤 이상적인 팀워크를 자랑했다. 영실 또한 그들의 협업을 흐뭇하게 지켜보면서, 자연스럽게 덕칠과 가까워지기 시작했다.

북조선 당중앙위원회 군사위원회는 총참모부 정찰국을 통하여 비밀리에 남조선 파견 임무를 기획했다. "혁명 승리를 앞당기기 위해 적진 한복판에서 정보를 수집하고, '불새'와 접선하여 귀중한 비밀을 전달받고 남조선 군대와 사회의 동향을 파악하라"는 조선노동당 중앙위원회 군사위원회의 지시에 따라, 특별 훈련을 받은 부대들 중에 역량 있는 부대를 선발하고 파견조를 선발하였다.

조장 광덕칠 소좌는 현장에서 몸을 사리지 않는 열정과 투지가 높이 평가되어 남조선에 작전조를 이끄는 조장으로 직접 파견되게 되었다. 남조선에 이미 심어 놓았던 고정간첩들과 접선하고 비밀을 넘겨받아 돌아오는 임무였다. 진호도 함께 가게 되었다. 덕칠이가 조장, 진호가 부조장이었다. 덕칠이가 계급이 더 높았다. 서로는 당과 수령을 위하여 충성을 다하여 생명도 청춘도 다 바치기로 결심했다.

그런데 진호에게 문제가 생겼다. 부조장이던 대위 진호가 갑자기 조에서 이탈하게 되었다. 조선노동당군사위원회 부부장인 그의 아버지가 팀에서 빼냈던 것이다. 진호가 외아들이라는 이유로 남조선에 가면 죽을 수도 있고 위험하기 때문에 손을 쓴 것이다. 덕칠이와 떨어지게 된 진호는 너무나 자존심이 상해서 덕칠이와 외박을 나가 밤새 술을 마셨다. 아버지 때문에 남자의 자존심에 상처를 입은 것이다.

영실의 선택과 진호의 질투

✳✳✳

영실이 덕칠을 선택한 건 어찌 보면 당연했다. 덕칠은 솔직하고 야심보다는 사람에 대한 애정이 가득했다. 매서운 겨울바람이 불 때는 자기 외투를 벗어 영실의 어깨를 감싸 주곤 했고, 훈련 현장에서 물 한 바가지 구하기도 힘들 때는 자기가 마실 물을 양보하며 배려했다.

반면 진호의 호의는 조금 달랐다. 그는 영실에게 좋은 옷을 건네거나, 집안의 권력을 이용해 편의를 봐주기도 했으나, 영실의 눈에는 그것이 '아랫사람을 시혜하는' 듯한 느낌으로 비쳤다.

"고맙긴 한데… 왠지 모르게 숨이 막혀."

영실은 진호의 배려 속에 깃든 우월감을 꿰뚫어보고 있었다. 그리고 그 감정이 싫었다.

결국 영실의 마음은 덕칠에게 기울었다. 두 사람은 여러 차례 몰래 만남을 이어 가면서도, 공식적인 자리에서는 조심스럽게 행동했다. 왜냐하면 한 사람, 바로 진호가 계속 그들을 주시하고 있었기 때문이었다. 덕칠은 친구인 진호의 눈치가 보였던 것이다.

진호는 영실이 덕칠과 함께 있다는 사실을 확인하자, 안에서부터 뜨거운 분노가 끓어올랐다.

"내가 간부 집안 아들인데, 왜 나를 택하지 않는 거지? 덕칠 따위가 뭐가 잘났다고…"

그는 자신이 덕칠보다 모든 면에서 뛰어나다고 믿었다. 지위, 배경, 학식. 그런데 영실은 왜 하필 그 남자를 좋아하는지 이해할 수 없었다. 처음엔 영실의 마음을 돌리려 예의를 갖추고 노력했지만, 그녀가 완강히 거리를 두자 점차 덕칠에 대한 혐오감이 커졌다. '네가 내 것을 빼앗아 갔어. 언젠가 반드시 너를 밟아 주겠어.'

비밀 연병장에서의 배웅

***

차가운 빗바람이 부는 어느 날 깊은 밤, 북조선 조선인민군 제63저격여단 비밀 연병장. 주변엔 어슴푸레한 서치라이트만 깜박이는 가운데, 조장 소좌 광덕칠과 그의 부하 12명이 일렬로 서 있었다. 그들 앞에 조선노동당 군사위원회 부부장, 총참모부 정찰국 부장, 그리고 제63저격여단 여단장이 나란히 서서 하나둘씩 이들과 악수를 나누고 있었다.

군사위원회 부부장은 낮은 목소리로 나지막하게 그러나 무겁고 엄숙한 목소리로 강조했다.

"동무들, 이번 작전은 당과 수령님께서 각별히 신경 쓰시는 매우 중요한 임무요. 남조선 깊숙이 들어가 '불새'와 접선을 이루는 것이며, 그가 넘길 비밀 자료는 우리에게 적들의 준동을 분쇄해버릴 수 있는 사활적 의미가 있소. 당과 수령님을 위하여 목숨 바쳐 싸웁시다."

"당과 수령님을 위하여! 조국과 인민을 위하여!"

파견조원들이 화답하며 웨치는 나지막하나 묵직한 답례에 연병장을 대각선을 스치며 쓸어 버릴 듯 지나가는 조명등에 군모 아래로 비장함이 스쳤다. 조장 광덕칠이 한걸음 앞으로 나와 군사위원회 부부장과 경례를 주고받았다.

"조장 소좌 광덕칠!!!"

"충성을 다하여 싸우겠습니다. 반드시 임무를 완수하고, 무사히 돌아오겠습니다."

광덕칠의 비장한 각오에 군사위원회 부부장은 믿음 어린 어조로 말했다.

"그래 당과 조국은 동무들을 믿소! 승리하고 돌아오기를 바라오!"

다음은 총참모부 정찰국 부장이 그를 끌어안듯 악수하며 고개를 끄덕였다.

"광덕칠 소좌! … … …"

이름을 부르고 입을 앙다물고 맞잡은 손에 힘을 꽉 주고 흔들기만 할 뿐이었다.

"조장 소좌 광덕칠!!!"

덕칠이도 말없이 손을 더욱 힘주어 잡기만 할 뿐이었다. 정찰국 부장은 조선 전쟁 때 낙동강까지 다녀온 전쟁 영웅이었고 남조선에도 여러 번 다녀온 베테랑이었다.

"조장 소좌 광덕칠!!!"

다음은 여단장이 덕칠이를 꽉 끌어안았다. 특별히 여단장이 아끼는 덕칠이었다.

여단장이 얼굴에는 비장함과 신뢰가 가득 묻어났다.

"당과 수령님을 위하여! 조국과 인민을 위하여!"

3부 남조선 파견대 조장 광덕칠

줄지어 선 나머지 12명 대원들도 일제히 거수경례를 붙였다. 각각 부조장, 군의관, 무전병, 폭파병 등 특기가 다른 이들이지만, 모두 엄선된 정예였다. 여단장은 살짝 목청을 가다듬으며, 엄숙하게 이들을 훑었다.

"동무들, 이번 여정에서 '개척조'가 지뢰를 제거해 줄 것이다. 그 길을 따라가면, 남조선 괴뢰군의 삼엄한 감시망을 피해 침투할 수 있소. 하지만 그 후는 오직 동무들에게 달렸어. 이제부터 조선인민군 제63저격여단 남조선 파견조의 조 암호명을 부여하겠소. 조 암호명은 '샛별'이요. 적진의 어두움 속에서도 빛나는 공로를 세우고 돌아오기를 바라오. 조국은 동무들을 믿소. 임무를 완수하고 돌아오시오! 당과 수령님을 위하여! 조국과 인민을 위하여!"

"알았습니다!!! 당과 수령님을 위하여! 조국과 인민을 위하여!"

파견조의 화답 함성은 깊은 밤 깊은 산골짜기 훈련소 연병장을 다 집어삼킬 듯했다.

당중앙위원회 군사위원회 부부장과 총참모부 정찰국장과 조선인민군 제63저격여단 여단장은 이미 막사로 들어갔고 여단에서 파견 실무를 맡은 지휘관 두 명이 나와서 한 명씩 대원들과 악수를 나누는 광경은 마치 전장에 나가는 영웅들을 보내는 의식 같았다.

뒤편에는 군용트럭 한대가 기다리고 있었다. 짙은 위장막으로 덮인 트럭이었다. 부조장 명식이(대위)는 작게 중얼거리며 덕칠에게 말했다.

"조장동지, 정말로 높은 간부들이 다 나와서 배웅을 해 주네요."

광덕칠은 단호하고 짤막하게 대답했다.

"그만큼 우리가 해야 할 임무가 막중하다는 거다."

그것은 반드시 임무를 완수하리라고 덕칠 스스로에게 하는 맹세이기도 했다. 마지막 악수가 끝나자, 파견 담당 지휘관들이 고개를 끄덕이며 손을 들어 보였다.

"출발하시오. 우리는 동무들의 승리를 믿소."

그 말과 함께, 광덕칠 조장을 필두로 13명 대원들이 트럭에 올라탔다. 위장막이 드리워진 트럭의 엔진이 낮은 굉음을 내며 동이 트기 전 어둠 속으로 출발했다.

DMZ 침투와 남조선으로

***

어둑한 새벽, 위장된 트럭이 다시 한번 움직이기 시작했다. 군사분계선(* DMZ를 이르는 북한식 명칭. 이하에서는 DMZ로 통일할 것이다.)과 가까워질수록, 차내 분위기가 무거워졌다. 대원들은 각자 무기와 장비를 정비했다. 군의관은 구급가방의 품목을 재확인했고, 무전병은 헤드셋과 소형 송수신기를 점검했다. 명석(부조장, 대위)은 주먹을 꽉 쥐며 주변을 경계했다.

광덕칠은 차분히 부조장과 조원들에게 임무를 다시 상기시켰다.

"우리 임무는 남조선에 들어가, 경기도 해안 도시로 침투 후 지형 정찰을 실시한다. 그리고 거기서 '불새'라는 공작원과 접선, 비밀 자료를 넘겨받고 새 지령을 전달한다."

"알았습니다!"

거수경례로 화답하는 대원들의 표정엔 결연함이 묻어났다.

무전병의 "그런데 조장동지, 남조선 해안 도시면… 해안 경비가 상당할 텐데 괜찮겠습니까?"라는 질문에 광덕칠은 고개를 끄덕이며 "우린 바다가 아닌 '육로'를 선택했다. 군사분계선을 관통한 후, 남조선 괴뢰군의 삼엄한 경계망을 피해 해안가로 접근하는 작전이다. '개척조'가 길을 뚫어 줄 것이다." 광덕칠의 눈가에는 비장함이 묻어 있었고 꽉 앙다문 입술에는 반드시 임무를 완수할 결연함이 맺혀 있었다.

"덜컹… 덜컹"

수송트럭은 여전이 비포장 도로 산길을 누비며 달려가고 있었다. 포장되지 않은 도로는 며칠 전 내린 강한 비에 의해 많은 곳이 패여 있어 커다란 돌들이 돌출되어 타이어가 타고 넘을 때마다 트럭에 승차한 조원들의 엉덩이와 허리에 강력한 자극을 주었다. 그러나 그 누구도 입술 하나 뻥끗하지 않았다.

"여기는 개척조! 여기는 개척조! 지뢰 1차 구간 해체 완료. 통로 안전 확보. 응답하라."

갑자기 덕칠에게 있는 무전송신기에서 신호가 왔다.

"여기는 '샛별', 좋다. 우린 곧 도착한다. 기다리라."

그 무전을 들으며 트럭에 탄 부조장과 군의관, 무전병, 기타 조원들은 얼굴이 환해졌다. '동지들이 우리를 지원하고 있구나…'라는 안심과 고마움이었다.

'샛별'조 조장 소좌 광덕칠은 조원들을 향하여 나지막하나 엄숙한 목소리로 짧게 명령했다.

"긴장을 늦추지 말고 유지할 것!"

덕칠은 생각했다. 조원들이 무사히 임무를 마치고 돌아올 때까지 안전하기를 -

"개척조가 뚫어 준 통로라 해도 남조선 괴뢰군의 감시 장비에 걸리면 끝이니까."

혼자소리로 중얼거리는 소리를 모든 대원들이 들었고 그들도 같은 마음이었고 반드시 임무를 수행할 것이라는 결의에 차 있었다.

트럭은 삐걱거리며 전선 근방으로 달려갔다. 내부는 미묘한 침묵에 휩싸였는데, 대원들 모두 생각이 많았을 것이다.—'이대로 무사히 남조선 해안 도시에 갈 수 있을까? 불새와는 어떻게 만나지?'

트럭이 중간 집결지인 전방 시설에 도착했다. 그곳에서 기다리던 것은 '보장부대'라 불리는 작전 지원 팀이었다. 보장부대는 지뢰 제거 개척조와 달리, DMZ 통로 인근에서 파견조를 호위하거나 후방 지원을 해 줄 것이었다. 보장부대 부대장은 40대 후반쯤 보이는 상좌였다. 이는 비밀리에 움직이는 일로 보장부대원들도 소수 병력 10여 명 정도로 서로를 알 수 없었다.

"드디어 오셨군! 총참모부 정찰국에서 임무를 받았습니다. 개척조가 군사분계선 지뢰 구간을 거의 다 뚫어 놨습니다. 곧장 통로를 통해 넘어가시면 될 겁니다."

계급으로는 두 계급 이상이지만 그의 말투에는 약간의 긴장감이 서려 있었다. 남조선 임무를 수행하는 사람들에 대한 존경과 감사가 담겨져 있는 것이다. '샛별'조는 그곳에서 비상 전투 식량과 폭약, 및 필요 보급품을 넘겨

받았다. 부조장과 무전병이 마지막으로 장비(폭파물, 소음기, 수신기)를 점검했다. 그러고서 대원들은 일렬로 서서, 저 멀리서 번지는 희미한 불빛(개척조의 표식) 쪽으로 발길을 옮기기 시작했다. 조장 광덕칠 소좌는 조원들에게 명령했다.

"'샛별' 조 차렷! 경례!"

'샛별'조는 보급부대와 인사를 나누고 '개척조'의 안내를 받았다.

남조선 내부 침투와 임무 수행

***

새벽 2시 무렵, 군사분계선으로 향하는 좁은 오솔길. 흔들거리는 나뭇가지가 스쳐 가는 소리도 섬뜩했다. 광덕칠이 선두에서 나침반과 지도, 개척조가 남긴 간단한 표식(형광 테이프)을 확인하며 걸었다. 결국 그 길의 끝에 도착하자, DMZ 중앙 비무장지대로 들어가는 길이 있었다. 철책문이 남겨져 있었다. 그 철문만 열면 DMZ 남측 비무장 지대, 지뢰밭이 있는 곳이었다.

'샛별' 조장 소좌 광덕칠은 낮게 혼자소리로 중얼거렸다. 이제부터는 전방의 개척조의 뒤를 따라 전진하여야 한다.

"여기서부터 200m 지점까지는 이미 지뢰 해제를 완료했다는데…"

그 순간, 어둠 속에서 무전기 소리가 가늘게 울렸다. 개척조 조장의 보고였다.

"'샛별' 여기는 개척조. 300m 전방에서 지뢰 해제 중. 20분 뒤 철수할 예정이니, 파견조는 조심히 이동하라."

"알았다."

'개척조가 지뢰를 잘 처리했다 해도, 혹여 남은 지뢰가 있을지 모른다.' 광덕칠은 의미 있게 부조장을 돌아보았다. 부조장은 덕칠의 눈만 보아도 의도를 파악했다.

"혹시 모를 상황에 대비해 지뢰 탐지기로 한 번씩 확인하면서 가자. 괜한 실수로 불미스러운 사고는 내지 말자."

대원들은 서로 끄덕이며, 맨 앞에서 부조장이 지뢰 탐지기를 펼쳐 간격을 두고 허리를 숙이고 걸었다. 개척조가 개척한 길은 지뢰 밭을 지뢰해제 하며 열어놓은 폭 50cm 정도의 좁은 길이라 잘못 디뎌도 큰일이었다. 혹시 지뢰를 밟을 확률이 높기 때문이다. 하지만 '샛별'조는 야간에도 앞사람의 발자국을 밟으며 행군할 수 있도록 훈련되어 있었다.

약 20분간 천천히 이동하자, 개척조의 흔적이 보였다.―지뢰를 해체해 파 놓은 흙무더기, 그리고 폐기된 금속 부품. 부조장이 그걸 보고 작게 중얼거렸다.

"저들이 없었으면 우리가 직접 했어야… 어휴, 다행입니다."

'샛별' 조장 소좌 광덕칠은 조원들을 멈춰 세웠다.

"이제부터 본격적으로 남조선 측 비무장지대로 들어선다. 각자 포복으로 돌파할 것. 각오하라."

덕칠의 명령이 끝나기도 전에 남조선측 탐조등(서치라이트)이 사방에서 좌우로 훑으며 지나다녔다. 덕칠의 조는 포복으로 비 무장지대 남측 지역을 통과하기 시작했다.

'샛별'조가 포복으로 비무장지대 남측 지역을 넘어서 철책들이 있는 지역으로 접근했다. 이제 삼중 사중으로 늘여놓았을 철책을 통과하면 남조선 지역에 침투된다. 철책을 넘는 것은 너무나 위험한 일이었다. 조는 철책 밑에 위장복을 입은 채로 엄폐하고 있었다. 그들은 조장 광덕칠 소좌의 명령을 기다리고 있었다. 그러나 어쩐 일인지 조장 광덕칠은 꼼짝 않고 있었다. 조원들은 오직 광덕칠만 바라보고 있었다.

조원들의 시선 속에서 광덕칠은 시계를 들여다보고 있었다. "째깍, 째깍, 째깍" 야광시계의 초침이 울리는 소리가 터져 나오는 심장의 박동 소리로 연결되어 폭탄 소리처럼 들렸다. '샛별'조의 모든 조원들의 시선이 덕칠에게 집중되어 있었고 그들의 심장 박동 소리 또한 같았다.

그때 지나온 곳에서 10Km 정도 떨어진 곳에서 북조선 조선인민군 민경(* 민사경찰대, 한국식 명칭은 GP초소이다.)에서 남조선 방향으로 기관총을 발사하기 시작했다.

"텅텅텅텅-둥둥둥둥", "따따따따-툭툭툭툭"

덕철은 혼자소리로 말했다.

"저거 '고리노프'구만."

"'데그챠레프'도 있습니다." 부조장이 나직이 덧붙였다. 그들은 총성만 들어도 총기를 알 수 있었다. 남조선 국방군의 탐조등이 모두 그쪽으로 쏠린 듯하다. 조명이 모두 기관총을 발사하고 있는 그곳을 향하여 비추고 있었다.(* 고리노프는 구소련식 중(重)기관총이고 데그챠레프는 역시 구소련식 경(輕)기관총이다.)

"샛별!"

조장 광덕칠 소좌의 짧은 구령에 조는 한 줄로 산개하여 벼락과 같이 철책을 넘었다. 그들이 오랜 기간 철책을 넘는 훈련을 한 것이 빛을 발하는 순간이었다. 그들은 순식간에 삼중 철책 모두 돌파하고 남조선 땅을 밟았다.

"번호."

덕칠의 나지막한 명령…

"하나, 둘, 셋, … 열둘. 끝."

부조장이 덕칠의 얼굴을 바라보았다.

"이제부터 최속으로 이 지역을 빠져나간다. 장구류들을 확인하라."

짧은 순간의 점검 후 총소리가 아직도 자지러지게 울리는 DMZ 남과 북측 지역을 뒤로하고 '샛별'조는 산 능선을 타고 구보로 달리기 시작했다. 구보로 산을 돌파하는 것은 그들의 특기이다. 밤새 그들은 백 리도 달릴 기세였다. 그들의 앞을 가로막을 그 무엇도 존재하지 않는 것 같았다.

행군, 그리고 임무 수행

***

날이 밝아 오기 시작했다. 얼마나 달려왔는지 조원들은 밤새 쉬지 않고 세 시간을 달려왔다. 덕칠이 손을 들어 따라오는 조를 제지시켰다. 그제야 덕칠은 목마름을 느꼈다.

"물."

부조장이 건네준 물을 한 모금 마시고 덕칠은 명령했다.

"지금 이곳은 시내가 훤히 내려다 보이는 야산이니 모두 산개하여 은폐하라."

덕칠은 부조장을 바라보았다. 부조장은 덕칠이 무엇을 원하는지 알아차렸다.

"명혁동무, 영학동무!"

산개하여 은폐를 준비하던 두명의 조원이 달려왔다. 덕칠은 두명에게 명령을 하달했다.

"즉시 하산하여 지형을 정찰하고 주위 상황들을 알아보고 올 것."

명령은 심플하고 단조로웠다. 하지만 엄청난 무게가 실려 있었다.

다행히 산에는 그 누구도 올라오지 않았다. 오후쯤 되어 정찰 나갔던 조원들이 돌아왔다.

거수경례하며 "조장동지 임무를 마치고 돌아왔습니다."라고 보고했다.

"명혁동무, 영학동무. 수고했어."

명혁이와 영학이는 현재 조가 와 있는 정확한 지역과 위치, 그리고 주민동향과 상황들을 정확이 체크했다. 그들은 현재 자신들이 와 있는 곳이 (ㄴㄱㅇㄷ)와 (ㄱㄱㄷ)의 경계인 (ㅊㅊㅅ) 지역이라는 것과 어제밤에 북조선 군대가 DMZ에서 군사 도발을 감행했다는 것을 모든 남조선 국민들이 다 알고 있다는 것이었다.

"벌써? 어떻게 그것을 알 수 있어? 오늘 새벽에 있었던 일을?"

'샛별'조는 경악을 금치 못 했다. 남조선의 통신 체계가 이렇게 빠르고 조밀할 것이라고 생각조차 하지 못했다. 보고를 받은 덕칠은 작전 가방에서 지도를 꺼내 펼쳤다. 덕칠은 부조장을 불렀다. 그리고 무전수를 찾았다. 덕칠은 현재 조가 도착한 지역이 (ㅊㅊㅅ) 지역이며 (ㅇㅍㅅ) 지역으로 넘어가는 산악지대에 와 있으며 (ㅅㅇㅌㅂㅅ)를 가로지르지 말고 (ㄱㄱㄷ ㅅㅇㅅ) 방향으로 가는 것이 빠르다는 것을 설명했고 무전수는 상황을 본부에 무전으로 알렸다.

 그러는 새 어둠이 내렸다. 덕칠은 '샛별'조에 이동 명령을 내렸다. 혹시 무전 전파를 감지하고 남조선 경찰 정보기관이 움직였을 가능성이 있기 때문이었다. 각자 잠복 위치를 정돈하고 그들은 하루 종일 쉬었으니 기세 충천하여 다음 지역으로 달리기 시작했다.

 다시 소리 없는 행군. 시내에서는 경찰차 사이렌이 울리거나, 개 짖는 소리가 들렸다. 한 번은 산중에 있는 어떤 농가 근처를 지날 때, 술 취한 주민이 흔들거리며 밖으로 나왔고, 대원들이 쥐 죽은 듯 숨어야만 했다.
 그렇게 하룻밤을 달려 (ㄱㄱㄷ ㅅㅇ시와 ㅇㅅ시)에 있는 미군 기지 부근에 도착하였다. 조장 덕칠은 두개 조로 분산하여 (ㄱㄱㄷ ㅅㅇ시와 ㅇㅅ시)에 있는 미 공군 기지를 정찰하는 명령을 하달했다. '샛별'조는 조장이 속한 팀과 부조장이 이끄는 팀으로 분산하여 미공군 기지를 정찰하고 '불새'와 접선할 도시인 (ㅍㅌ시) 정해진 장소에서 만나기로 하였다.
 덕칠과 팀에 속한 조원들은 훌륭히 임무를 완수하고 (ㅍㅌ시) 근처에 도착하였다. 산 위에서 감시 촬영하는 것은 그리 어려운 일이 아니었다. 혹시 햇빛에 카메라 렌즈가 반사되어 노출될까 우려 했지만 다행히 성공적으로 공군기지를 촬영하고 나와 있는 미군 비행기 숫자와 창고, 격납고, 시설들을 확인하고 지도에 기록하였다.

해안 도시 침투와 불새 접선
✳✳✳

덕칠의 팀은 부조장 명석의 팀을 기다리고 있었다. 세 시간 남짓 지나서야 (ㅇㅅ시) 미 공군기지를 정찰 한 부조장 명석의 팀이 합류하였다. 그들은 반갑게 인사를 나누고 서로 달고 온 꼬리가 없는지 확인을 마친 후 (ㅍㅌ시가지)를 향하여 출발했다.

해안 도시가 멀리서 희미한 불빛으로 가득 차 있었다. 높은 빌딩에 번쩍이는 간판들, 도로 위 자동차 불빛, 모두가 북측에선 보기 드문 모습이었다. 대원들은 은밀히 불이 번쩍이는 도심을 살짝 바라보다가, 이내 고개를 숙였다.

조장 광덕칠은 조원들에게 임무를 하달했다.

"자, 먼저 우리가 해야 할 건 군사지형 정찰이다. 해안 경계 초소나 해군 시설이 있는지 확인 후, 폐창고로 갈 것이다."

덕칠은 팀을 전과 같이 나누고 팀을 서로 바꾸어 정했다. 부조장 명석이 담당했던 팀을 조장 덕칠이 담당하고 덕칠이 담당했던 팀을 부조장 명석이 담당했다. 각 팀은 새벽 전까지 집결하기로 약속했다.

해안 주변엔 의외로 경계가 촘촘했다. 서치라이트가 방파제를 훑고, 초소에 사복 차림 병력도 보이는 듯했다. 광덕칠은 망원경으로 살짝 훔쳐보고, 무전병이 수신기로 적 전파를 스캔했다. 무전병 용수가 작은 목소리로 말했다.

"간단한 교신만 들리네요. '이상 무'라든지… 다행히 우리가 감지된 건 아닌 듯합니다."

광덕칠은 고개를 끄덕이며 무전병 용수의 보고를 들었다. 곧, 그들은 주변 지형을 메모하고, 해안가를 잠시 둘러본 뒤, 은신처(버려진 오두막)에 숨어 남은 밤을 견뎠다.

도시 외곽 도로를 살피던 부조장 명석의 팀은 경찰 검문을 목격했다. 한 차량이 멈춰 서서 검사받는 광경이었다. 대원들은 숲속에 엎드려 숨을 죽였다.

명혁이가 귓속말로 말했다. 명석이의 귓구멍이 간지러웠다. 훈련소에서 같았으면 머리를 한 대 쥐어박았을 텐데. 명혁이는 명석의 동생과 이름이 같고 나이도 같아서 명석이가 많이 챙겨 주던 터였다.

"여긴 길로 접근했다간 큰일나겠네요. 도시로 들어가려면 이 검문을 우회해야 해요."

군의관은 "그래도 새벽이 되면 다소 느슨해지지 않을까요?"라고 조심스레 의견을 냈다. 그들은 모든 정보를 수집해 새벽 3시 전후로 검문 인원이 바뀔 때쯤에 통과하기로 계획을 세웠다. 마침내 부조장 명석의 팀도 무사히 임무를 마쳤고, 약속대로 숲속에 한데 모였다.

깊은 밤, (ㄱㄱ도) 해안 도시인 (ㅍㅌ시) 외곽의 폐창고. 철판 벽이 부식되어 듬성듬성 구멍이 뚫려 있었다. 광덕칠이 수신한 암호문에 의하면, "이 창고 지하실에서 '불새'가 대기 중"이라는 내용이었다. '샛별'조 조장 광덕칠 소좌는 다만 혹시 적의 함정일 수도 있으니, 자신을 포함한 2명만 먼저 들어가고 나머지는 외부 경계를 철저히 할 것과 내부에서 상황이 발생하면 무조건 조원들을 데리고 현장을 이탈할 것을 부조장 명석에게 명령했다.

"명혁 동무, 영학 동무, 우리 셋이 들어가겠다. 부조장동무. 나머지는 밖에서 경계하라. 혹시 내부에서 비상 상황이 발생하면 즉시 교전 없이 철수하여 본부 복귀하라."

부조장 명석과 대원들이 고개를 끄덕이며 창고 주변 숲속에서 무장을 유지했다. 광덕칠과 조원 명혁, 영학이는 문틈 사이로 들어섰다. 플래쉬 라이트는 내부를 스캔했다. 내부는 곰팡내가 진동했고, 바닥엔 깨진 상자와 녹슨 철근이 나뒹굴었다.
"확실히 사람 살 곳은 아니네. 신호를 내야겠지."
그는 전해 들었던 암호 문구를 외쳤다. 광덕칠은 조용히 하지만 분명히 씹어 먹듯이 말했다.
"빗바람에 흔들려도…"
정적이 흐르더니, 가로막혀 있는 벽 뒤 어딘가에서 답이 울렸다.
"우리는 끝까지 불사른다."
맞았다. 곧 맞은 편 벽 쪽에서 불빛이 번뜩했고, 모습을 드러냈다. 마스크와 모자를 쓴 중년 남성이었으나, 눈빛이 예리했다. 바로 '불새'였다.

'불새'는 덕칠에게 마주 걸어오면서 부드러운 음성으로 말했다.
"당신들이 '샛별'이로군. 기다리고 있었소."
'불새'는 오십대 중반쯤 되어 보이는 안경 낀 사나이였다. 하지만 그의 눈빛은 어둠 속에서도 용사 덕칠이도 얼어붙게 할 만큼 예리하게 빛나고 있었다.

광덕칠이 손짓으로 명혁, 영학을 경계 태세에서 풀게 했다. 서로가 서로를 의심하지 않는다는 걸 입증하기 위해, 간단한 암호 교환까지 진행했다.

광덕칠은 '불새'에게 상황을 설명했다.
"우린 경계도시 인근에서 군사지형 정찰을 마쳤습니다. 이제 '불새'동지가 넘길 비밀 자료를 수령하고, 상부로부터 받은 새 지령을 전달하겠습니다."
'불새'가 고개를 끄덕이며 말했다.
"여기 모든 비밀을 이 필름에 담았소. 여기 미군 항공 부대 내부 비밀과, 해안 경계 배치도, 남조선 군부의 움직임, 그리고 정치계 일부 동향까지."
광덕칠은 존경 어린 얼굴로 '불새'를 바라보면서 격정 어린 어조로 말했다.
"실로 귀중한 자료입니다. '불새'동지 수고 많으십니다. 조국은 동지의 희생과 충성을 결코 잊지 않을 것입니다."

그 사이, 덕칠이 꺼낸 가방에는 북조선 총참모부 정찰총국에서 준비한 활동자금(달러)과 공작용 새 암호 체계, 새로 하달되는 지령이 들어 있었다. '불새'는 그것을 받아 들고, 눈으로 새 지령 문서를 읽었다. '불새'는 웃음 섞인 목소리로 덕칠에게 물었다.
"동무는 이번이 몇 번째 임무요?"
"처음 임무입니다."
"그렇군. 몇 번 왔다 가면 좀 긴장이 풀릴 거야."

'불새'. 그는 북조선 총참모부에서 전쟁 때 피난민으로 가장시켜 남조선에 침투시킨 간첩이었다. 그는 남조선에서 대학 교수로 활동하면서 은밀히 첩보 활동을 진행하여 오게 된 것이다.

"남쪽에서 또 이런 첩보전을 벌이라니, 내 목숨 대체 몇 개가 필요한 건가. 뭐, 별 도리 없지."

'불새' 혼자말로 나직이 중얼거렸다.

예상치 못한 불청객, 성공적 귀환
***

마지막 교환이 막 끝나 가던 순간, 바깥에서 경계를 서던 대원들에게서 급박한 신호가 들어왔다.

"조장동지, 이쪽으로 누군가 다가옵니다. 민간인 같은데… 창고 근처를 어슬렁거리는데 술 취한 사람 같습니다!"

부조장 명석의 갈린 목소리에, 광덕칠은 눈살을 찌푸렸다. 남쪽 땅, 그것도 어두운 한밤중의 버려진 창고라면, 호기심 많은 마을 사람들이 나타날 가능성은 낮다고 여겼건만, 예상 밖의 인물이 나타난 것이다.

"큰일이군. 민간인이라 해도 들켜선 안 되지." 광덕칠은 목소리를 낮추며 말했다.

옆에서 지켜보던 '불새' 역시 당황한 표정이었다. 그는 서류를 챙기던 손을 멈추고 작게 중얼거렸다.

"여기가 버려진 장소인 줄 알았는데… 혹시 동네 사람이 호기심에 들어온 건가?"

그 순간, 철제 문 너머로 희미한 삐걱 소리가 났다. 동시에 술에 취해 혀가 꼬인 남성의 음성이 새어 들었다.

"여, 뭐야?"

광덕칠은 서둘러 목소리를 가다듬었다.

"제거하라."

부조장과 대원 한 명이 문 앞으로 살금살금 다가갔다. 가쁜 숨소리와 함께, 술 냄새를 풍기는 남자가 고개를 내밀어 창고 안을 기웃거리는 모습이 언뜻 보였다. 부조장 명석은 거의 그림자처럼 뒤로 접근해, 그 남자의 입을 틀어막고 팔뚝으로 목을 조여 그대로 바닥에 넘어뜨렸다. 남자가 당황해 코로 쉭쉭 소리를 냈지만, 크게 고함칠 틈은 없이 목이 조여졌다.

"조장동지, 민간인 같은데 어떻게 할까요?"

부조장 명석이 낮은 목소리로 보고했다.

광덕칠은 고개를 가로세로 저었다.

"빨리 제거하고 이곳을 뜨자고."

그들 뒤편에서 '불새'가 한숨 섞인 중얼거림을 내뱉었다.

"이런 사소한 변수가 가장 위험해…"

그러자 광덕칠이 날 선 목소리로 맞받았다.

"우린 더 지체할 수 없소. 현장 정리하고 철수합시다. 신속하게."

대원들은 남자를 질식시켜 즉사시킨 뒤 자살로 위장하고 창고 내부를 대충 정돈했다. 그리고 곧 "출발 준비 완료" 신호를 보냈다. 창고 밖으로 빠져나오자마자, 광덕칠의 '샛별'조는 한순간도 낭비하지 않고 왔던 방향으로 달렸다. 쓸쓸하게 달빛만 비추는 후문 쪽으로 '불새'는 이미 몸을 숨겼다.

"조장동지 본부 보고 완료하였습니다."

그러나 광덕칠은 쉽게 낙관하지 않았다. 대원들 사이에 숨 막히는 침묵이 흘렀다. 모두 '돌아가는 길에 변수가 터지면 어떡하나' 하고 속으로 불안해했다. 하지만 방법은 없었다. "서둘러 탈출"이 유일했다. 그들의 상황을 눈치챘는지 하늘도 폭우를 쏟아붓고 있었다.

'샛별'조는 하늘을 찢는 비를 뚫고 줄행랑치듯 이동했다. 음산한 폭우 속, 이들은 좀비처럼 비틀거리며 달렸다. 밤을 지새며 30~40km를 강행군해야 했다. 폭우에 젖은 옷을 입고 달리는 것은 여간 힘들지 않았다. "하기 훈련"에서 단련되어 이와 같은 상황이 처음은 아니지만 힘든 것만은 사실이었다. 하지만 모두가 여전히 '불새'에게서 받은 비밀 자료를 비롯한 정찰 자료를 꼭 전달하여 임무를 완수해야 한다는 사명감에 매달려 있었다.

이틀 뒤 새벽이 되어서야, 파견조는 기진맥진한 상태로 DMZ 북부 근처에 도달할 수 있었다. 무전기로 본부에 신호를 보내자, 본부는 "곧 교란 신호를 발사할 테니, 그 사이에 DMZ 남측 철책을 넘어 귀환하라."는 지령을 내렸다. 이윽고 시간을 맞춰 민경초소에서 기관총을 남조선 철책 방향을 행하여 난사하기 시작했다.

'샛별'조는 이때를 놓치지 않고 철책을 넘어 필사적으로 포복하여 북조선 측 비무장지대를 향하여 기어가기 시작했다. 광덕칠은 가슴을 쓸어내렸다.

"마침내 돌아왔군. 하지만 마지막 구간이 또 지뢰밭이겠지."

폭우까지 겹쳐 이들의 상태는 최악에 가까웠다. 부조장이 비무장지대 북측방향을 살폈다. 비무장지대 중앙선쯤에 도달했을 때는 이미 온몸이 땀과

흙으로 범벅이 되었고, 폭우로 인하여 젖은 옷은 천근만근으로 무거웠다.

비무장지대 중앙선을 넘으니 개척조가 이미 나와서 '샛별'조를 맞이하였다.

"고생하셨습니다. 이제 지뢰 구간을 통과하고 더 가면 됩니다."

개척조장의 말대로 통로 끝까지 50m만 더 가면, DMZ 북측 지휘부가 만든 마지막 출구가 나타날 것이었다. 끝까지 방심할 수 없지만, 이제 빛이 보였다. 드디어 북조선 땅이다. 대원들은 다시금 종종걸음으로 어둠을 헤쳤다.

최종 귀환과 그 이후

***

새벽 4시 40분경, 마침내 그들은 통로 끝에 연결된 북조선 쪽 입구에 도착했다. 그들을 배웅했던 조선인민군 제63저격여단 지휘관들이 나와서 마중했다.

"덕칠 동지, 동지들! 무사해서 다행입니다."

광덕칠은 숨을 거칠게 몰아쉬며 밖으로 나왔다. 거수경례고 뭐고 다 팽개친 듯하다. 살아서 돌아왔으니…

"우리가 약속 시각에 맞추느라 죽을 힘을 다했소. 대원 대부분이 피로로 상태가 심각할 거요. 허허허"

이번 작전 중 죽음의 문턱에 가까웠던 일들을 떠올리면 아직도 식은땀이 날 정도였지만, 정작 가장 중요한 건 다 같이 살아남아 돌아왔다는 사실이었다. 군의관이 "당장 치료해야 할 대원이 있다"고 하자, 장교가 서둘러 들 것과 의료 물품을 가져왔다.

"잘 버텼다, 명혁아."

부조장 명석이 명혁이를 부축하며 웃어 보였다.

"이제 조금만 더 가면 우리가 있는 부대에 도착할 거다."

광덕칠은 마지막 남은 힘으로 등가방을 풀며 가슴 앞에 소중히 끌어안았다. 그 안에는 '불새'가 건네준 필름과 정찰 정보들이 고스란히 들어 있었다. 이것들이 조선노동당군사위원회에서 갈망하던 비밀 정보다. 흙으로 얼룩진 얼굴을 닦고 나서, 그는 스스로에게 속삭였다.

"이제 끝났다… 우린 해야 할 몫을 마쳤어."

대원들은 열악한 환경에서 승리해 돌아왔다는 사실에 묘한 뭉클함을 느꼈다. 아무도 곡절 없이 돌아올 거라 확신하지 못했던 임무였다. 하지만 단 한 명도 잃지 않고 귀환했다는 점이 기적처럼 여겨졌다.

그렇게 남조선으로 잠입했던 광덕칠 조와 12명 대원은 고단한 여정을 거쳐 살아 돌아왔다. 폭우 속을 헤치고, 초소를 피하며 사투를 벌이던 장면은 이들의 머릿속에 오랫동안 각인될 것이다. 언젠가는 또다시 명령이 내려올지 모르지만, 일단 지금은 단 한 번의 숨 돌림과 승리감을 만끽할 시간이었다.

결국 '샛별'조는 아무 희생 없이 핵심 자료를 들고 귀환에 성공했다. 부대로 복귀하자마자, 군사위원회 부부장과 정찰국 부장이 "동지들은 공화국의 영웅"이라며 극진한 환영을 표했다. 제63저격여단 여단장 역시 달려와 광덕칠의 어깨를 꽉 붙들고 "고맙네, 내 아끼는 부하들이 살아 돌아와서 더할 나위 없이 기쁘네."라며 반가움을 감추지 못했다.

이후 간단한 보고가 끝난 뒤, 광덕칠은 부조장, 무전병 등과 함께 제63저격여단 숙영지의 조용한 초소에서 잠시 담배를 피우며 "아슬아슬했던 순간"을 회상했다. 모든 것이 영화처럼 뇌리를 스쳤다.

"하지만 다 살았다. 한 명도 잃지 않았어."

부조장이 헛웃음을 지었다. 자칫하면 절반도 못 돌아왔을 임무였는데, 기적처럼 모두 목숨을 건졌다. 광덕칠은 응시하듯 밤하늘을 올려다봤다.

'불새는 지금쯤 남조선에서 어떻게 지내고 있을까…'

다시는 만나기 어려울 수도 있지만, 조국이 필요로 한다면 또 한 번 DMZ를 넘어야 할지 모른다. 그렇다면 다시 이 비밀 연병장에서 비장한 배웅을 받으며, 목숨 걸고 남하해야 할 것이다. 그러나 오늘은 적어도 임무를 완수하고 돌아왔다는 것만으로 충분했다.

"이번 작전, 수고 많았다. 다들 푹 쉬시오."

광덕칠이 담담히 말했다. 부조장과 대원들은 거수경례로 답하며, 천천히 막사를 향해 흩어졌다.

심야가 깊어 가고, 전등 불빛이 희미하게 스러지는 훈련장 아래, 광덕칠의 마음은 한편으론 안도와 기쁨이 교차했지만, 동시에 언제든 또 떠날 준비가 되어 있다는 비장함이 잔잔히 자리 잡고 있었다.

그렇게 '샛별'조는 다시 돌아왔다. 국경 너머 남조선으로의 파견, '불새'와의 접선, 위태로운 탈출까지—

일련의 공작이 성공적으로 막을 내렸지만, 이들의 위험천만한 여정은 아마 끝나지 않았을 것이다.

"어쩌면… 이건 또 시작일 뿐이겠지."

그는 속으로 그렇게 중얼거리며, 부대 연병장 너머 어둠 속 지평선을 응시했다. DMZ와 남쪽 땅을 돌파하는 첩보전은 다시금 그들을 부를지도 모른다. 하지만 오늘만큼은, 무사 귀환이라는 안도감이 이들을 감싸고 있었다. '샛별'조 조장 광덕칠의 입가에는 미소가 피어났다. 그는 누군가를 떠올리며 행복해하고 있었다. 사랑하는 사람의 얼굴, 영실의 얼굴이었으리라…

공로가 조작되다
***

문제는 덕칠의 활동 결과가 평양의 상부로 올라간 뒤에 벌어졌다. 조선노동당군사위원회 부부장이었던 진호의 아버지가 그 실적을 자신의 아들 진호의 이름으로 둔갑시켜 상부에 제출한 것이다.

"이번 남조선 파견 공작은 출신인 박진호 동무의 지도 아래 성공했다."

"광덕칠은 박진호가 지휘한 임무를 충실히 이행했다."

이런 식으로 보고서가 작성되었고, 공식 기록에도 진호의 이름이 메인으로 박히게 되었다. 당 고위층은 이를 높이 평가해 진호의 승진을 빠르게 결정했다. 반면 현장에서 모든 고생을 감내했던 덕칠과 파견조원들은, 실제 성과와 무관하게 공로가 낮게 책정되어 덕칠에게 국기훈장 1급, 조원들에게 국기훈장 2급으로 수훈되었고 전체 일계급 특진되어 덕칠은 중좌로 임명되었다.

덕칠은 남조선 파견 뒤에 은근히 잊혔다. 하지만 덕칠의 공로를 가로챈 진호는 그 공로를 인정받아 조선인민군 63저격여단 파견부대 보위부 부장 중좌로 임명되게 되었다. 남조선에 다녀오지도 않고 두 계급이나 특진되어 덕칠과 같은 계급장을 달게 된 것이다. 하지만 권력 구조상 진호는 명실상부 덕칠이의 상급이 되었던 것이다.

진호는 권력을 얻은 기쁨 뒤에, 은밀한 죄책감과 수치심을 느꼈다. 오랜 동지였고, 실제 임무를 완수한 건 덕칠이라는 걸 진호도 잘 알고 있었다. "현장에 가지도 않고 간판만 내세웠다"는 소문이 퍼질까 두려웠다. 무엇보다 영실에게 "내가 직접 공작을 지휘했다"라며 호언장담할 자신이 없었다.

그는 동시에 덕칠의 능력을 인정할 수밖에 없었고, 그럴수록 마음 깊은 곳에서 올라오는 질투심이 더욱 커졌다.

"하물며 남조선까지 다녀온 덕칠을 영실이 더 높이 평가하면 어떡하지?"

"분명 내가 간부 집안이고, 보위대학 출신이긴 해도… 정작 실력은 덕칠이 뛰어나다는 것을 다 알게 될 텐데…"

진호는 이런 모순된 감정 때문에 덕칠을 더욱 싫어하게 되었다. 그가 너무 잘났다는 사실, 그리고 자신은 실적을 훔쳐야만 올라설 수 있었다는 열등감이, 오히려 증오와 경쟁심을 부추겼다.

'보고서 바꿔치기로 승진했으면서도 덕칠을 능가해야 한다는 강박', '영실에게는 결코 들키지 말아야 할 비겁함'. 결국 진호는 계급이 올라갈수록 오히려 덕칠의 입지를 흔들 방법을 찾기 시작했다.

"지금 당장 네가 날 어떻게 생각하든, 나는 간부 자리를 굳건히 지켜 낼 것이다."

그는 언제라도 덕칠이 자신을 위협하는 존재가 될 수 있다고 여기며, 보이지 않게 덕칠의 입지를 흔들 방법을 찾기 시작했다.

덕칠은 피땀 흘려 성공시킨 남조선 파견 공작이 빛을 보지 못했음에도, 언젠가 진실이 밝혀지리라는 희망을 버리지 않았다. 그러나 당장 진호와 맞서 싸워 봐야, 간부집 도련님의 뿌리 깊은 인맥과 권력에 부딪힐 뿐이라는 사실을 깨닫고 있었다.

진호 스스로도 공로를 훔쳤다는 걸 알기에, 그 불편한 진실이 폭로될까 전전긍긍하고 있었다. 그럴수록 애초에 공로의 주인인 덕칠을 미워하고 질투하며, 영실의 시선을 붙잡으려 애를 썼다.

영실은 겉으론 진호가 승진한 걸 축하해 줘야 하는 입장이었지만, 정작 그녀의 마음속에는 "이게 정말 진호의 힘만으로 가능한 일이었을까?" 하는 의문이 커져 가고 있었다. 또한 덕칠을 지켜보며 그가 겪는 부당함과 억울함에 자꾸만 마음이 쓰였다.

성철의 분노, 그리고 체제의 냉혹함

***

"어머니 그 사람 아버지와 전우라면서 너무합니다." 성철의 화가 난 말에 영실은 정신을 차리고 회상에서 깨어났다.

성철이 부글부글 끓는 분노를 삭이지 못하는 건, 순전히 '아버지의 옛 동료라더니, 이건 너무한 거 아닌가?'라는 배신감 때문이었다.

아버지는 분명히 목숨 걸고 남조선 임무를 수행했는데, 정작 남은 가족은 여기서 굶주림과 병에 시달리고 있다. 그런데 그 임무를 함께했던 전우가, 지금은 보위부 높은 간부까지 됐으면서 일말의 도움조차 손사래 치고 있다고 생각하니, 치밀어 오르는 억울함과 분노가 가슴속에서 소용돌이쳤다.

'그래도… 단 한 번이라도 우리 사정을 들어 보고, 조금이라도 보탬이 되려 노력하는 게 인간적인 도리 아닌가.' 성철은 방 안에 쪼그려 앉아, 동생이 헛기침을 할 때마다 입술을 꼭 깨물었다. 어머니가 말렸지만, 억누르기 힘든 심정이었다. 누군가 '그냥 체제를 탓하라'고 할지 모르지만, 당장 자기 집안이 무너져 가는 걸 지켜보는 열두 살 소년에게 그런 말은 허공의 메아리일 뿐이었다. '아버지와 그토록 가깝던 사람이라면, 지금 이 상황에서 조금이라도 손을 내밀어야 하는 것 아닌가?'

하지만 현실은 녹록지 않았다. 전화나 연락을 시도해 봐도 "바쁘다"거나 "해외 파견 중"이라는 핑계로 일관하는 박진호, 그리고 그를 경계하는 어머니. 결국 성철은 현 상황에서 할 수 있는 일이 없음을 깨닫고 무거운 침묵에 잠겼다. 실낱같은 희망을 품고 있던 마음 한구석이 서서히 식어 가는 기분이 들었다. 동시에, '이게 정말 이 나라의 실상인가? 아버지가 몸 바쳐 지켜 온 체제와 그 동료라는 사람들이 이렇게 무심한 건가…' 하는 분노의 씨앗이 자라났다.

조용히 방에 누워 밤을 맞이하면서, 성철은 어머니 목소리를 떠올렸다. '괜히 높으신 분들에게 도움 청했다가, 되레 더 큰 화를 입을 수 있다…' 그 말은 이해했지만, 그럼에도 마음은 갈피를 잡지 못했다. '어쩌면 우린 이미 버림받은 걸지도 몰라…' 하룻밤 사이에도 성철의 심장은 몇 번이나 요동쳤고, 혼란과 분노가 뒤섞인 감정이 가슴 속을 무겁게 짓눌렀다.

달이 몇 번이고 차고 기울었지만, 광 씨 가족의 형편은 나아질 기미가 전혀 보이지 않았다. 어머니 김영실이 새벽같이 일어나 두부를 만들어 장마당에 내다 팔았지만, 근근이 구한 콩값과 이자에 다 빨려 들어가는 형국이었다. 매일 한두 모씩 팔아 번 돈으로는 쌀과 소금, 기름 등 필수품 값을 대기에도 모자랐다. 빚은 눈덩이처럼 불어났고, 그 부담감이 어머니의 허리를 더 짓눌렀다.

한편, 열 살 광영철은 영양이 부족해 눈빛에 생기가 사라져 가고 있었다. 등허리뼈와 갈비뼈가 도드라져 보일 정도로 삐쩍 말라 버렸다. 성철이 동생을 힐끔 볼 때마다, 제대로 된 밥 한 끼 먹지 못하고 자라는 모습에 죄책감과 무력감이 뒤섞여 마음 한구석이 서늘했다.

"이런 영철이가 너무 말랐는데…"라고 말하자니, 그렇다고 무언가 해결책이 있는 것도 아니었다. 허리를 아프게 붙들고 앉아 있는 어머니 모습은 더욱 초라해 보였고, 아버지를 잃은 지 얼마 되지 않은 이 가족에게 세상은 참 가혹하기만 했다. '학교도 제대로 다니기 힘들어지는 건 아닐까…' 이런 걱정마저 성철의 머리를 떠나지 않았다.

성철은 때때로 밤에 담요를 뒤집어쓰고 엎드려 괴로워했다. '내가 조금만 더 힘이 세면, 장마당에서라도 무거운 짐을 옮기며 돈벌이할 수 있을 텐데… 아니, 내가 어른이라면 동생 약이라도 사 오고, 어머니가 허리 치료받을 수 있게 도울 수 있지 않을까…' 열두 살 소년의 어깨에 지워진 책임은 벅찼다. 빈곤과 질병, 그리고 주변의 무관심이 삼중고로 찾아와, 매 순간 가슴을 짓눌렀다. 다만, 밑바닥까지 내려갔다고 생각하는 그 순간에도 '살아내야 한다'는 의무감이 그를 겨우 붙들고 있을 뿐이었다.

◇ 4부 ◇

자존심과 가난

무거운 책임

✳✳✳

어느 늦은 오후, 장마당에서 돌아온 어머니는 작은 포대 하나를 들고 중얼거리듯 말했다. "오늘 겨우 콩 몇 자루 값 치렀더니, 남는 게 없네. 우리 집은 언제쯤이면 빚 걱정 없이 살 수 있으려나…" 결국 그날 저녁도 밥 대신 묽은 옥수수죽으로 때우게 되었다. 동생 광영철은 숟가락을 들 힘조차 없는지, 천천히 입에 넣다가 말았다. 성철은 동생 몫이라도 더 넣어 주고 싶었지만, 그러면 자기가 먹을 분량이 사라진다.

어머니는 미안한 듯 건네는 말투로, "영철이 너 많이 먹어야 해…" 했지만, 정작 그 숟가락에 담긴 건 물 같아 보이는 죽 한 모금이었다. 먹고 나면 잠깐 허기가 달래지긴 하지만, 곧 헛헛해지는 것은 모두가 마찬가지였다. 식사를 마친 뒤, 광영철은 이불 속으로 기어 들어가 금방 잠이 들었다. 몸이 약해져서인지 사소한 활동에도 기진맥진하는 아이를 보며 성철은 눈시울이 화끈거렸다. '아버지… 차라리 내가 일찍 어른이 될 수 있다면, 동생을 이렇게 굶기지 않을 텐데…'

그러나 현실은 매섭다. 열두 살 소년에게는 허드렛일조차 구하기 어렵고, 보수를 준다 해도 쌀 몇 줌 값이 고작이다. 어머니의 허리는 시간이 갈수록 악화되고, 동생의 건강은 바닥을 치고 있었다.

가끔씩 성철의 마음속엔 까맣게 타오르는 절망감이 고개를 들었다. '도대체 언제까지 이런 날들이 이어질까?' 답은 없었다. 다만, 아버지 없이 살아가야 한다는 사실이 더 확실해질 뿐이었다. 거친 밤바람이 문짝을 흔들며 스산하게 울릴 때, 성철은 이불 아래 몸을 웅크리고 '어른이 되는 길이 이렇게나 멀고도 험한 건가…' 하고 탄식했다. 그러나 또다시 숨을 크게 들이마시며 버텨 보려 애썼다. 어머니와 동생이 자신을 바라보고 있다는 사실이, 지독한 절망 속에서도 작은 버팀목이 되어 주고 있었다.

가난이 깊어질수록, 성철에게 학교는 더 이상 '배움'이나 '희망'의 공간이 아니었다. 오히려 매일 전장에 나서는 기분으로 무거운 발걸음을 옮겨야 했다. 가정 환경이 피폐해지면, 그만큼 아이들의 놀림도 더 대담해지는 법이었다. "쟤, 요즘 배급도 못 받는다잖아. 저렇게 말라 빠져선 우리를 이기지도 못하겠지?" 하고, 쉬는 시간마다 흉을 보거나 비아냥거리는 소리가 교실 곳곳을 파고들었다.

성철은 이미 몇 차례 폭발적인 반격으로 자신을 괴롭히던 무리를 제압한 적이 있었지만, 그 때문에 그는 더욱 껄끄러운 존재가 되었다. '저 녀석은 요즘 집안이 엉망이라 예민해. 조금만 건드려도 펄쩍 뛸 테니 재밌겠지.' 그런 식의 수군거림이 교실 공기 속에 떠다녔다. 어느 날은 "야, 너 오늘도 굶었냐? 배고프냐?" 같은 노골적인 도발이 오갔고, 다른 날은 일부러 성철 옆을 지나가며 어깨를 툭 치고 지나가는 식으로 시비를 걸었다.

어머니 김영실은 "학교 가서 억울하면 참고 공부에 열중해라. 거기서 조금이라도 더 나아진 길을 찾을 수 있어야지."라고 말했지만, 성철이 처한 실제 상황은 훨씬 더 거칠고 막막했다. 공부는커녕, 교실 뒤편에서 영양실조로 쓰러지지 않을까 걱정할 정도였다. 게다가 조금만 방심하면 누군가가 비웃거나 뒤에서 머리를 툭 치는 일이 잦으니, 날카롭게 예민해질 수밖에 없었다.

'어디서든 한 번이라도 틈을 보이면 또 당하겠지…' 이런 불안감이 성철의 하루를 짓눌렀다. 친구들이 모여 웃어도 자신을 욕하는 것만 같았고, 조용히 복도를 걷다가 누가 팔을 스쳐도 움찔하며 몸이 경직되었다.

절망적인 건, 그를 괴롭히던 아이들 역시 두려움과 흥미가 뒤섞여 있었다. 성철이 폭발하면 자신들도 크게 다칠 수 있다는 걸 알기에 함부로 다가가진 않았지만, 동시에 '가난 때문에 스트레스를 받는 애라 건드리면 웃긴 상황이 벌어진다'는 식으로 교묘하게 괴롭혔다.

어느 날 쉬는 시간, 교실 한가운데서 성철이 낡은 필통을 꺼내자, 뒤에서 "에이, 저거 제대로 된 필통도 아니잖아?" 하고 킥킥대는 웃음소리가 들려왔다. 성철은 그 말에 씩 돌아보았지만, 가해자들은 눈길을 피하며 히죽거릴 뿐이었다. '아버지가 계실 땐 그래도 조금은 여유로웠는데… 이제는 필통 하나도 비웃음을 사는구나…' 자신도 모르게 가슴에서 화기가 올라왔다. 작은 일에도 쉽게 격해지는 자신의 모습이 낯설었지만, 그만큼 마음 한구석이 이미 많은 상처로 피폐해졌음을 깨닫지 않을 수 없었다.

'누가 작은 소리만 내도, 내가 또 야만적으로 반격할까 봐 무서워하는가 하면, 또 동시에 그걸 흥밋거리로 삼으려 하기도 하고…' 이 모순적이고 이중적인 태도에 성철은 점점 지쳤다. 마음이 점점 닫히고 경계심이 극도로 올라가서, 누가 살짝 몸을 스치기만 해도 "뭐야!" 하고 으르렁거릴 때가 많아졌다.

그럴수록 주변에서 "쟤는 진짜 이상해졌어. 가난해지더니 성격도 망가졌어."라는 험담이 늘어 갔다. 성철은 애써 무시하려 해도, 솔직히 상처가 되었다. 어머니 허리 부상과 동생 영양실조, 가정의 극심한 결핍 속에서 견디

기만 해도 벅찬데, 학교라는 곳마저 전쟁터가 되어 버리니 '숨 쉴 곳이 없다'
는 생각이 들었다.

종종 점심시간이 되면, 밥을 챙겨 오는 아이들 틈에서 초라한 도시락통을
감추거나, 아예 도시락 없이 교실 한구석에 웅크려 있는 성철의 모습이 연
민을 사기도 했지만, 그런 시선조차 길게 이어지지 않았다. 곧 대다수는 다
른 흥밋거리를 찾아 떠났고, 일부는 그를 비웃으며 "불쌍한 척 한다."는 말
까지 했기 때문이다. 이처럼, 학교도 더 이상 안전한 피난처가 아니었다.
성철은 어느새 자신도 모르게 가슴속에 '도대체 어딜 가야 내가 숨 좀 쉴 수
있을까?' 하는 허탈감을 품고, 매일 아침을 맞이하게 되었다.

도둑이 훔쳐 갈 것조차 없다

***

어느 새벽, 어머니 김영실과 성철은 불빛 하나 없는 마당을 잠깐 둘러보
고 돌아오다가, 이상한 낌새를 느꼈다. 집 안에서 기척이 들렸고, 문이 살
짝 열려 있었다. 성철은 가슴이 철렁 내려앉았다. '설마 도둑이 들어온 건
가…?'

급히 어머니와 함께 방 안을 확인해 보니, 낯선 발자국 자국이 창가 쪽에
찍혀 있었다. 문턱 근처에는 작은 손전등 같은 게 떨어져 있었다. 분명 누
군가 몰래 침입해 물건을 훔치려던 모양이었다. 그러나 이미 도망친 듯, 방
안은 텅 비어 있었다. 곰곰이 살펴봐도 사라진 물건이나 망가진 흔적은 거

의 없었다. 애초에 도둑이 노릴 만한 값나가는 물건도 없었으니, 오히려 허탈할 따름이었다.

어머니는 가슴을 쓸어내리며 한숨을 내쉬었다. 허리 부상으로 움직이기도 힘든 몸이었는데, 새벽부터 이런 소동을 겪고 나니 심신이 더욱 지쳐 갔다. 사실 도둑이 잠깐이라도 집안에 있었다는 사실이 무섭다기보다, '그조차 건질 게 없어서 돌아갔구나…' 하는 쓸쓸함이 더 컸다.

성철은 가슴을 졸이며 살림들을 이리저리 뒤져 봤지만, 눈에 띄게 사라진 물건은 전혀 없었다. 녹슨 프라이팬, 찢어진 이불, 해진 옷가지는 물론이고, 콩 몇 줌과 옥수수 조금, 두부 만들다 남은 재료 정도가 전부였다. 도둑이 훔치려고 해도 가치가 거의 없다는 걸 금세 알았으리라.

어머니가 그런 집안을 둘러보며, 자조 섞인 웃음을 흘렸다.
"이제 우리 집은 훔쳐 갈 것도 없나 봐. 도둑도 그냥 스쳐 지나갈 정도라니…"

그 말은 상황을 냉정하게 바라보는 동시에, 가족의 처지를 너무나 정확히 보여 주는 선언 같았다. 집안에 귀중품이라고 할 만한 건 이미 다 팔거나, 생활고에 시달리며 빠져나간 지 오래였다.

그 말이 성철의 가슴 깊숙이 파고들었다. '정말, 이제 아무것도 없구나… 우리는 어디서부터 다시 시작해야 하지?' 불과 몇 해 전만 해도, 아버지의 공로 덕분에 조금이나마 든든했던 시절이 있었다. 배급소에서 쌀을 조금 더 받고, 명절 때면 옥수수나 면포 등이 추가로 들어왔다. 어머니는 허리가 아프다 해도, 적어도 지금처럼 생활고에 시달리지는 않았다.

그런데 아버지가 세상을 떠나고, 배급이 끊기고, 주변 시선이 차가워지면서, 가족은 점점 허기를 견디며 사는 처지가 되었다. 이제 집에는 도둑조차 탐낼 만한 물건이 없을 정도로 텅 비었다.

성철은 그 사실을 온전히 실감하며, 웅크린 몸으로 방 안 한쪽에 주저앉았다. 텅 빈 벽과 낡은 가구가 스산하게 마주 보고 있었다. 도둑보다 더 무서운 건, 바로 이 빈곤과 허무였다. '우린 진짜 아무것도 없어. 어쩌면 좋지…' 그 절망감 속에서, 성철은 동생 광영철이 감기로 끙끙 앓는 소리, 허리 통증으로 몸을 가누기 힘들어하는 어머니의 모습까지 떠올리며, '정말 이 지경에서 과연 어떻게 살아갈까?' 하는 생각을 거듭했다.

어머니는 비틀거리는 걸음으로 문을 잠그며, 다시 한번 헛웃음을 지었다. "자, 얼른 정리하자. 여기서 주저앉아 있어 봤자 뭐가 달라지겠니." 하지만 그녀의 목소리는 힘이 거의 없었다. 한참을 멍하니 서 있던 성철도, 결국 고개를 돌려 마당을 바라봤다. 그 순간, 칼바람이 후려치며 삐걱거리는 대문 소리가 더없이 공허하게 들렸다.

도둑도 그냥 지나칠 정도로 텅 빈 집, 고난의 한복판에서 언제 끝이 날지 모르는 이 불안감이 형체 없는 그림자처럼 가족들을 짓누르고 있었다.

어느 날 아침, 학교에서 '담임 교사가 면담을 요청한다'는 연락이 왔다. 어머니 김영실은 허리 통증을 붙잡고도 애써 옷깃을 여미며 학교로 향했다. 성철은 한숨을 삼키며 뒤를 따랐다. 이미 마음속에선 '또 무슨 소릴 들을지…' 하는 불안이 폭풍처럼 휘몰아쳤다.

교무실 문을 열자, 담임 교사가 차가운 표정으로 성철을 먼저 쳐다보았다. 그리고 어머니에게 간단히 인사를 건네더니, 준비해 둔 서류를 뒤적였다.

"최근 성철이가 계속해서 친구들과 충돌을 일으키고 있습니다."

무미건조한 목소리였다. 교사는 곧 짧은 한숨을 쉬고, 사건 일지를 펼쳐 보였다.

"여기 보시면, 성철 학생이 친구들과 몸싸움을 했다는 보고가 벌써 세 번째입니다. 지난번엔 한 아이가 넘어져 부상을 입기도 했고요."

어머니는 굳게 입술을 다물었다. 순간, 허리의 날카로운 통증이 몰려왔지만, 이를 악물고 버텼다. 어머니 곁에 선 성철은 억울함이 치밀어 올라 숨이 가빠졌다.

"선생님, 제가 먼저 때린 게 아니에요. 그 아이들이 절 괴롭히고…!"

성철의 항변을 들은 담임 교사는 고개를 저었다.

"다 알아요, 사정은 이해합니다. 형편이 어렵고, 스트레스가 많다는 건 이해할 수 있어요. 하지만 폭력은 어떤 상황에서도 정당화될 수 없습니다."

그 말에 성철은 깊은 좌절감과 분노가 치밀어 올랐다.

'내가 먼저 때렸냐고… 괴롭힘에 대응한 것뿐인데, 왜 나만 잘못한 사람처럼 몰아가는 거지?'

옆에서 이를 지켜보던 김영실은 허리를 짚으며, "잘 지도하겠습니다…"라고 조용히 답했다. 허리 통증이 극심했지만, 아들 대신 무얼 더 변명할 수도 없었다. 이 체제하에서, 교사가 잘못을 지적하면, 부모가 고개를 숙이고 들어가는 게 관행이었다. 성철은 그런 어머니의 모습을 옆에서 지켜보며, 가슴이 타들어 갔다.

'왜 모든 책임을 나 혼자 져야 하고, 어머니가 또 이런 수모를 겪어야 하지?'

그저 또 한 번 "죄송합니다."라며 문서를 건네받는 수밖에 없었다.

면담이 길어지면서, 교사는 "가정 환경이 어렵다 보니 아이가 예민해진 건 알지만, 다른 아이들에게 피해가 가는 건 용납할 수 없다."고 반복했다. 어머니가 "조금만 기회를 더 주시면…" 하고 읍소할 때, 성철의 눈에는 어느새 뜨거운 눈물이 고였다. 그러나 억지로 참았다.

'학교에서 내 이야기를 들어 주는 사람은 아무도 없구나. 이 집안이 가난하면, 그냥 말없이 참고 살아야 하는 건가…' 그 순간부터, 성철은 교무실의 공기가 숨 막히게 느껴졌다. 마음 깊은 곳에서는 학교와 체제에 대한 불신이 더 크게 일어났다. '우리가 잘못이 있으면 모두에게 손가락질 받지만, 내가 당한 괴롭힘은 누구도 상관하지 않는구나…'

면담이 끝나고 어머니가 허리를 부여잡고 천천히 일어섰다.

"걱정을 끼쳐 드려 죄송합니다. 앞으로는 성철이가 문제 안 일으키도록 하겠습니다."

어머니는 고개를 숙이며 간신히 교무실 문을 나섰다. 성철은 뒤를 따라 걸으며, 이를 악물었다. 분명 억울함으로 가슴이 터질 듯했으나, 아무 말도 할 수 없었다. 어머니가 또 무너질까 봐, 그나마 남은 자존심이라도 붙들어야 했다.

교정 밖으로 나와서, 어머니는 땀으로 젖은 얼굴을 닦으며 한숨을 내쉬었다. 성철은 "어머니, 허리 많이 아프세요?"라고 조심스럽게 물었고, 어머니는 힘겹게 고개를 끄덕였다. 그리고 그 뒤를 따라 걷는 성철의 마음속에는 무거운 돌덩이가 자리 잡았다. 억울하고 답답하며, 이대로는 아무것도 바뀌지 않을 것 같다는 불신이 차곡차곡 쌓이는 느낌이었다.

'어차피 가난하고 아버지도 없으면, 이렇게 살아야 하는 걸까… 아무도 우릴 이해해 주지 않네…'

콩을 구하라, 열두 살 소년의 사투

✱✱✱

열네 살 난 성철은 혈기 왕성하면서 돌이라도 소화시킬 수 있는 청소년으로 성장했다. 그는 늘 배가 고팠다. 어머니의 두부 장사를 도우면서 산에 가서 나무를 잘라 땔감을 해 오고 학교에 가 공부하고 쉴 새 없었다.

"성철아 내가 이웃 좀 다녀올 테니 영철이를 돌봐 줘."

성철은 어머니와 함께 두부를 다 만들어 잘라서 팔 수 있도록 하였고 어머니는 이웃 동네에 다녀와야 할 일이 있다고 하면서 집을 나갔다. 그때, 동생 영철이가 나직히 성철을 불렀다.

"형, 나 두부 먹고 싶어."

동생을 바라본 성철은 두부를 보았다. 성철이도 늘 두부를 먹고 싶었으나 두부가 결국 식량이고 집안의 전 재산이라는 것을 알고 있었기에 먹고 싶다는 말을 하지 못하고 있었다. 두부를 바라본 성철의 눈이 반짝 빛났다.

'그렇지 이렇게 하면 영철이와 나도 두부를 먹고 두부도 팔 수 있겠다.'

성철은 두부를 꺼내어 한쪽 모서리를 1cm가량 잘라 냈다. 두부 한 틀에 16모이니 각각 1cm씩 잘라 내면 16cm 되는 큰 두부 한 모가 나오는 것이었다. 성철과 영철은 게눈 감추듯 먹었다. 그러나 그들에게는 너무너무 부족한 양이었다. 그래서 성철은 다른 면을 또 잘라 냈다. 그렇게 좀 먹은 것같이 느껴지는 순간 성철의 얼굴이 어두워졌다. 잘라 낼 때는 몰랐는데 다 잘라 내고 나니 두부가 형편없이 작아졌던 것이다.

'이를 어쩐담…' 이때 영실이 돌아왔다. 이웃 동네에 다녀온 어머니 김영실의 표정이 한층 더 어두워져 있었다. 허리가 성치 않은 몸으로 콩을 구해 두부를 만들 재료를 사러 갔건만, 준비한 돈이 부족해서 빈손으로 돌아온 것이다. 그런데 이미 상황은 엎질러진 물이었다.

"어머니…" 성철은 차마 말이 입밖으로 나가지 않아 주춤했다.

"왜?" 영실이 영철이를 바라보았다.

"사실은…" 성철은 주춤하더니 솔직이 말했다.

"영철이가 두부 먹고 싶다고 해서, 나두 먹고 싶고, 그래서 두부를 조금씩 잘라 같이 먹었는데…"

영실은 커다란 대야에다가 물에 담가 놓은 두부를 바라보았다. 두부는 마치 작은 큐브처럼 작아졌다. 영실은 숨이 턱 막혔다.

"이게 뭐야?"

나지막하면서도 억장이 막히는 듯한 소리가 영실의 입에서 튀어 나왔다. 성철과 영철은 대역죄인이 된 심정으로 한없이 쪼그라들어 있었다.

"이거 이제 어떻게 파니?"

영실의 눈에는 눈물이 고였다.

"다 먹자!!!"

영실의 말에 어린 영철은 좋아라 손뼉을 치며 안도하며 기뻐했다. 그 모습을 지켜보던 성철은 쥐구멍이라도 있으면 들어가고 싶었다. 자식들을 홀로 먹여 살리려고 아픈 몸에도 최선을 다하는 어머니를 생각하면 도무지 머리를 들고 있을 수 없었다. 어머니가 밤마다 홀로 허리의 통증을 참아 가며 가끔 아버지를 그리며 몰래 울고 있는 것을 잠결에 여러 번 보아 왔던 터이다.

영실은 속으로 피눈물을 삼키며 아이들에게 애써 태연한 척하고 있었다.

아이들에게 두부 한 모 제대로 마음 놓고 먹일 수 없는 이런 상황이 참으로 원망스럽고 먼저 떠난 덕칠에 대한 원망과 그리움이 차올랐다. 그럼에도 아이들에게 표현할 수 없었다. 어머니의 이런 마음을 조금이나마 알고 있는 성철은 더욱 슬펐다. 영실은 양염간장을 즉시 만들어 한 사람당 두부 두 모씩 주었는데 아이들은 이미 배부른 상황이라 더 먹을 수가 없었다.

"우리 다음부턴 두부 먹고 싶으면 한 모씩 먹자. 이렇게 잘라 먹으면 두부를 모두 다 팔 수 없게 돼. 알았지?"

영실은 웃으며 아이들에게 한마디 했다. 영철은 좋아했다. 먹고 싶을 때마다 두부 한 모를 먹을 수 있다는 기쁨에서였다. 어머니의 눈가에 눈물이 맺히는 것을 본 성철은 말을 돌려 어릴 때 이야기를 했다.

"어머니 내가 여섯 살 때…"

성철은 어릴 때 친할머니 집에서 삼촌들과 고모들과 함께 살았다. 아버지가 그때는 공로가 있어 국가에서 특별 우대를 해주었다. 명절 때마다 김일성 주석이 선물을 보내왔다. 어떤 때는 귤 한 박스를 보내오기도 했고 어떤 때는 사슴 고기 한 박스를 보내오기도 했다. 성철이가 4살 때인지 5살 때인지 김일성 주석이 100년산 산삼을 보내 주어 그것을 성철이 달여 먹었다. 그때 이미 성철의 아버지 광덕칠은 몸 건강이 산삼을 받아들이지 못할 만큼 쇠약해 있었다. 그럼에도 집안에는 늘 평안과 행복 그리고 기쁨이 있었다.

어느 날 6살 성철은 할머니가 집 둘레에 심어 놓은 오이밭에서 4살 난 영철이를 데리고 놀다가 자그마한 오이들이 달려 있는 것을 보고 그것을 따 먹다가 할머니에게 들켜서 혼이 났었다.

"요 연석들… 다 큰 다음에 먹어야지? 한입거리도 안 되는 것을 따먹어? 다 큰 다음에 먹어야지!!!"

아이들은 집 울타리 안에서 놀면서 할머니가 못 먹게 하는 오이가 늘 눈에 들어왔다. 큰 오이는 맛도 없고 재미도 없었다.

"영철아 우리 이렇게 먹자!"

갑자기 성철이 눈을 반짝이며 동생을 이끌었다.

"어떻게?"

영철의 눈은 궁금함으로 가득 찼다.

성철은 말보다 실천으로 보여 주었다. 매어달려 있는 손가락 만한 오이 밑둥을 절반 잘라 먹고 오이 잎으로 가려 놓았다. 영철이 그것을 보고 신나 하며 따라 했다.

어느 날, 성철의 할머니가 창밖을 내다보고 있었는데 문 앞에 보이던 오이가 참으로 이상했다. 며칠 지나도 그놈의 오이는 자라지 않고 그대로 있었다. '이상하다… 오이는 하룻밤 자고 나도 쑥쑥 자라는데 저 놈은 왜 자라지 않을꼬?'

이상하게 생각한 성철의 할머니는 일어나 지팡이를 찾아 집어 들고 밭으로 나갔다. 오이 덩굴에 가보니 누군가가 손가락만 한 오이를 달려 있는 채로 밑둥을 잘라 먹고 오이 잎으로 가려 놓은 것이었다.

"요 ~ 쌍늠의 자슥…"

성철의 할머니는 어이가 없었다. 그런 깜찍한 일을 저지를 수 있는 것은 성철이 아니면 아무도 없었다. '집에서 키우는 염소가 먹으면 덩굴을 끌어내려 잎사귀째 몽땅 먹었을 것인데…'

할머니는 어이없기도 하고 어린 녀석들의 행동이 귀엽고 깜찍하기도 하면서도 혼내지 않으면 안 되겠다 생각하고 야단을 쳤었다…

성철의 회상에 영실은 웃으면서 "너는 원래 머리가 깜찍하게 돌아가서 문제를 일으키지?" 하였고 영철도 깔깔깔 덩달아 웃었다. 오랜만에 터져 나온 웃음이었다.

그러나 집에 남은 건 이미 오래전에 바닥을 보인 쌀자루였다.

"성철아." 다음 날 아침 마루에 주저앉아 한참 헛숨을 몰아쉬던 어머니가, 아침밥도 거른 채 학교 갈 준비를 하는 성철을 다급히 불렀다. 그녀의 목소리는 갈라져 있었고, 눈가에는 피곤으로 인한 그늘이 짙게 드리워져 있었다.

"내가 어제 이웃에 두부 만들 재료를 좀 사 오려 했는데, 돈이 부족해서 실패했어. 장마당 물건값이 또 올랐더라."

성철은 가슴이 철렁 내려앉았다. '또인가… 겨우 빚져서 콩을 사 왔는데, 그마저도 재료를 다 마련하지 못했나…' 하고 답답함이 몰려왔다. 어제 만든 두부도 성철이로 인해서 팔지 못하고 다 먹어야 하는 상황이었다. 그러던 중 어머니가 이어서 하는 말에, 어쩔 수 없는 결심을 하게 되었다.

"학교 끝나고 동네 뒷산 너머 장마당에 좀 다녀올래? 그쪽은 비공식으로 거래되는 물건들이 종종 싸게 나올 때가 있거든. 문제는 거리가 멀고 위험하긴 하지만…"

말은 그렇게 했지만, 사실 김영실도 아들에게 이런 부탁을 하고 싶진 않았다. 뒷산 너머 장마당은 불법 거래가 판치는 곳으로, 험한 사람들도 많다고 소문나 있었다. 다만 자신이 허리 부상으로 멀리 걷기 힘든 데다, 광영철이 감기에 걸려 찡얼거리며 고열에 시달리는 상황이었다.

성철은 갈등했다. 어린 마음에도, 그 장마당이 안전치 않다는 건 익히 들어 알고 있었다. 그러나 집에는 당장 식량이 절박했고, 두부를 만들어 팔려면 콩을 더 구해야 했다. 비록 학교 끝나고 늦은 시각에 출발한다 해도, 어머니가 가지 못한다면 자신이 나서야 하는 게 아닌가. '아버지가 살아 있으면 이런 걱정 안 했을 텐데… 하지만 우리 집 식량을 구하자면 나라도 갈 수밖에 없다.' 그런 생각이 스치자, 성철은 고개를 끄덕였다.

"네, 어머니. 학교 끝나고 바로 갈게요."

어머니는 눈가에 작은 물기가 맺혔지만, 곧 이를 악물고 고개를 숙였다.

"미안하다, 성철아. 네가 아직 어린데…"

성철은 괜찮다고 힘주어 말했다. 사실, 마음속은 두려움으로 얼얼했지만, 동생 광영철이 앓아 누운 모습을 생각하면 망설임이 사치처럼 느껴졌다.

뒷산을 넘는 길, 장마당의 험난함

***

그날 수업 내내 성철은 이따금 창밖을 힐끗 쳐다보았다. 교실 유리창 너머로 보이는 뒷산이 멀리 겹쳐져 있었다. 보통 학생들에게는 그저 일상의 풍경이겠지만, 성철에게는 '오늘 내가 넘어야 할 거친 길'이라는 불길함으로 다가왔다.

수업이 끝나고 수업 마치는 종소리가 있자마자, 성철은 급히 책가방을 정리했다. 도시락조차 없던 텅 빈 배가 꼬르륵 소리를 냈지만, 신경 쓸 겨를이 없었다. 약간 떨어진 곳에서 몇몇 아이들이 그를 흘끗거리며 "쟤 또 어디 가나 봐. 요즘 지네 집 사정 진짜 엉망이라던데?"라고 수군댔지만, 성철은 들은 척도 하지 않았다.

학교를 나오니 이미 해가 기울 기색이 보였다. 동네를 지나 뒷산으로 향하는 길은 생각보다 험했고, 곳곳에 잔돌과 뿌리가 튀어나와 있어 쉽게 발을 헛디딜 수 있었다. 성철은 낡은 운동화 끈을 꽉 동여매며 스스로에게 속삭였다.

'조금만 참자. 얼마든지 무섭고 힘들어도, 콩을 구해서 돌아오기만 하면 돼. 그럼 어머니도, 동생도 더는 굶주리지 않을 거야.' 그러나 산길로 접어들자마자, 시린 바람이 눈을 매섭게 찔렀다. 마치 '저 너머 세상은 더 거칠고 무정하다'라고 경고하는 듯했다. 곧 어두워지는 산길에서 겁내거나 되돌아갈 틈은 없었다. 오로지 "어머니와 동생을 위해서…"라는 생각만이 성철의 발걸음을 밀어붙였다.

그 장마당이 어떤 곳인지, 그곳 사람들이 언제든 사기를 치거나 해코지를 할지도 모른다는 건 알고 있었다. 하지만 '지금이 아니면 해결할 방법이 없다'는 위기의식이 더욱 컸다.

성철은 흐르는 땀방울을 주먹으로 닦으며, 한 걸음씩 발걸음을 옮겼다. 숨이 턱에 닿았지만, 뒤를 돌아보지 않았다. 도중에 비탈길을 몇 번이나 미끄러지듯 내려오면서도, 흔들리는 마음을 다잡았다. '어머니도 고생하는데, 나도 해내야 한다.'

점점 어둑해지는 하늘 아래로, 뒷산 너머 장마당의 희미한 불빛이 보이기 시작했다. 성철은 땀으로 젖은 손바닥을 바지에 닦으며, 마음을 굳게 먹었다. '가서 콩이라도 조금 싸게 구해 와야지… 이게 우리 가족의 끼니와 직결

되잖아.'

해는 완전히 넘어가고, 산골짜기를 파고드는 차가운 바람 소리가 서걱거릴 때, 열두 살 소년은 그 험한 길을 묵묵히 내려갔다. 아무리 두려워도 지금 물러설 수는 없었다. 고작 어린 손이지만, 지켜야 할 가족이 있기에, 그 발걸음은 쉽게 멈추지 않았다.

성철은 주린 배를 움켜쥔 채, 쓰러질 듯 비탈길을 내려섰다. 산길을 가로지르니 날은 어느새 어둑해졌다. 나지막한 고갯길을 넘자, 허름한 조명 아래에서 사람들이 웅성거리는 풍경이 펼쳐졌다. 곳곳에는 이동식 간이 좌판이 줄지어 늘어서 있었고, 매캐한 연기가 피어올라 코를 찌르는 냄새가 났다.

성철은 마음을 단단히 먹고, 소매치기나 허위 장사꾼에 유의하라는 어머니의 말을 되새겼다. '집에 조금이라도 식량이 들어오려면, 콩을 반드시 싸게 구해야 해…'라는 절박함을 떠안고, 사방을 두리번거리며 한낮에 비해 한층 황폐한 느낌의 시장 구석구석을 살폈다.

하지만 상황은 녹록지 않았다. 어머니가 마련해 준 돈은 많지 않았고, 이미 콩이며 옥수수 같은 곡물 가격이 하늘 높은 줄 모르고 치솟은 탓이었다. 성철이 제일 먼저 눈에 띈 좌판에 다가가 조심스럽게 물었다.

"실례합니다. 콩 좀 살 수 있을까요? 이 정도면… 얼마나…"

장사꾼은 성철의 교복 차림을 힐끗 보더니, 아예 대놓고 콧방귀를 뀌었다.

"이 돈으론 택도 없어, 꼬마야. 콩값이 요즘 얼마나 비싼 줄 아냐고."

"아… 그래도 조금만, 조금만 깎아 주시면 안 돼요? 저희 집이 조금 어려워서요."

성철은 필사적으로 호소해 봤지만, 상대는 고개를 절레절레 흔들며 손을 내저었다. 곁에 있던 다른 상인이 퉁명스레 거들었다.

"동정으로 장사하냐? 여기도 다 먹고살자고 하는 건데."

잇따른 거절과 냉담한 태도에 성철의 입술이 파르르 떨렸다. '이 돈으론 양이 너무 적다고… 집에서 더 가져오기도 어렵고, 그럴 돈도 없는데…'

그래도 포기할 순 없었다. 무안함을 무릅쓰고 한두 곳 더 돌아봤지만, 결과는 비슷했다.

"공급이 딸려서 가격이 올라가는 추세야. 여기선 세 배 더 줘야 해."

"정 안 되면 다른 물건이라도 내놔 보든가." 같은 막말에 가까운 말들이 튀어 나왔다. '아, 정말 큰일이다. 이대로 빈손으로 돌아가면, 어머니가 또 어떻게 빚을 내야 하나…'

성철은 주머니 속에 남은 돈을 꼭 쥐고, 잠시 무너질 것 같은 마음을 부여잡았다. 아직 밤이 깊지 않았으니, 조금 더 돌아보면 혹시 싼 곳이 있을지도 모른다는 희망에, 한 발 한 발 무거운 발걸음을 옮겼다.

주변의 불빛은 희미했고, 사람들의 목소리는 거칠게 들렸다. 교복 차림의 어린 소년이 혼자 돌아다니는 모습을 이따금 흘끗 보며, 중년 남성들이 "애송이네, 저거" 하고 히쭉거리기도 했다.

하지만 성철은 별다른 대응조차 하지 못했다. 오로지 '콩을 더 싼 값에 구해야 한다'는 생각만이 머릿속을 가득 채웠다. 집에 두부를 만들어 팔려면, 이 재료가 필수니까. 그게 아니면 굶주림과 빚의 굴레가 더 깊어질 뿐이었다.

그러나 곳곳을 기웃거려도, 콩 가마니 주위는 이미 웬만큼 돈이 있는 이들이 먼저 사 가고, 남은 건 상태가 그다지 좋지도 않거나, 가격이 무지막지하게 비싸거나 했다.

"없어요. 저는 이 정도밖에 없어요…"

한 상인 앞에서 성철이 애절하게 말했을 때, 그 상인은 볼멘소리로 "이 돈으론 옥수수 몇 알도 못 사."라고 냉정히 내뱉었다. 성철은 그 자리에서 파르르 떨리는 손으로 돈을 다시 주머니에 넣었다. 굳은 침이 목에 걸려 넘어가지 않았다. '그래도 조금은 살 수 있으려나 했는데… 이제 어쩌지?'

늘어진 교복 소매를 잡아당기며, 성철은 결국 발길을 돌려야 했다. 아무리 애써도 벽을 만난 듯한 느낌이 들었고, 배고픈 몸이 서서히 비명을 지르고 있었다. '조금만 더 돌아보자. 그렇지 않으면 집에 빈손으로 돌아가야 해…'

그런 결심으로 다시금 골목 한쪽을 향해 발걸음을 떼는 순간, 낯선 시선이 자신을 향해 꽂히는 기분이 들었다. 삭막한 장마당 한가운데서, 어린 소년을 노리는 듯한 섬뜩한 기운이 퍼져 왔다. 마치 '이런 애는 사기 치기 좋겠군…' 하는 분위기마저 느껴졌다.

성철은 이를 악물고, 정신을 바짝 차렸다. '할 수 있으면 꼭 콩을 구해야 해. 하지만, 함부로 사기를 당하지도 말아야 해…' 그렇게 성철의 맹렬한 사투가, 밤이 더 깊어 가는 장마당에서도 계속되었다.

온정의 손길

***

결국 성철은 배가 고파서 다리가 후들거리는 상태에서도, 자존심을 억누르고 콩 좌판들을 일일이 돌아다니며 동냥하듯 사정을 해야 했다.

"아저씨, 조금만 깎아 주시면 안 돼요? 동생이 열이 나고, 저희 어머니 허리가 아프셔서… 제발 좀 싸게 살 수 있으면 좋겠어요."

하지만 돌아오는 반응은 대부분 비슷했다.

"우리도 물건 사 오기가 얼마나 힘든데."라며 고개를 흔들거나, "돈 없으면 안 사고 말지, 괜히 귀찮게 하네." 하는 식의 무시 어린 반응이 섞여 있었다.

물론 몇몇 이들은 애잔한 눈빛으로 성철을 보았다. '이 어린애가 왜 이런 험한 장마당에서 돌아다닐까?' 하고 안타까워하는 기색도 있었지만, 현실은 그렇다고 선뜻 물건 값을 깎아 줄 수 있는 분위기가 아니었다. '여기도 먹고살기 힘든 건 매한가지라서…' 하는 식이었다.

한참을 발품 팔던 끝에, 할머니 한 분이 "그래, 내 손자도 너만 한데… 조금이라도 싸게 주마." 하며 고개를 끄덕여 주었다. 거칠게 갈라진 손으로 콩 자루를 조심스럽게 들어, 조금 더 얹어 주면서 "아이구, 잘 살아 봐라. 힘들겠지만 그래도 포기 말고." 하고 잔잔하게 웃었다.

그 순간, 성철은 마음 한편이 벅차오르는 듯했고, 허리 숙여 연신 "정말 감사합니다. 정말 감사합니다…" 하고 인사를 멈추지 않았다. 할머니 역시 얼굴은 지쳤지만, 고개를 끄덕이며 손사래를 쳤다.

그 장면이 오랜만에 느낀 온기의 순간이었다. 낯선 사람들이 가득한 장마당 한복판에서, 그나마 연민과 따뜻함을 보여 준 한 사람이 있다는 사실이, 성철의 마음을 잠시나마 놓이게 했다.

그러나 성철이 무거운 콩 자루를 안아 들고 밖으로 나오니, 이미 밤하늘에는 어두운 그림자가 짙게 깔려 있었다. 수많은 좌판과 불빛이 도깨비불처럼 깜빡거리고, 술에 취한 듯한 사람들의 고성이 여기저기서 들려왔다. '이제 이 길을 다시 넘어가야 하나…?'

문득 콩 자루의 묵직한 무게가 실감 나자, 성철은 걱정에 휩싸였다. 대낮에도 험한 산길이었는데, 밤엔 얼마나 더 위험할지 알 수 없었다. 길을 잃거나, 발을 헛디뎌 낭떠러지 근처에서 구를 수도 있지 않은가. 게다가 운 나쁘게 괴한이라도 만난다면 어쩔 텐가.

그래도 집에 돌아가야 했다. '어머니가 기다리고 있고, 동생도 아파 누워 있는데… 빨리 가야지. 이 콩으로 두부를 만들어야 내일 조금이라도 돈이 생길 텐데.' 성철은 꽉 다문 입술 사이로 헛숨을 뱉고, 교복 상의를 벗어 콩 자루 입구에 둘둘 말아 묶었다. 허리를 꺾어 자루를 최대한 등에 지고, 뒷산을 향해 발을 내디뎠다. 때때로 양손이 풀려 자루가 미끄러질 뻔하면, 마치 모든 걸 쥐려는 듯 손아귀에 더 힘을 줬다.

산길에 들어선 지 얼마 지나지 않아, 발밑이 흐릿해 몇 차례 헛디뎠다. 바위를 밟았다가 미끄러지고, 잡목에 옷깃이 걸려 휘청거리는 등, 아슬아슬한 순간이 여러 번 있었다. 옆구리에 콩 자루가 닿을 때마다, 숨이 턱에 차올랐다.

한 번은 뿌리째 뽑힌 나무토막이 발에 걸려, 언덕 아래로 굴러갈 뻔했다. 간신히 몸을 지탱하며 정신이 아찔해졌다. '이러다 뼈라도 부러지면 집에도 못 갈 텐데…' 하는 공포가 엄습했지만, 동생의 모습이 머릿속을 스치자 다시 이를 악물었다. '어떻게든 내려가야 해. 집에 가야, 어머니도, 동생도, 이 콩도 다 살릴 수 있잖아.'

그렇게 한 걸음, 또 한 걸음. 텅 빈 배는 더 이상 소리조차 낼 힘이 없었고 숨소리만 거칠어졌다. 가느다란 달빛이 산비탈을 비출 때마다, 갈라진 돌 틈새나 풀이 칼날처럼 서 있는 게 보였다.

하지만 성철은 작은 손으로 콩 자루를 부여안고, 달빛이 비추는 방향을 쫓아 길을 더듬었다. 밤바람이 땀에 젖은 몸을 식혀 올 때마다 소름이 돋았으나, 스스로를 다독였다. '집에 가면 어머니가 날 반겨 주겠지. 조금이라도 쌀과 두부 재료가 생기면, 동생도 뭘 먹을 수 있을 거야.'

그 믿음 하나로, 한참을 걸었을 즈음, 마침내 산길이 완만해지며 동네가 내려다보였다. 희미한 불빛 몇 점과 함께, 멀리 자신들의 집 지붕이 납작하게 눈에 들어왔다. 성철은 그제야 안도의 숨을 내쉬었다. 무릎이 후들거리고, 허리도 뻐근했지만, '그래도 해냈다. 조금이라도 콩을 구했으니… 아버지 없이도, 우리가 이겨 낼 수 있겠지…'라는 조용한 다짐이 마음속에서 울렸다.

밤공기가 서늘하게 스며드는 시각, 성철이 집 대문 안을 들어섰을 땐 이미 별이 총총 떠 있었다. 해가 지고 한참을 걸어온 탓에, 온몸이 땀으로 젖고 피로가 극에 달했지만, 마음은 무거운 콩 자루를 등에 멘 채로 조급함을 억누르지 못했다. '어머니랑 동생이 이 늦은 시간까지 배고프고 추운데 어떻게 견디고 있을까…'

마당에 들어서니, 한구석에 놓인 화로 주위에서 어슴푸레한 불씨가 깜빡였고, 그 곁에서 동생 광영철의 기침 소리가 희미하게 들렸다. 보드라운 담요 하나 걸치고 앉아 있었으나, 영양실조 때문에 쇠약해진 몸이 추위에 떠는 게 역력했다.

"형… 돌아왔어?"

광영철은 간신히 얼굴을 돌려 성철을 확인했지만, 곧 구부정하게 기침을 토해 냈다.

그 장면을 본 성철의 가슴이 또 한 번 짓눌렀다. '왜 이렇게 이 꼴이 되어 버렸을까. 아버지가 살아 있었다면, 우리는 이렇게 지친 모습으로 밤을 지새우지 않았을 텐데…'

안방에서는 어머니 김영실이 방구들(* 북한에서는 아궁이에 불을 때서 바닥 온돌을 덥히는 식으로 구조화되어 있어 구들 아랫목은 따뜻하고 긴니 윗방은 차가운 것이 특징이다.)에 거의 쓰러지다시피 누워 있었다. 허리 통증으로 하루하루 버티기 힘든 와중에, 밤까지 아들을 기다리느라 몸도 마음도 한계에 다다른 듯 보였다. 그러다 문소리가 나자마자 벌떡 일어나, 비틀거리며 성철에게 달려왔다.

"어머나, 어떻게 이렇게 늦었어? 괜찮니? 중간에 다치거나 한 거 없고?"

숨 가쁜 목소리와 함께, 그녀가 성철 몸을 이리저리 확인했다. 그 순간 성철은 그만 울컥 목이 메고 말았다. 자신도 배는 고프고 몸이 고된데, '어머니는 더욱 힘들겠지' 싶어 제대로 울지도 못했다.

"여기… 콩 조금 샀어요."

성철은 힘겨운 팔로 자루를 풀어내며, 쑥스러운 듯 말했다.

"근데, 돈이 부족해서 많이 못 샀어요. 죄송해요…"

어머니는 안쓰러운 눈빛으로 자루 안을 들여다보았다. 확실히 양이 많지는 않았지만, 그것마저도 없었다면 내일 당장 두부를 만들 엄두조차 내기 힘들었을 게 뻔했다. 눈시울이 붉어진 그녀는 "이것만으로도 고마워, 성철아…" 하고, 아들을 꼭 끌어안았다.

그 따스한 품에 안긴 채, 성철은 쌓아 두었던 눈물을 삼켰다. '이게 우리 가족이 살아가기 위해 해야 할 일이구나'라는 깨달음이 마음을 뒤흔들었다. '하루 벌어 하루 먹고살아도, 어머니와 동생이 살아가려면 내가 움직여야 한다. 아버지가 남긴 흔적 없이, 이제 우리가 이렇게 끝없이 버텨야 하는구나.' 그 생각이 드니, 몸에 남아 있던 마지막 기운마저 빠져나가는 느낌이었다. 그러나 똑같이 기진맥진해 있는 어머니와 동생을 보니, 자신이라도 조금 더 견뎌야겠다고 다짐하게 됐다.

그 한마디에, 어머니는 눈시울이 붉어졌다. 그리고 동생 방에서 기침 소리가 희미하게 들려왔지만, 오늘 하루만큼은 그 소리가 이토록 애잔하고도 안심이 되는 소리이기도 했다. '조금이라도 먹일 게 있으니, 버텨 낼 수 있을 거야…'

그날 밤, 성철은 허리를 쭉 뻗고 누워 잠들었다. 몸은 만신창이가 되었지만, 마음만은 어딘가 달빛처럼 희미하게나마 빛나고 있었다.

겨울 끝자락, 다시금 다가오는 꽃샘추위
＊＊＊

아버지가 없어진 빈자리는 상상 이상으로 크게 다가왔다. 그러나 이제 그 자리에 남은 건, 허리가 아파 쓰러지기 직전의 어머니와 영양실조로 기침하는 동생, 그리고 무겁게 가라앉은 책임감을 짊어진 열두 살 소년뿐이었다.

성철은 땀으로 젖은 몸을 식히며 한숨을 고르다가 간신히 입을 열었다.

"어머니, 콩 넣어서 죽이라도 끓여 드릴까요? 아니면 내일 새벽에 두부를 바로 시작하실 건가요?"

어머니는 몸을 떨며 고개를 저었다.

"일단 네 동생부터 보자. 기침이 점점 심해지네…"

그렇게 세 모자는 또 한 번의 희망과 절망 사이를 오가며 밤을 맞이했다. 방 안 공기가 얼음장같이 서늘했지만, 서로를 붙들고 있는 마음만은 조금씩 단단해지는 듯했다. 아버지의 부재가 남긴 커다란 공백 위에서, 그들은 애써 '우린 그래도 살아가야 한다'고 되뇌며, 이 혹독한 현실에 맞서고 있었다.

며칠 뒤, 이른 봄비가 쌀쌀하게 내리자 마당은 질척해지고, 바람까지 매섭게 불어와 사람들의 마음까지 얼어붙었다. 겨울이 지나갔다고는 하지만, '꽃샘추위'란 말이 무색하지 않을 만큼, 대지는 아직 완연한 봄을 허락하지 않았다. 성철이 새벽에 문밖을 내다보면, 차가운 바람이 낯빛을 할퀴는 듯했고, 쌓였던 눈이 녹아 내린 뒤 남은 습기가 발밑을 질척이게 했다.

그 사이에도, 어머니 김영실은 또다시 두부를 만들어 장마당으로 나갔다. 허리 부상이 여전해서 조금만 오래 서 있어도 얼굴이 창백해지지만, 가족에게 식량을 구해다 주려면 애써서라도 장사를 해야 했다. 그러다 보니 하루하루가 생존을 위한 고행처럼 느껴졌다.

성철 역시 학교 수업이 끝나면 곧장 집으로 달려왔다. 집에 들어서자마자, "광영철, 괜찮아?" 하고 방문을 열어 보면, 동생은 여전히 기침을 달고 살고 있었다. 밤이 되면 두드러기가 생기고, 고열에 시달려 땀을 흘리다 보니 제대로 잠을 못 이뤘다. 아침에 일어나 보면, 영철의 이불은 땀으로 축축히 젖어 있었다.

"형… 숨쉬기 힘들어…" 동생의 가쁜 목소리를 들으면, 성철은 가슴이 덜컥 내려앉았다. 마땅한 약조차 살 형편이 안 되어, 따뜻한 물수건과 간단한 민간요법으로 버틸 수밖에 없었다. 어머니는 몇 시간 만에 집에 돌아와 허리를 붙들고 겨우 문턱을 넘었다. 두부를 조금 팔았다지만, 열악한 장마당 사정과 부쩍 오른 물가 탓에 남은 건 쥐꼬리만 한 돈이었다. 낯빛이 워낙 피곤해 보여, 광영철이 "엄마, 괜찮아요?" 하고 물었지만, 어머니는 그저 꿋꿋한 척 고개를 끄덕일 뿐이었다.

성철은 그런 어머니와 동생을 보며, 애써 마음을 다잡았다. '내가 조금 더 힘이 세고, 조금 더 돈을 벌 수 있다면…' 하고 속으로 몇 번이나 되뇌었다. 하지만 현실은 열두 살 소년에게 그런 기회를 쉽게 주지 않았다.

아침에 내리던 이른 봄비가 밤늦도록 이슬비처럼 남아 땅을 적셨다. 꽃샘추위라고 부르기엔 모진 바람이 문틈을 파고들어, 방 안 공기를 더더욱 싸늘하게 만들었다. 그럼에도 세 식구는 서로를 붙들어야 했다. 장작 몇 개 남은 화로에 불씨가 곧 꺼질 듯 붉게 흔들렸고, 광영철은 다시금 기침으로 몸을 웅크렸다.

"형, 밤에 숨 쉬기 힘들어지면 또 깨울게…"

동생의 목소리에, 성철은 눈시울이 뜨거워졌다.

"그래, 내가 깨우면 바로 물수건 갈아 줄게. 좀만 버티면 좋아질 거야."

하지만 본심은 '도대체 언제쯤 나아질까?'라는 깊은 한숨이었다. 바깥에서 부는 바람은 마당을 질척이게 만들었고, 안에서는 가족의 삶이 더 질척거리게 버티고 있었다. '봄이 오긴 오는 걸까?' 하는 회의감이 머릿속을 맴돌았다.

그럼에도 성철은 어깨를 살짝 펴고, 동생의 침가를 정리해 주었다. 하루하루 견디는 수밖에 없지 않은가. 아버지가 남긴 마지막 유언처럼, '살아야 한다'는 말이 이 가족을 붙들어 주는 유일한 명분인 듯했다.

봄이라지만 여전히 날씨가 매서웠던 어느 날, 마을에 소문이 돌았다. "보위부 박 간부 동지가 근처를 들른 것 같더라." 처음 이 말을 들었을 때, 성철은 가슴이 덜컥 내려앉았다. '아버지랑 군대 복무를 함께 했다던 바로 그 박진호…' 이미 수차례 연락을 시도했지만 번번이 외면당해 왔고, 어머니도 "괜히 보위부 간부에게 신세 지지 말라"고 만류했던 터였다. 하지만 이번에는 직접 그가 마을 가까이 왔다는 말에, 성철은 '혹시라도 이번엔 얘기를 들어 줄까?' 하는 작은 희망에 마음이 들썩였다.

학교가 끝나자마자, 성철은 마을 길거리를 부지런히 기웃거렸다. 소문처럼 박진호가 나타날지, 혹은 또 허망하게 사라져 버릴지 알 수 없었지만, 그저 서성이는 것 외에 뾰족한 방법이 없었다. 그렇게 한참을 기다리다 보니, 정갈한 국방색 사제 군복에 김일성 배지를 단 남성이 차에서 내려 어딘가로 향하는 모습이 언뜻 보였다. 멀리서도 풍겨 나오는 군인의 기운과 날카로운 눈매에 성철은 직감적으로 '박진호다!'라고 확신했다.

한 번도 제대로 대면한 적은 없지만, 장례식장에서 봤던 그 모습이 뇌리에 각인되어 있었다. '아버지의 옛 전우가 틀림없어. 이분만이라도 힘 좀 써 주면 우리 식량 문제나 동생 치료를…' 하는 기대가 솟구쳤다. 그래서 성철은 망설임을 누르고, 기를 쓰듯 다가갔다. "박 아저씨! 잠시만요!"

짧게 불렀지만, 그 음성이 떨릴 정도로 간절했다. 그 순간, 박진호는 잠깐 멈춰 섰다. 돌아본 얼굴에는 낯선 표정이 스쳐 갔고, 누군가가 부르는 것을 인식하는 듯 보였다. 성철은 그 시선을 붙잡고 싶은 마음에 다시 크게 외쳤다.

"저, 성철이에요! 광… 광성철…!"

그러나 박진호는 눈썹을 살짝 찌푸리더니, 무심한 표정으로 성철을 흘끗 보고는 발걸음을 재촉했다. '아는 사람을 본다는 듯한 기색도 아니고, 오히려 귀찮아한다'라는 느낌이 강하게 전해졌다.

"박 아저씨…!"

성철이 다시 외쳤지만, 박진호는 뒤를 돌아보지도 않았다. 가까이 다가갈 틈도 없이, 그는 빠른 걸음으로 차량 뒤편 건물로 사라졌다. 마치 처음부터 성철을 모르는 사람처럼, 냉정하게 외면하는 모습이었다.

성철은 머리가 하얗게 멍해졌다. 막판에 용기를 내어 소리쳤지만, 그 무엇도 통하지 않은 듯했다. '왜 이렇게까지 외면하는 거야? 아버지랑 함께 목숨 걸고 작전을 수행한 사이 아니었어?'

한편으로는 주위 사람들이 곁눈질하며 성철을 쳐다보고 있었다. "저 아이, 보위부 간부한테 왜 저렇게 매달리지?" 하는 식의 낮은 수군거림이 들려왔다.

결국 성철은 그 자리에서 주저앉았다. 억눌린 서러움이 한꺼번에 올라와, '우린 정말 버림받은 건가…' 하는 절망감에 시달렸다. 지금이라도 차라리 쫓아가 다시 붙잡아 보려고 했지만, 이미 건물 안으로 사라진 박진호는 어떤 모습도 보이지 않았다. 철문 안으로 사라진 그의 검은 군복 자락을 끝으로, 성철의 작은 희망도 바스러지는 듯했다. 아버지가 세상에 없다는 게 이런 무력감으로 다가올 줄, 열두 살 소년은 예상하지 못했다.

그저 바람이 분다. 단발마의 외침은 허공에 흩어지고, 남은 건 냉담한 보위부 간부의 뒷모습뿐. 성철은 입술을 깨물며 다시 고개를 들었지만, 이미 그곳엔 어떤 도움의 손길도 기대하기 어려웠다.

다시금 멀어지는 희망

✳✳✳

박진호가 냉정하게 돌아서 사라지던 장면이, 성철의 머릿속에서 맴을 돌았다.

"아버지와 함께 남조선 임무까지 해낸 사람이라면서, 어째서 우리 가족이 이 지경이 된 걸 눈으로 보면서도… 왜 아무 말도 없지?"

그날 밤, 성철은 그 의문과 분노가 고스란히 얽혀 잠을 이루지 못했다. 화롯가의 열기마저 식어가는 방 안에 누워, 끝끝내 뇌리를 떠나지 않는 생각에 눈꺼풀이 무겁게 떨렸다. 한낮의 학교에서 겪는 무시나 장마당에서 느낀 자괴감과는 비교도 안 될 정도로, '배신'이라는 단어가 가슴을 지졌다.

어쩌면 어머니 말처럼, 박진호 같은 보위부 간부에게 괜히 매달리다가 신세 지면 더 큰 위험으로 이어질 수 있었다. 하지만 그런 합리적인 두려움보다, '아버지가 목숨 걸고 함께했던 전우라면, 적어도 우리가 이토록 막다른 길에 내몰릴 땐 나서야 하지 않을까?' 하는 절실함이 성철의 마음을 불태웠다.

창문 틈새로 들이치는 찬바람 때문에 이불을 움켜쥐었지만, 그보다 더 차갑게 스며드는 것은 '이제 아무도 우리를 돕지 않을 것'이라는 체념이었다. '아버지의 헌신도, 특수부대 공로자라는 과거 영광도, 이렇게 헛되이 사라지는 걸까?', '난 나름대로 열두 살이지만, 그래도 나도 사람으로서 자존심이 있는데…' 그런 생각이 비집고 들어왔다.

밤이 깊어질수록, 아버지의 마지막 순간이 머릿속에 선명하게 그려졌다. 병상에서 숨을 거두기 전에, 아버지는 어머니에게 "아이들을 잘 부탁한다.

내가 더 버텨야 했는데…" 하고 미안함을 표했다고 한다. 성철은 그 이야기를 들을 때마다, '아버지는 우리를 끝까지 지키지 못해 미안함을 느꼈을 텐데, 정작 그와 함께했던 동료들은 왜 남은 우리를 외면해 버린 걸까'라고 생각했다. 억울하고 분한 감정이 자꾸만 끓어올라, 차가운 이불 속에서 땀이 흥건히 배어 나왔다.

한편으로, '아버지의 동료에게 의지하는 건 애초에 환상이었을지도 모른다. 나라가 아버지를 내쳤듯, 그 동료 역시 더 이상 이 가족에게 관심이 없을 수도 있다. 나 혼자만의 기대였나…' 하는 허무함도 찾아왔다. 결국 성철은 이부자리에 몸을 웅크린 채, 울지도 못하고 밤을 지새우는 시간을 보냈다. 어머니와 동생은 이미 탈진 상태여서 깊이 잠이 들었지만, 그들의 숨소리를 들으며 오히려 "내가 이들을 지켜야 하는데, 난 아직 너무 어리다."라는 무력감이 더 크게 다가왔다.

'조금만 시간이 지나면 날이 밝겠지. 그럼 또 학교에 가고, 어머니는 허리 부상을 붙들고 두부를 만들 것이다. 동생은 기침으로 밤낮을 앓아눕고, 자신은 그 사이에서 무력하게 방황할 테다. 그리고 체제와 주변인들은 여전히 "가난한 집안, 별 볼 일 없다."는 눈길을 보낼 뿐.'

성철은 마음 한구석에서 '이대로는 안 된다. 뭔가 달라져야 해…' 하고 아우성치는 목소리를 들었다. 하지만 어떻게 달라질 수 있는지, 어디로 향해야 하는지, 아무런 답을 찾을 수 없었다. 오직 아버지의 부재가 남긴 큰 구멍 속에서, 소년은 이리저리 부딪히며 미로를 헤매는 기분이었다. 그렇게 밤은 깊어 갔고, 창밖 어둠이 더욱 짙어질수록, 성철의 내면에서는 분노와 배신감이 더욱 선명해졌다.

"이젠 이마저도 한계인가…"

어머니 김영실이 허리를 부여잡고, 텅 빈 쌀통을 물끄러미 내려다보았다. 두부 장사를 해서 하루에 몇 푼이라도 벌면, 당장 굶을 걱정은 덜하리라 믿었는데, 현실은 달랐다. 콩값과 생필품 가격이 치솟아 남는 수입은 거의 없었고, 빚은 서서히 늘어 가는 형편이었다.

어느새 집안에 쌀 몇 줌도 남지 않고, 옥수수죽조차 바닥이 보이자, 그간 버티고 있던 어머니의 마음에는 큰 구멍이 뚫린 듯했다. "아이고, 이게 무슨 팔자니…" 하며 한숨 섞인 중얼거림이 깊은 밤마다 집 안에 울려 퍼졌. 그걸 지켜보는 성철의 마음도 무거웠다. '어머니가 허리까지 아픈데, 이대로 가다간 우리 정말 굶게 될 텐데…' 동생 광영철은 감기로 앓아누워 있고, 아버지가 있었다면 이런 지경까진 안 왔을 텐데 하는 생각만 맴돌았다.

그러던 어느 날, 허리 통증을 겨우 달래 앉아 있던 어머니가 조심스럽게 제안했다. "야산에서 나무를 구해다 땔감으로 팔아 볼까? 두부 장사도 이젠 한계가 있잖니…" 성철도 뒷산을 떠올리며 고개를 끄덕였다. '잘만 하면 장작을 팔아 생계를 이어 갈 수 있을지도…' 하지만 문제는 명확했다. 어머니는 허리 부상으로 무거운 장작을 들고 오르내리기가 사실상 불가능했고, 열두 살 소년인 성철 혼자서 충분한 양의 땔감을 구하기란 보통 일이 아니다.

한밤중, 성철이 마당에 나서자, 달그림자 아래 텅 빈 장독대와 휑한 화로가 보였다. 화로를 데우려면 장작이 필요했고, 장작이 떨어지면 얼어붙은 밤을 견디기조차 쉽지 않았다. '그럼에도 장작을 팔아야 한다니… 우린 지금 뭘로 살아야 하지?' 하는 의문이 들었다.

결국 며칠간 고민한 끝에, 성철은 땔감을 구하기 위해 야산 몇 군데를 돌았다. 그곳에서 부러져 떨어진 나뭇가지나 마른 장작거리를 주워 담았지만, 가져오는 양이 턱없이 부족했다. 허기와 추위로 금방 지쳐 버리기 일쑤였고, 비탈진 길에서 발을 헛디뎌 넘어지기도 여러 번이었다.

어머니는 그런 성철을 볼 때마다 차마 "더 해 오라"고 등을 떠밀 수 없었다. 스스로도 "어쩌다 우리가 이 지경이 됐을까."라며 밤마다 흐느꼈다. 벽처럼 막힌 현실 앞에서, 몸은 고되고 마음도 소진되는 기분이었다. 그러나 성철은 어머니가 주저앉아 흐느낄 때마다, 곁에서 등이라도 토닥이며 스스로에게 다짐했다. '아버지가 없더라도, 내가 어떻게든 방법을 찾을 거야. 동생과 어머니를 굶게 두진 않을 거야.' 그 굳은 결심이 없었다면, 이 지독한 절망 속에서 이 가족은 이미 무너졌을 것이다. 비록 길이 막막하고, 사방이 벽으로 둘러싸인 듯 느껴져도, 성철은 밤하늘을 올려다보며 '새벽이 오면 다시 움직여 보자. 고작 열두 살이지만, 그래도 해 봐야지.' 하고 이를 악물었다.

두 사람의 한숨소리가 어둠 속에 뒤섞여 퍼질 때, 마당 가장자리에선 찬바람이 낙엽을 스치며 달빛 아래로 굴러 다녔다. 고요한 침묵 속에서도, 이 가족은 조용히 생존을 위한 방도를 찾아 헤쳐 나가고 있었다.

아버지가 죽었다?

***

그날 아침, 공기는 유독 무거웠다. 구름은 낮게 깔려 있었고, 사람들의 발걸음은 마치 예고된 무언가를 기다리기라도 하듯 느리게 움직였다. 마을 방송용 확성기에서는 평소보다 이른 시간에 낯선 음악이 흘러나오고 있었다. 성철은 삐걱거리는 마당 대문을 열고 나와, 습기 찬 공기를 들이켰다. 어느 날과 똑같은 고된 하루가 시작되리라 생각하며 장작 몇 개를 챙기려던 그때였다. 갑자기 확성기에서 말할 수 없는 침묵이 흘렀고, 곧이어 여자의 떨리는 목소리가 터져 나왔다.

"전체 인민들에게 비통한 소식을 전합니다. 우리 당과 인민의 위대한 수령이시며 어버이이신 김일성 동지께서 1994년 7월 8일, 갑작스러운 심장병으로 애통하게 서거하셨습니다…"

뚝. 장작이 손에서 떨어졌다. 성철은 자신의 귀를 의심했다. 그 말을 이해하는 데 몇 초가 걸렸다. 아버지가… 죽었다?

그 순간, 성철의 심장도 덜컥 멎는 듯했다. 몸이 공중에 붕 뜨는 것 같았다. 김일성. 그 이름은 곧 태양과도 같았다. 태어나서 지금까지 하루도 그 이름을 듣지 않은 날이 없었다. 그는 김일성이 죽을 수 있다는 사실 자체를 한 번도 생각해 본 적이 없었다.

집 안에서 울음 섞인 비명이 터졌다. 어머니는 손에 쥔 국자를 바닥에 떨어뜨리고 무릎을 꿇었다. 그 옆에서 아직 어린 영철도 당황한 표정으로 엄마를 바라보다, 이내 따라 울음을 터뜨렸다.

"정말이야…? 우리… 수령님이 진짜…"

어머니는 성철에게 달려와 부둥켜안고 말없이 울었다. 그 울음은 단순한 슬픔이 아니라, 세상이 무너지는 듯한 공포에서 나오는 울음이었다. 그날 하루, 라디오에서는 김일성의 연설, 김일성의 노래, 김일성의 전투 일대기, 김일성의 인간됨에 대한 애가가 끊임없이 흘러나왔다. 마을 사람들은 모두 집 앞에 수령의 초상화를 걸고 흰 천을 드리웠다.

공장도, 장마당도 멈췄다. 아이들은 학교에 가지 않았고, 어른들은 모두 주민반 회관에 모여 통곡했다. 누군가는 진심으로 울었고, 누군가는 울지 않는다는 이유로 감시당할까 봐 억지로 울었다. 어떤 이들은 구토를 할 정도로 가슴을 치며 바닥에 내동댕이쳐졌고, 어떤 이들은 방구석에서 이불을 덮고 벌벌 떨었다. 마을 전체가 거대한 장례식장이었다. 그러나 성철은 울 수 없었다. 눈물이 나오지 않았다. 대신 그의 머릿속은 비명을 지르고 있었다. '이제 어떻게 살지? 우리가 믿었던 건 다 뭐였지?'

아버지를 떠올렸다. 성철의 친아버지는 그가 어릴 적 사고로 죽었다. 그리고 지금까지, 성철은 김일성을 '나라의 아버지'로 여겨 왔다. 그런데 그 아버지도 죽었다. 두 번째 아버지를 잃은 것이다. 그날 밤, 성철은 뜬눈으로 천장을 바라봤다. 촛불조차 켜지 못한 어두운 방에서, 그는 자기 자신에게 조용히 물었다.

"아버지가 죽은 이 나라는, 정말 계속 존재할 수 있을까?"

답은 들리지 않았다. 대신, 그날 이후 이어진 장례식 훈련이 시작되었다. 10일 동안 국가 애도 기간이 이어졌다. 각 가정에서는 수령의 초상화 앞에 헌화하고, 정해진 시간마다 애도 의식을 치렀다. 학생들은 일정한 구호를 외우고, 하루에 몇 번씩 울음을 재현해야 했다. 성철은 이해할 수 없었다. 이 슬픔은 누구의 것인가? 눈물을 강요당하며, 그는 점점 멀어져 가는 자신의 감정과 마주했다. 그리고 그 안에서, 작은 의심이 자라나기 시작했다.

'왜 우리는 이토록 한 사람에게만 의존했을까?'

그 의문은, 곧 체제 전체에 대한 의문으로 번졌다. 모든 것이 위태로워 보였다. 굶주림은 계속되고, 주민들은 공포에 떨며 감시와 의심의 시선 속에서 하루하루를 보냈다. 김일성이 죽은 후에도 바뀐 것은 아무것도 없었다. 오히려 더 많은 충성을 요구받았고, 더 많은 고통을 감내해야 했다.

어머니는 성철에게 말했다.

"성철아… 세상이 더 험해질 거야. 수령님이 계시지 않는 세상은, 더 무섭단다. 절대 티 내지 말고, 눈치껏 살아야 한다."

성철은 그 말이 무엇을 뜻하는지 알고 있었다. 이젠 더 조심해야 한다는 것, 더 침묵해야 한다는 것. 그러나 그의 마음은 달랐다.

그날 이후, 성철의 내면에는 또 하나의 목소리가 생겼다. 그것은 명령이 아니었고, 교육도 아니었다. 그것은 질문이었다.

"정말로, 이게 옳은 삶일까?"

이제 막 피어난 그 질문은, 성철의 삶을 바꿔 놓을 것이었다.

공로자의 아들과 농장 밭의 옥수수

***

밤이 깊도록 어머니는 잠들지 못했다. 눈을 감고 누워 있는 듯했지만, 기침 소리가 간헐적으로 났고, 그 사이사이 짧은 한숨이 흘렀다. 방 구석에서 눈을 뜬 채 똑바로 누워 있던 성철은 그런 어머니의 모습을 소리 없이 지켜보고 있었다.

몇 달 전, 김일성 수령님이 죽었다는 소식이 전국에 퍼졌을 때, 마을은 마치 숨을 멈춘 듯 고요했다. 사람들은 밥보다 더 중요한 무언가가 사라진 듯 일손을 멈추었고, 하늘을 올려다보며 멍하니 울거나 담장 뒤에서 조심스레 수군거렸다.
"이제 우리 어떻게 사누?"
정적은 두려움보다 더 무거웠고, 밖에 우는 귀뚜라미 울음소리는 공포스러움에 가까웠다.

며칠이 지나면서 배급은 더욱 줄었고, 마을의 우물가에는 말라붙은 욕설과 한숨만 가득했다. 그러던 어느 날, 성철은 결심했다.
"가만있어선 안 된다. 지금 뭐라도 해야 한다."

성철은 새벽녘 어스름 속에서 집을 나섰다. 어깨에는 허름한 자루 하나가 걸쳐 있었다.
목적지는 마을 농장.
이른 아침의 농장은 안개가 옅게 깔려 있었다. 옥수수는 아직 여물지 않았지만, 일부는 벌써 누렇게 익어 가고 있었다. 성철은 그중 가장 아래쪽 줄에 난 옥수수를 하나하나 꺾기 시작했다. 손에는 벌써 진물이 배었고, 몸은 긴장으로 땀에 젖어 있었다.
"거기 누구야! 서라!"

순찰하던 농장 감시원이 성철을 발견했다. 성철은 도망칠 생각도 못 한 채, 그 자리에 얼어붙었다. 다음 순간, 뺨에 찬바람 같은 손길이 날아들었다.

"네 이놈, 도둑질이냐? 이놈이 간도 크구나!"

성철은 말없이 얻어맞았다. 등과 어깨, 옆구리에 내려 꽂히는 몽둥이질이 이어졌고, 그는 이를 악문 채 입술을 깨물었다. 농장 감시원은 성철의 자루를 걷어 들고는 마을 간부를 불러 끌고 갔다. 그 자리에 마을 사람들이 몰려들었다.

"아니, 저건 공로자 아들 성철이 아냐?"

"저 놈도 결국 똑같네. 입만 살아선… 결국 도둑질이야?"

"배운 놈도 굶으면 똑같구먼."

수군거림은 칼보다 날카로웠다. 성철은 머리를 숙였다. 차라리 다시 매를 맞는 편이 나을 정도로 수치심이 가슴을 할퀴었다. 그때, 마을 보위부 간부가 달려와 그의 팔을 부여잡았다.

"공로자 유가족이다. 덕칠 동지의 아들이다."

간부는 민망한 기색을 애써 감추며 감시원을 향해 말했다.

"풀어 줘라. 배고픔이 죄는 아니잖은가."

성철은 풀려났지만, 눈앞이 캄캄했다. 군용 외투를 걸치고 돌아오는 길, 옥수수를 품은 자루 대신 쏟아진 수모와 속수무책의 무기력이 그의 등골을 타고 흘렀다.

집에 돌아오자마자 어머니는 성철을 향해 한참을 바라보다, 그제야 입을 열었다.

"그걸 꼭 그렇게까지 해야 했니…?"

어머니의 눈에는 눈물이 맺혀 있었다. 성철은 묵묵히 고개를 숙였다. 그 한마디가 마음을 도려냈다. 그러나 이내 어머니는 눈물을 닦으며 성철의 손을 꼭 잡았다.

"미안하다, 아들아. 이 세상이 네게 이런 수모를 주도록… 내가 아무것도 해 줄 수 없어 미안하다."

그 말에 성철은 주먹을 불끈 쥐었다. 벗어나고 싶었다. 이런 모욕과 굶주림, 그리고 체제의 허위 속에서 이제는 그저 생존하는 것이 아닌, '무엇이 옳은가'를 선택할 자유 속으로 걸어 나가고 싶었다.

성철은 얼굴이 부어오르고, 허벅지와 팔뚝에는 장대 자국이 선명했다. 온몸은 얼음장처럼 식어 있었고, 고개를 들기도 버거웠다. 손으로 바닥을 짚고 겨우 몸을 일으켰지만, 무릎이 후들거려 다시 주저앉았다. 농장 감시원이 휘두른 몽둥이는 생각보다 훨씬 무거웠고, 무엇보다 사람들의 눈초리가 더 아팠다. 그는 땅을 바라본 채 얕은 숨을 몰아쉬었다.

"광덕칠의 아들인데도 저런 짓을 하다니…"
"공로자 자식이라더니, 결국 도둑질이냐?"
"공로자든 뭐든, 이제 다 똑같지. 굶으면 눈 돌아가는 거야."

수군거림은 바람처럼 멀리서도 들렸다. 사람들은 말끝마다 '공로자'를 입에 담았지만, 그 말에 실린 존경보다는 냉소가 더 컸다. 누군가는 동정을 가장했지만, 그 시선 속에는 철저한 경계심이 깔려 있었다. 성철은 속으로 울부짖었다. '나는 그저, 가족을 먹이려고 했을 뿐인데…'

성철은 고개를 들지 못했다. 굶주린 배보다, 자신을 바라보는 어머니와 동생의 눈빛이 더 고통스러웠다. 그는 식사를 마치고 밖으로 나와 마당에 멍하니 앉아 있다가 두 주먹을 불끈 쥐고 일어섰다. 달빛 아래 그의 그림자는 유난히 길고 흔들렸다.

'나는… 살아야 한다. 어머니를 지켜야 한다. 영철이를, 내 동생을 살려야 한다.'

그 결의는 떨리는 다리 위로 굳게 뿌리내렸다. 그의 발걸음은 작고 느렸지만, 뚜렷했다. 굶주림과 냉대 속에서도, 살아남아야 할 이유가 성철을 붙들고 있었다.

이제, 그의 이야기는 더 이상 절망 속에 머물지 않았다. 작지만 뜨거운 한 걸음이, 성철을 새로운 이야기로 이끌기 시작하고 있었다.

결심을 다지다

✱✱✱

결국, 이 가족은 살아야 했다. 자정 무렵, 화로 곁에서 허리를 짚고 앉은 어머니 김영실은 허리 통증을 겨우 참아 내며, 여전히 눈을 붙이지 못하고 있었다. 그녀의 머릿속에는 "네 아버지가 마지막까지 '미안하다, 아이들을 잘 부탁한다'고 했어."라는 말이 맴돌았다. 남편이 죽기 전 남긴 그 유언을 곱씹을 때면, 자기 연민에 빠질 틈도 없이 '가족을 결코 포기하면 안 된다'는 절박함이 마음을 일으켜 세웠다.

열두 살 광성철은 방 한구석에서 동생 광영철이 곤히 잠들었는지 숨소리를 살폈다. 어린 동생의 기침은 조금 잦아든 듯 보였지만, 매 순간 빈약한 식량과 약조차 제때 구하지 못해 마음이 무거웠다. '아버지가 있다면, 이 정도 상황에서 이렇게까지 막막하진 않았겠지…' 하는 상실감이 가슴을 후벼 팠다.

그러나 동시에 어머니의 말을 떠올리면, 가슴속 어딘가에서 불길이 튀듯 작지만 뜨거운 의지가 솟아나곤 했다. '맞아, 아버지는 마지막까지 우리가 살아남길 바랐잖아.' 그 기억은 학교에서의 폭력, 동생의 병약함, 나무를 베어 장작을 만들어 땔감으로 팔기, 그리고 배신당한 듯한 사회적 외면과 냉대 같은 숱한 어려움에도, 성철의 심장을 다시 뛰게 하는 이유가 되었다.

그날 밤, 창밖에선 여전히 꽃샘추위가 매서운 기세를 내뿜고 있었다. 차가운 바람이 문틈을 스며들어, 방 안을 소름 끼치도록 얼어붙게 했다. 하지만 '겨울 끝자락에 한 점 새싹이 돋듯, 언젠가 봄이 오리라.'는 믿음이 이들 가족을 붙들었다.

성철은 두 주먹을 살짝 움켜쥐며, 이제는 더 이상 '어린아이'의 마음에 머무를 수 없음을 깨달았다. '아버지가 없는 자리까지 메우려면, 내가 어른처럼 단단해져야 해. 두려워도, 억울해도, 나아가야만 해…' 그 시린 계절을, 성철은 아주 먼 훗날에도 결코 잊지 못할 것이다. 가장 절망스러운 현실과 씨름하며, 동시에 스스로 성장해 나가야 했던 시기였다. 삶의 바닥에서, '아버지가 남긴 미안함과 간절함을 헛되게 하지 않겠다.'고 마음속으로 수없이 다짐하며 버텨 낸 시간이었다.

그리고 때로는, 아버지의 유령이 다정하게 등을 토닥여 주는 착각이 들 때도 있었다. 그럴 때마다 성철은 눈가를 훔치며 조용히 중얼거렸다.

"우리는… 결국 이겨 낼 거야. 아버지도, 우리 보고 포기하지 말라 했잖아."
하얀 입김이 방 안을 흐릿이 가르며 흩어졌다. 밖에서는 계속 삐걱거리며 춥고 무정한 바람이 몰아쳤지만, 이 가족의 결심만큼은 녹록지 않은 계절의 끝에서 더욱 또렷해지고 있었다.

아버지를 잃으면서 동시에 가난이 몰려들고, 국가 지원과 주변의 배려마저 끊긴 상황은 가족에게 '또 다른 죽음'처럼 다가왔다. 아버지의 부재 못지않게, "공로자 가족이라더니 뭐 별거 없어"라는 비웃음과 "어쩌다 당국 눈 밖에 난 거 아닌가"라는 의심은 가족을 더욱 궁지로 몰았다.

결국, 과거의 영광이나 공로는 빛바랜 추억이 되어 버렸고, 남은 건 허리 아픈 어머니와 굶주린 아이들, 그리고 삭막해진 세상의 시선뿐이었다. 그럼에도 어머니와 성철은 무릎을 꿇지 않기로 했다. 아버지가 남긴 마지막 말, "미안하다, 아이들을 잘 부탁한다"는 유언이 이들을 일으켜 세운 것이다.

현실은 여전히 씁쓸하기만 하다. 장마당 한구석에 작은 좌판을 펼쳐 봐도, 팔 물건이 넉넉하지 않아 늘 쌀 몇 줌 정도의 수익이 고작이고, 동생 영철은 학교에서도 기침을 멈추지 못한다. 성철 역시 교실 뒤편에서 눈물을 훔치며, 잔인한 폭력과 비웃음을 견뎌야 한다.

그러나 "가장 어두운 밤이 지나면 새벽이 온다."고 하지 않는가. "우리가 사는 곳은 너무나 가혹하지만, 살아 있어야 다음이 있으니까." 어느 날, 허리 통증을 안고도 미소를 띠려 애쓰며, 어머니가 작게 웃으며 뱉은 이 한마디는 세 모자를 다시 일으켜 세우는 힘이 되었다. 성철과 영철, 그리고 어머니는 꽃샘추위 뒤에 필연적으로 봄이 오듯, 끝이 보이지 않는 절망 속에서도 '분명 희망의 새싹은 싹틀 것'이라는 믿음을 붙들었다.

그러니 가장 힘겨운 시간 한가운데서도 이들은 더 이상 과거에 갇혀 머무르지 않으리라 다짐했다. 학교의 폭력과 사회의 배신, 가난과 굶주림, 어머니의 사투 같은 수많은 시련이 이어져도, 끝내 인간이 앞으로 나아갈 수 있는 이유는 바로 '희망'이라는 끈이기 때문이다. 그리고 지금 이 가족을 하나로 이어 주는 마지막 끈은, 아버지의 마지막 유언을 가슴에 새긴 결심이었다.

언제 이 고난이 끝날지, 또 어떤 식으로 벗어날 수 있을지 알 수 없지만, 적어도 이들은 여전히 살아갈 의지를 놓지 않았다. 꽃샘추위가 아무리 모질게 몰아치고, 밤이 아무리 길고 척박해도, 결국 봄은 온다. 그리고 그 봄날이 오면, 세 모자는 지금의 모든 투쟁과 눈물을 한 뼘 자란 마음으로 되돌아볼 수 있을 것이다.

5부

남조선 영화

읍내로 떠나다
✳✳✳

　더 이상 시골에서 살아갈 여력이 없음을 온몸으로 체감한 어머니 김영실은 결국 읍내로 이주하기로 마음을 굳혔다. 시골집에선 강냉이죽조차 구하기 힘들고, 일거리와 배급도 끊긴 지 오래였다. 화로를 피울 장작마저 부족했으니, 아이들을 굶기지 않으려면 선택의 여지가 없었다.

　어머니가 처음 읍내 이주 이야기를 꺼냈을 때, 열두 살 성철은 솔직히 두려움이 앞섰다. 낯선 도시처럼 느껴지는 읍내에서 가족이 과연 자리 잡을 수 있을지 확신이 없었다. 하지만 요즘 동생 광영철의 몸 상태를 돌아보면, 시골 산골에서 방치되듯 살아가는 건 점점 불가능해 보였다.

　"이대로라면 정말 굶어 죽거나, 동생이 병으로 쓰러질 거야." 성철은 아침이면 새까만 눈으로 흐느끼는 동생을 안쓰럽게 바라보고, 어머니의 허리 부상은 날로 심해지는 모습을 보며, 결심을 굳혔다. '힘들어도, 읍내로 가서 일이라도 찾아야 해…'

　마침내 오래된 손수레에 남은 살림을 하나둘 실어 나갔다. 딱히 귀중품이라 할 물건은 없었다. 낡은 이불, 헤진 의복, 몇 개의 그릇과 수저, 그리고 어머니가 애지중지하던 조그만 국자 세트 정도가 전부였다. 그마저도 허리 부상 탓에 어머니 혼자서는 옮길 수 없어, 성철이 앞에서 힘껏 손수레를 당기고, 어머니가 뒤에서 조심스레 붙들었다.

　동생 영철은 기침을 달고 살았으나, "형이랑 엄마가 가는 곳이면 어디든 따라갈래."라며 어수선한 집안을 배회했다. 이 길이 언제 끝날지, 또 읍내에 가서 무엇을 해야 살 수 있을지 아무도 몰랐지만, 더는 시골에 남아 있어도 앞길이 보이지 않았다. 어머니는 허리 통증을 참아 가며, 짐 한쪽에 힘겹게 몸을 기대고, 시시때때로 허리를 폈다 굽혔다 하며 숨을 헐떡였다.

"우리가 살던 곳을 이렇게 떠나게 되네."

어머니가 떠나기 전 마지막으로 텅 빈 부엌을 둘러보며, 손등으로 눈가를 훔쳤다. 억척스럽게 살아온 시골집이었건만, 이젠 초라하게 버려질 운명이 되었다.

"그래도… 읍내에선 장마당이 더 크고, 사람도 많으니 어떻게든 버틸 방도가 있을 거야. 밥 한 끼 얻어먹더라도, 시골보다 낫겠지."

어머니는 스스로를 다독이는 듯 낮게 중얼거렸다. 성철과 영철은 그 말이 사실이길 간절히 바랐다.

마당 문을 열고 손수레를 내보내는 순간, 부서진 틈새로 불어오는 차가운 바람에 아이들의 피부가 서늘해졌다. 꽃샘추위가 아직 가시지 않은 것인지, 봄이 왔다고 말하기엔 여전히 아침 공기가 매서웠다. 하지만 미련을 두어 봤자 시골집에서 헤어나올 방법이 없었다. 이미 두부 장사도 한계에 부딪혔고, 야산에서 나무를 해 오는 것조차 쉽지 않은 지경이었으니 말이다.

"출발하자, 성철아. 영철아, 너는 형 옆에 서서 손수레가 기울지 않게 주의해. 힘들면 말하고."

어머니가 손을 들어 신호를 보내자, 성철은 땀을 훔치며 고개를 끄덕였다. 동생 광영철은 기침을 참고, 손수레 끄트머리 쪽을 겨우 잡았다.

그렇게 낡은 손수레가 삐걱거리며 움직이기 시작했다. 얼룩진 흙길을 따라, 세 모자는 한 발 한 발 나아갔다. 시골집 지붕이 점점 멀어지고, 마을 풍경이 뒤로 흘러갔다. 어머니와 성철, 그리고 영철은 마음 한편에 묵직한 슬픔과 작은 기대를 함께 안은 채, 새로운 시작을 향해 길을 나선 것이다. "살기 위해서, 우린 이 길을 택했다." 하는 결연함이, 시린 새벽 공기 속에서 오래도록 메아리쳤다.

읍내에 들어서면 가장 먼저 시야에 들어오는 것은 커다란 시장이다. 멀리서 보기엔 사람들로 북적이며 활기차 보여, 겉으론 '그래도 여긴 먹고살 만한가 보다'라는 착각이 들 수도 있다. 하지만 조금만 발길을 들여놓으면 곧, 이곳을 지배하는 묘한 긴장감이 느껴진다.

굶주림과 보안원의 단속이라는 이중고에 시달리는 장사꾼들은, 작고 허름한 좌판에서 옥수수를 몇 알씩 작은 비닐봉지에 나누어 팔고, 콩이며 양념 재료 등을 몰래 주고받는다. 흥정을 할 때도 목소리를 죽여 "이 정도 가격이면 어때요?" 하고 조심스럽게 제안하다가, 주변에서 낯선 인기척이 감지되면 눈 깜짝할 사이에 물건을 감추고 자리를 뜬다.

보안원만 나타났다 하면 사람들은 마치 약속이라도 한 듯 순식간에 의자를 접고, 옥수수 자루와 고기 덩어리를 숨기며, "우린 장사 안 해요" 하듯 흩어지기 때문이다. 그 속도와 눈치가 얼마나 날렵한지, '살기 위해선 아무리 황당한 상황도 익숙해질 수 있구나' 하고 새삼 실감하게 만든다.

어머니 김영실은 "그래도 사람이 많은 곳이니 두부라도 팔면 하루 벌이는 좀 낫지 않을까."라는 기대를 품었다. 실제로 새벽부터 콩을 불려 두부를 만들고, 장사 준비를 했다. 문제는 재룟값이었다. 전보다 콩 가격이 훌쩍 뛰었고, 좌판 자리를 얻으려면 누구에게 뒷돈 같은 걸 조금씩 찔러 줘야 하는 경우도 있었다. 그나마 두부를 사 먹는 사람도 늘어난 것 같지만, 마감 무렵 수익을 계산해 보면 재료비와 잡다한 비용을 빼고 나면 거의 남는 게 없었다.

"이래서야, 시골에서와 다를 게 뭐람…"

어머니는 종종 이렇게 한숨을 쉬지만, 그렇다고 시골로 다시 돌아갈 수도 없는 노릇이다. 이미 배급이 끊긴 데다, 굶주림과 병약함이 겹친 시골 생활을 되풀이하는 건 더 끔찍하기 때문이다. 그래도 시장 한가운데서 버티며 두부를 팔아야 하는 이유는 단 하나, '살아야 하니까.'

비록 꽃샘추위처럼 매섭고 가혹한 현실이지만, 그래도 이곳에서 하루하루 어떻게든 돈 몇 푼을 벌면, 동생 광영철의 밥을 마련하고 허리 아픈 어머니 약값이라도 감당해 볼 수 있으리라는 희망이 어렴풋이 남아 있다. 그러니 주변 장사꾼들의 상황이 어떻든, 보안원의 시선이 어떤 식으로 압박해 오든, 어머니는 끝끝내 좌판에 두부를 올려놓는다. 그러면서도 언제든 누가 들이닥칠지 몰라 상시 긴장 상태에 놓여 있다. 그게 바로, 이 읍내 시장의 풍경인 것이다.

고등중학교 편입, 그리고 삶의 무게

***

성철이 중학교에 진학해, 읍내 학교에 편입한 된 일은 생각보다 복잡한 일이었다. 열두 살 이전까지는 시골에서의 초등교육만 받았고, 정규 학교보다 집안일을 돕거나 장마당에 따라다니는 일이 더 익숙했다. 그런데 웬만한 또래들은 이미 도시에서 교과 과정을 따라잡고 있었으니, 성철 입장에선 따라가기 벅찼다. 게다가 "농촌 뜨내기가 왔다."는 식으로 노골적인 놀림도 이어졌다.

처음 며칠간 성철은 새 교실 한쪽에서 작게 몸을 웅크린 채, 선생님 설명을 제대로 듣지 못했다. 같은 반 아이들은, 옷차림이 촌스럽고 말투가 서툴다며 킬킬대거나, 시골에서 왔으니 머리가 나쁠 거라는 편견 섞인 말을 흘렸다.

그럴 때마다 성철의 가슴속에는 무언가가 들끓었다. '당장이라도 달려들어 주먹을 날려야 하나… 아니면 꾹 참아야 하나…' 고민했지만, 이미 시골에서부터 폭력적 기질이 있었다는 이야기가 이곳까지 전해졌는지, 아이들도 성철을 함부로 건드리진 못했다. 대신 "쟤는 예민하니, 괜히 건드리면 큰일 난다."며 교묘히 비꼬는 식의 따돌림이 계속되었다.

공부는 애초부터 뒷전이었다. 가족 형편상, 한두 시간이라도 집에서 쉬기보다 돈을 벌어야 하는 상황이 더 절박했다. 어머니는 읍내 학교를 보내주려 했지만, 정작 성철은 별다른 의욕이 없었다. '동생은 계속 아픈데, 내가 여기서 교과서를 들여다본들 무슨 의미가 있을까… 당장 식량도 구하기 힘든데.'

결국 성철은 수업 중에도 주의를 기울이지 못하고 건성건성 시간을 보내기 일쑤였다. 머릿속엔 '집안 사정 어떻게 해결하지?'와 같은 고민만 맴돌았다. 그러다 교내에서 누군가 "시골촌놈"이라며 빈정대기라도 하면, 성철은 거칠게 반응했다. 때때로 교실 뒤편이나 복도에서 소규모 충돌이 벌어져, 담임 선생님에게 불려 가게 되는 일이 잦아졌.

"성철아, 너 이러면 안 된다. 대체 왜 이렇게 폭력적으로 구니?"

담임이 타이르듯 말해도, 성철은 겉으론 고개를 숙이고 있지만 속으론 분노와 허탈감이 끓어올랐다. 그에게 학교는 미지의 지식이 오가는 배움터가 아니라, '귀찮은 규율과 편견이 가득한 공간'처럼 느껴졌다.

이제 읍내에 왔으니 어느 학교를 다녀야 할지 고민이 생겼다. 하지만 근본적으로 가족이 먹고사는 일이 급해 아이들 둘이 모두 공부에 전념하기는 어려웠다. 장마당에서 누부를 파는 어머니를 도울 사람도 필요했다. 허리 부상과 무거운 물건을 들어 옮기는 게 어렵다 보니, 성철과 동생이 돌아가며 허드렛일을 거들어야 했다.

콩 자루를 옮긴다거나, 장사가 끝난 뒤 남은 물건을 정리한다거나, 장마당 주변에서 "기능공이 필요하면 불러 달라" 하고 심부름을 하는 등의 일거리… 물론 이런 허드렛일로 버는 돈은 얼마 되지 않았지만, 그것마저도 없으면 집에 쌀을 사기조차 막막했기 때문에, 형제가 "학교가 중요하긴 해도, 당장 굶는 것보단 낫지 않나" 하는 생각을 하게 되었다.

광영철은 몸이 아프다 보니 제대로 된 노동도 하기 어려워, 성철이 주로 움직였지만, 주말이나 방과 후엔 둘이 함께 시장 주변을 배회하며 작은 일거리라도 찾곤 했다. 가게 앞을 쓸어 주고 동전 몇 푼을 받는다든지, 파지와 헌 옷을 모아 작은 돈이라도 마련하곤 했다.

그러다 보니 학교에서의 성적은 바닥으로 떨어졌다. 선생님은 "가정 사정을 이해 못 하는 건 아니지만, 이러면 중학교 교육을 제대로 받기 힘들다"고 걱정했다. 하지만 성철은 '밥도 없는데 무슨 공부냐' 하는 심정에 갈수록 마음이 닫혔다. 집에 와도 책을 펴기는커녕, 장마당으로 달려가 허드렛일에 매달렸다. 그런 생활이 반복될수록 폭력적 성향도 잦아들지 않고, 교내에서 종종 트러블이 생기곤 했다.

결국, 아무 대책 없이 날이 지나며 어머니의 근심과 선생님의 불만이 동시에 커져 갔다. 동생 학교 문제도 해결되지 않은 채 시간이 흘렀다. "둘 다 인민학교, 고등중학교 11년제 교육이라도 제대로 마쳐야 할 텐데, 우리 집 형편이 이 모양이니…" 하며 어머니는 끝없이 자책했다.

하지만 성철은 스스로도 '나를 탓하라면 할 말 없지만, 어쩔 수 없는 거 아니냐? 집안이 지금 굶어 죽을 판인데…'라며 억울한 마음을 삼키고 있었다. 이런 숨 막히는 악순환 속에서, 성철의 일상은 "가난 속에 억지로 책상에 앉아 있어 봤자 무슨 의미가 있나?"라는 체념만 짙어져 갔다. 마치 칠흑 같은 골목을 뚫고 나갈 등불이 없는 느낌이었다.

남조선 영화 〈장군의 아들〉

***

읍내 중학교로 편입한 지 얼마 지나지 않아, 성철은 학교 복도에서 낯선 분위기의 소녀를 우연히 마주쳤다. 다른 아이들과 달리 머리에 작은 핀을 꽂고, 색감이 화려한 옷을 입고 있었다. 뾰족한 구두를 신은 데다 말투도 뭔가 세련된 느낌이 흘러서 단박에 눈길을 끌었다.

그 소녀의 이름은 이수진. 같은 반 친구들이 "수진이는 뭔가 달라. 부모가 재일동포라나 봐." 하고 수군대곤 했다. 반면 성철은 그 대화를 귓등으로만 들으며 '잘 사는 애는 아니겠지? 옷차림은 그런 것 같긴 한데…' 하고 막연히 생각했다.

그러다 어느 날, 성철이 시장 쪽에서 돌아오는 길에 우연히 읍내 뒷골목으로 들어섰을 때, 수진이를 다시 만났다. 그곳에서 수진이는 작은 비닐봉지에 뭔가를 담고 있었고, 주변을 힐끗힐끗 살피며 사람들과 은밀히 대화를 나누고 있었다.

"저기… 뭐 하는 거야?"

성철이 조심스럽게 묻자, 수진이는 살짝 놀란 표정을 지었지만 곧 씩 웃었다.

"아, 성철이 맞지? 너도 남한 영화 비디오 볼래?"

처음 듣는 말에 성철은 순간적으로 '남조선 영화라니, 위험한 일이잖아…'라는 생각이 스쳤다. "그거… 잡히면 큰일 난다던데…" 하고 낮은 목소리로 말하자, 수진이는 무심한 듯 어깨를 으쓱했다.

"북조선 영화를 아무리 봐도 배가 고파지는 건 마찬가지라서. 남한 영화라도 보면 잠시나마 기분이 나아지잖아."

그러고는 주위에 들릴세라 낮게 목소리를 깎았다.

"난 부모님이 재일동포 출신인데, 그 경로로 영화들이 들어와. 한두 편 빌려주고 수수료 받으면 돈을 벌 수 있어."

수진의 태도는 언뜻 대담하면서도, 어딘가 체념적인 한숨이 묻어 있었다. 북조선에서 남조선 영화를 보는 것이 얼마나 위험한지 모르지 않을 터. 그러나 비디오 대여로 돈을 번다는 식의 말이, 성철에게는 전혀 다른 세상의 이야기처럼 다가왔다.

수진이 쓱 건네는 비디오 테이프에는 알록달록한 포스터 그림이 붙어 있었고, 제목은 전혀 들어본 적이 없는 남한 영화 제목이었다. '이걸 보고 잡히면 어머니나 동생에게 피해가 가지 않을까?'라는 걱정에, 성철은 얼른 손을 뻗지도 못했다.

"근데, 왜 이런 위험한 걸 해?"

성철이 조심스레 묻자, 수진은 코웃음을 치듯 대답했다.

"재미도 있고, 돈도 좀 벌려야 하니까. 일본에서 온 부모 덕에 여기서도 사는 게 쉽지 않거든. 이래저래 스트레스만 쌓여. 너도 알다시피, 먹고살기 힘들잖아."

조금은 서글픈 분위기가 흘렀다. 성철은 수진의 옷차림이 '특이하고 화려'해 보였지만, 사실은 그게 살아남기 위한 '독특한 방식' 같은 건 아닐까 하는 생각이 들었다. "남조선 영화 보면 재미있어? 솔직히, 겁나지 않아?"

성철이 솔직하게 털어놓자, 수진은 씁쓸하게 웃으며 말했다.

"겁나긴 하지. 그래도 지금 세상에 단속한다고 해도 워낙 다들 힘들어하는 판이라, 예전만큼 엄하게 잡지는 않아. 게다가 중국 통해 돌아다니는 한국 노래들, 이른바 '연변가요'라는 것도 이미 사람들 사이에 퍼져 있어."

"당국에서 뭐라 해도, 다들 먹고살기 급하니 이 정도는 봐 주는 거 아니겠어? 아니면 진작에 우리 같은 사람들 다 잡아갔겠지."

'연변가요'란 남조선 '트로트 가요'이다. 하지만 '트로트 가요'를 남조선 노래라고 말하면 잡혀갈 수 있으니 '연변가요'라는 이름을 달아 중국 연변에서 넘어온 노래 정도로 둘러대고 있었다.

그 말이 장난스러우면서도 씁쓸한 지적이었다. 트로트 가요가 이미 대중에게 익숙해진 만큼, 단속이 된다고 해도 전방위로 막을 수 없는 상황이라는 것이다. 수진의 세상은 성철이 알고 있던 모습과 조금 달랐다. '자유로운 척하는 아이'로만 봤는데, 사실은 북한 체제 안에서 부모의 출신 문제를 겪으며, 남조선 영화 대여라는 위험한 일을 해 나름 자유가 없는 이 체제에 저항해 가며 버티고 있었다.

"너도 보려면 말해. 빌려줄게. 마음에 드는 거 골라."

수진이 장난스럽게 테이프 몇 개를 흔들자, 성철은 깊은 고민에 빠졌다. '이걸 봐도 괜찮을까? 만약 엄마나 동생이 알면 걱정하겠지… 그래도 한 번쯤 호기심이 생기긴 해.' 결국 그는 조심스럽게 "나중에 생각 좀 해 볼게."라고 했다. 수진은 "알았어. 필요하면 얘기해. 몇 편은 진짜 재밌어." 하고 눈웃음을 지었다.

그날 이후, 성철은 학교 복도나 뒷골목에서 이수진을 자주 마주치곤 했다. 여전히 그녀는 알록달록한 액세서리를 달고 다녔고, 남한 영화 테이프를 넣은 가방을 어깨에 걸친 채, 낮게 목소리를 깎아 다른 사람들과 흥정 중이었다.

성철은 '위험천만한 일이긴 하지만, 이수진이란 애도 자기 방식으로 살아남고 있구나' 하고 느꼈다. 마찬가지로, 자신도 동생을 위해 허드렛일을 해가며 어렵게 살고 있지만, 세상은 각자의 방식으로 견디는 것이리라. 그들 사이에는 미묘한 동질감이 싹트고 있었다. '그 '남한 영화'라는 게 대체 어떤 내용일지?' 생전 보지 못한 신기함과 '그걸 보는 순간 새로운 세계가 열리는 건 아닐까?' 하는 막연한 설렘이 성철의 마음속 어딘가에서 꿈틀거리고 있었다.

이수진이 "한번 보지 않을래? 재미있을 거야."라며 조심스레 내민 비디오 테이프 제목을 본 순간, 성철은 가슴이 묘하게 뛰었다. 〈장군의 아들〉… 이게 대체 어떤 영화이길래 이렇게 건네주는 거지? 북조선에서 장군이면 "백전백승의 강철의 령장 김일성 장군, 위대한 령도자 김정일 장군"이 전부인데 이 무슨 남조선 영화의 제목이 장군이고 아들이란 말인가? 당시 성철이 아는 영화라고 해 봐야 북조선 김일성 주석에게 충성을 다하는 영화나, 당에 충성을 다하는 데에 대한 선전물이나, 몰래 엿들은 트로트 가요나 비디오들 정도였다. 그런데 이건 전혀 낯선 남조선 영화라니, 자신도 모르게 호기심이 솟구쳤다.

며칠 뒤, 성철은 이수진에게 "그래, 한번 봐 볼게."라는 대답을 내놓았다. 그러자 이수진은 환하게 웃으며, "그러면 우리 집에 와서 같이 보자. 요즘 집에 아무도 없을 때 몰래 보면 돼." 하고 덧붙였다. 성철은 집에 허락을 구할 수도 없었지만, 어머니가 장마당에 나가는 날이면 저녁 늦도록 집에 없어도 크게 문제 되지 않는다고 여겼다. '동생에게는 좀 미안하긴 한데, 이 한 번쯤은 괜찮겠지…'라고 스스로 변명하며, 약속한 날 이수진의 집을 찾았다.

"재포"의 집과 초콜릿

***

그날 밤, 읍내 골목 어귀에서 이수진을 기다리던 성철은 내심 긴장했다. '남한 영화라니, 혹시라도 들키면 어떡하나… 이수진 집은 어떨까?' 이미 소문으로 들은 바, 재일동포 출신인 그녀 부모가 비교적 돈이 많다는 얘기가 떠올랐다. 그리고 실제로, 이수진이 그를 안내해 들어간 집은 굉장히 크고 화려했다. 마당엔 눈에 띄는 장식물과 일본식 풍의 목재 구조가 섞여 있었고, 현관문을 열자마자 널찍한 거실이 펼쳐져 있었다.

성철은 본능적으로 주눅 들었다. '우린 수저도 몇 개 안 남았고, 흑백 텔레비전조차 없는데… 이 집은 왜 이렇게 대단하지?' 하는 생각이 스쳤다. 그러나 이수진은 그를 이끌고 거실 한구석에 있는 소파로 안내하며, 환하게 웃었다.

"여기 앉아. 이거 초콜릿인데 먹을래? 일본에서 가져온 거야."

작은 접시에 가지런히 놓인 초콜릿은 처음 보는 것이었다.

"이거 먹는 거니?"

"응 이거 아무나 먹기 힘든 고급 사탕 종류야!"

수진은 자랑하듯 한 조각을 들어서 성철의 손에 쥐어 주었다.

성철은 머뭇거리며 집어 입에 넣었고, 부드럽게 녹아드는 단맛에 눈이 번쩍 뜨였다. '이런 맛이 세상에 있구나…'

잠시 뒤, 이수진이 미쓰비시 로고가 박힌 비디오 녹화기를 꺼내 작동시키자, 커다란 채색 텔레비전이 화려한 화면을 띄웠다. 성철은 그 모습에 완전히 넋이 나갔다. '텔레비전이?… 색깔이 있잖아? 채색 텔레비전이라고 하던가? 아버지가 선물로 가져왔던 흑백 텔레비전이랑은 차원이 다르네…'

과거 시골집에서 보던 '소나무'라는 일본산 흑백 텔레비전이 전부였는데, 이수진 집에는 큼직한 냉장고와 채색 텔레비전, 그리고 일본 전자기기들이 여러 대 있었다. 성철은 마치 딴 세상에 온 듯한 충격을 받았다. 이수진이 비디오에 테이프를 넣자, 곧 화면에 '장군의 아들'이라는 글자가 번쩍이며 영화가 시작되었다. 음악이 울려 퍼지고, 인물들의 생생한 색깔이 눈앞에 펼쳐졌다. 성철은 눈을 떼지 못했다.

'이게 남조선 영화라고? 일본 깡패와 싸우는 이야기라는데, 거기서 김두한이라는 인물이 대단한 주먹을 휘두른다고…' 사실 스토리를 사전에 살짝 듣긴 했지만, 직접 컬러 화면으로 보니 완전히 다른 세계처럼 느껴졌다. 김좌진 장군의 아들이라는 김두한이 조선 깡패들을 이끌고 일본 깡패들과 대적하며, 조선 사람들의 구역과 자존심을 지켜 내는 장면들은 묘하게 통쾌하고 흥미진진했다.

"우와… 저게 진짜인가?"

성철은 영화 속 패싸움 장면에서 심장이 쿵쾅거릴 정도로 몰입했다. '억울함을 주먹으로라도 해결하고 싶다…' 하는 생각이 절로 들 만큼, 지금의 삶에서 느끼는 짓눌린 감정이 겹쳐 올라왔다. 이수진은 옆에서 "멋있지 않아? 억울해도 힘이 있으면 이길 수 있는 거잖아. 남조선 영화라곤 해도, 우리도 이런 맛을 느껴 보고 싶잖아." 하고 웃었다. 성철은 입안에 달콤한 초콜릿 맛이 감돌고, 눈엔 화려한 액션 장면이 펼쳐지니, 그간 버텨 온 척박한 현실이 잠시나마 잊어졌다. '배고픈 것도, 동생의 기침 소리도, 지금 이 순간엔 다 잊은 듯해…'

그렇게 몇 시간이 지나 영화가 끝날 즈음, 성철은 여전히 가슴이 뜨겁게 뛰었다. 김두한과 조선 깡패들이 일본 깡패들을 물리치며 조선 사람들의 구역을 지켜내는 장면이 마치 꿈처럼 느껴졌다. 마치 자신의 억울한 상황을 대변해 주는 듯한 '정의의 주먹'에 감정 이입이 된 것이다.

'나도 세상을 향해 제대로 한 방 날리고 싶다. 우리를 짓눌러 온 이 배고픔과 서러움, 잔인한 현실 따위를 깨부수고…' 영화의 영향은 생각보다 강렬했다. 이후 성철이 숱한 고단함 속에서 패싸움에 가담하거나, 폭력을 더 거침없이 휘두르는 면이 생겼다는 이야기도 있었다. 실제로 당시에는 "장군의 아들"을 본 뒤 패거리 문화가 촉발되어, 항구읍과 성천읍 간의 싸움이 자주 벌어졌다는 소문이 돌았다.

지배층인 당국에서도 이를 파악하고, 남조선 영화 단속을 특별히 강화하려 했다는 얘기가 들렸다. 하지만 이미 사람들 사이에는 '이 영화를 보면 웬만한 시련도 이겨 낼 기운이 생긴다'라며, 위험을 무릅쓰고 몰래 보는 이들이 많았다. 성철도 그중 한 명이 되어 버린 셈이었다. "정말, 이 영화 때문에 싸움 패거리에 합류하게 될 줄이야…" 하고 뒤늦게 후회해 봐도, 이미 청소년기의 폭발적인 분노와 억울함은 강렬하게 분출되는 시점이었다.

이수진은 "재미있었지? 너무 푹 빠지진 말고…"라며, 이미 예상이라도 한 듯 성철을 달랬지만, 성철은 마음속에 소용돌이를 느꼈다. '이게 현실로 옮겨 간다면, 나도 누군가를 때려눕히며 내 서러움을 해소하고 싶은 건가…' 이후로도, 성철은 가끔 이수진에게 몰래 다른 영화 테이프를 빌렸다. 어떤 영화는 격렬한 액션이 없었지만, 남조선의 생활상이나 화려한 배경을 볼 수 있어서 새로운 충격을 안겼다. 이미 절망적인 현실 속에서, 성철은 '언젠간 저런 세상도 가능하긴 한 걸까?' 하는 황망한 꿈을 꾸게 되었다.

그러나 당장 앞에 놓인 건 배고픔과 폭력, 단속의 공포, 그리고 빈약한 희망이었다. '장군의 아들'을 본 날 밤, 성철은 돌아오는 길 내내 머릿속이 불타오르는 느낌이었다. 동생의 병약함과 어머니의 고달픔을 떠올리면 가슴이 막혔고, 동시에 정의의 주먹을 휘두르고 싶다는 욕망이 어슴푸레 피어올랐다. 마치 억눌린 모든 감정이, 영화 한 편으로 인해 용암처럼 끓어오르는 기분이었다.

이수진 집에서 본 그날 밤의 경험—달콤한 초콜릿, 처음 접하는 컬러 화면, 일본제 녹화기, 그리고 "김두한"의 강렬한 액션—이것들은 성철의 머릿속에서 지워지지 않을 기억이 되었다. 그가 이후 벌어질 패거리 싸움에 엮이는 결정적 계기가 되었다는 사실을, 그땐 알 길이 없었지만.

수진이

***

이수진의 부모는 한때 일본에서 꽤 번듯하게 살았다. 오사카가 아닌 교토 근교의 작은 시골마을에 자리 잡고 있었지만, 할머니와 삼촌, 고모들이 나름대로 자그마한 가게를 운영하며 단단한 기반을 마련했다. 어느 날, 집안 식구들이 다 모여 식사를 하던 중, 할머니가 이정민(수진 아버지)을 바라보며 조심스럽게 말을 꺼냈다.

"정민아, 너 요즘 어딘가 생각이 많은 것 같더라. 무슨 일 있니?"

수진의 아버지 이정민은 살짝 주저하며 "아, 예… 그냥 일본에서 평생 사는 게 맞는가 싶어서요."

수진의 삼촌 이정우는 곁에서 젓가락을 내려놓으며 "또 그 얘기야? 여기서 근근이 버는 것도 힘든데, 어디 딴 데라도 가고 싶은 거야?" 이정민은 눈길을 돌리며 "가고 싶은 게 아니라… 돌아가고 싶은 거지. 조국 말이야. 북조선이 지금 우리 동포들을 두 팔 벌려 환영한다는데… '해방된 조국'이라며, 집도 직장도 마련해 준다고 하고…"

이 말을 듣자마자, 식탁 주위가 어수선해졌다. 수진의 고모 이정화는 표정을 굳혔고, 할머니는 한숨을 쉬었다. 수진의 할머니는 "아이고, 그거 다 선전이라고들 하던데… 그래도 괜히 마음 끌려서 가는 사람이 많다면서?" 이정민은 고개를 끄덕이며 "맞아요, 조총련에서도 귀국 사업을 강하게 홍보하고 있고요. '민족의 뿌리를 되찾아라' 하고… 저도 솔직히, 늘 일본에서 차별받는 신세라…"

옆에서 조용히 듣던 수진 어머니 홍국화(이정민의 아내)가 시선을 내리깔았다. 그녀 역시 막연히 '조국'이라는 말에 마음이 끌리는 듯했다. 홍국화는 정민의 말에 힘을 실어 주며 나지막히 말했다.

"우리가 평생 일본에서 살면서, 아이가 일본인들한테 계속 무시당하면… 그게 무슨 의미가 있을까. 그냥 고향에 가서 아이를 키우는 게 낫지 않을까 싶기도 해요."

수진의 할머니는 답답하다는 듯 젓가락을 탁 내려놓으며 푸념을 늘어놓았다.

"아이고, 말도 안 돼. 너희 북조선 사정을 어떻게 알고 가겠다는 건데? 거기서 잘 지낸다는 얘기는 뉴스나 선전물뿐이잖아. 혹시 가서 꼼짝 못 하면 어쩌려고?"

이정민은 고집스레 확신에 찬 어조로 말했다.

"어머니, 저 조국이라는 단어가 제겐 너무나 크게 와닿아요. 여기가 편하긴 해도, 우린 끝까지 외국인 대접도 못 받는 처지이잖아요. 아이가 자라서도 국적도 없이 차별받느니… 북한에서 당당히 국적을 가진 시민으로 살 수 있다면…"

이미 이정민의 결심은 확고해 보였다. 그렇게, 가족 간의 갈등과 설득은 거의 매일 되풀이되었다.

시간은 흘러 1980년대 말 무렵, 북조선 귀국 사업이 더 활발해졌다. 재일동포가 귀국선을 타고 들어가면, 많은 인민들이 나와 환영식을 해 주고, 집과 직장을 주는 등 '천국 같은 생활'을 보장한다는 선전 기사가 잡지·신문에 실렸다. 이정민 부부는 그 기사를 볼 때마다, 점점 더 마음이 움직였다.

어느 늦은 밤, 이정민은 아내와 단둘이 거실에 앉아 있었다. 창밖으로는 교토 근교의 고즈넉한 풍경이 펼쳐졌지만, 그들의 마음은 심란했다. 수진의 어머니 홍국화는 남편 이정민에게 "당신은 정말 확신하는 거예요? 우리 거기서 잘 살 수 있을까?" 그 말에 이정민은 창문 너머를 보며 "확신이라기보다… 희망이라고 할까. 재일동포로 계속 살기 싫어. 평생 일본에서 시민권을 받지 못하고 외국인으로도 인정 받지 못하고 사느니, 차라리 내 민족 땅에서 당당히 살고 싶어."

그때, 방문 틈새로 네 살 난 수진이가 아빠·엄마를 몰래 엿보고 있었다.

아이는 사태를 잘 이해하지 못하면서도, 괜스레 어린 마음에 불길한 예감에 가슴이 두근댔다. 며칠 뒤, 다시 모인 가족 회의 자리. 이번엔 할머니와 삼촌, 고모가 작정하고 이정민을 붙들었다.

수진의 할머니는 "정민아, 이러다 너 정말 떠날 생각이구나?"라고 애끓는 심정으로 나지막하지만 엄한 목소리로 정민에게 말했다. 하지만 이정민은 "네, 어머니. 죄송하지만 저는 가겠습니다. 만경봉호 귀국선을 타면 된다고 하더군요. 일정도 잡혀 있고…"라고 확신에 차서 결심을 선언했다. 그러자 수진의 삼촌은 "야, 이 미친놈아! 도대체 뭘 보고 그렇게 결정을 해?" 하면서 언성을 높였다. 고모는 눈물 그렁그렁해서 "그럼 수진이는? 아직 애가 너무 어린데, 왜 굳이 힘든 길을 택하니…"라고 울먹이며 말했다.

그때 수진의 어머니(정민의 아내)가 조용히 끼어들며 굳센 의지를 담아 나직하나 묵직한 목소리로 대화에 쐐기를 박았다.

"… 우리 수진이를 당당한 조선 사람으로 키우고 싶으니까요. 계속 일본에서 차별당하는 꼴 못 보겠어요."

분위기는 싸늘하게 식어 갔다. 이정민 부부가 방 밖으로 나가자, 할머니는 맥없이 주저앉았다. 할머니는 "어쩌면 좋아… 이 아이가 철이 없어서 그래. 아무래도 속지 않는 건지…"라고 푸념하자 고모는 눈물을 훔치며 "아무래도 돌이킬 수 없겠네요, 엄마. 정민이를 보내 줘요."라고 엄마(수진이 할머니)에게 나직히 권유했다.

아무 말도 할 수 없던 가족들은, 그저 거센 파도가 몰아치듯 초조함과 슬픔을 가눌 길이 없었다. 결국 이정민 부부는 영영 돌아오지 못할 수도 있다는 경고에도 아랑곳하지 않고, 네 살짜리 수진이와 함께 만경봉호에 오르기로 했다. 출항 당일 아침, 부두에는 할머니와 삼촌, 고모가 잔뜩 격앙된 얼굴로 나와 있었다.

이정민과 수진의 어머니(정민의 아내)는 캐리어 2~3개와 상자들을 챙겨, 수진이 손을 잡은 채 줄을 섰다. 할머니가 눈물로 범벅이 된 얼굴로 손수건을 흔들었다. 할머니는 "정민아, 끝까지 말리고 싶지만, 그래도 몸 조심하렴. 정말 잘못되면 어떡하니…!" 이정민은 어머니의 모습에 눈가가 아리어 눈물이 고이고 가슴이 시큰거려 잠시 시선을 피하다가 "어머니, 걱정하지 마세요. 분명 괜찮을 거예요. 조국에 잘 정착해서, 연락드릴게요."라고 힘주어 또박또박 말했다. 사실 이정민도 확신할 수 없었다.

그 땅이 이정민에게 그의 아내 홍복화와 지금 네 살인 어린 딸 수진이에게 정말 희망을 줄 수 있는지 확신할 수 없지만 일본땅에서 국적이 없이 아이가 자라게 할 수는 없었다. 삼촌은 작은 목소리로 "헛된 희망 품고 가는 거 아니라고 믿고 싶다만… 수진이까지… 하, 모르겠다. 그래도 건강해야 한다."라고 여전히 의심과 걱정이 가득한 목소리로 말했다.

수진이는 어리광이 섞인 목소리로 할머니와 고모, 그리고 삼촌과 사촌들에게 작별인사를 건넸다. 고모는 울음을 삼키며 수진을 와락 안았다. "우리

조카, 꼭 잘 지내야 해. 알았지?" 유별나게도 수진이를 이뻐했던 고모이다. 그도 그럴 것이 수진이 아버지 이정민보다 5살이나 누나인 고모에게는 아직 아이가 없었다. 그래서 고모는 그 누구보다 수진이를 자식처럼 여기며 사랑하고 아껴 주었다. 맛있는 거나 귀한 장난감이 있으면 수진이가 최우선이었다. 가끔 수진의 아버지 정민이 "차라리 데려가서 키우소."라고 말해서 수진의 엄마에게 매서우면서도 아련한 눈총을 받곤 했었다.

그러나 이정민이 재촉하듯 아이를 떼어 냈다.

"배가 곧 출발할 시간이래요. 어서 가야 해. 누나야 안녕!"

수진이가 마지막으로 뒤돌아본 부두에는 울부짖는 할머니와 삼촌, 고모의 모습이 점점 작아졌다.

수진은 어릴 때 일본을 떠나오던 때를 회상하며 성철에게 자신의 이야기를 들려주었다. 물론 어릴 때 기억보다는 부모님들에게서 전해 들은 기억이 더 많을 것이다… 이미 수진의 마음은 성철에게 가 있는 듯했다. 성철은 묵묵히 수진의 이야기를 듣고 있었다. 그의 마음에도 수진이에 대한 애틋함이 무르익어 가고 있는듯 했다.

1:1 싸움의 전설이 되다

✳✳✳

그날 밤, 성철은 작은 골목에서 항구패와 성천패가 붙는 싸움에 처음으로 본격 가담했다. 원래도 읍내 뒷골목에선 늘 패싸움이 끊이질 않았지만, 성철은 그저 눈으로만 보던 구경꾼에 불과했다. 그러나 '장군의 아들' 영화를 본 후로, 마음 한구석에 억눌린 분노와 주먹에 대한 자신감이 꿈틀댔고, 마침내 그 무대 위로 뛰어든 것이다.

싸움이 벌어진 곳은 자그마한 다리를 사이에 둔 좁은 골목이었다. 항구패는 다리 건너 쪽에서 몰려 왔고, 성천패는 반대편에서 맞섰다. 서로 "누가 읍내 시장 근처 구역을 장악하느냐"를 두고 사생결단을 내려는 기세였다. 처음에는 '패가 기세만 요란하구나' 싶었지만, 곧 양쪽에서 철파이프나 곤봉, 둔기로 무장해 들이닥쳤다. 구경하던 사람들은 흩어졌고, 남은 건 서로 으르렁거리는 패거리들뿐.

그때, 성철은 성천패 편에서 혼자 다리 가운데로 성큼 나섰다. 뒤따르던 친구 몇 명이 "성철아, 너 미쳤어?" 하고 말렸지만, 이미 그의 눈빛은 달라져 있었다. "때가 왔어. 여태 참아 온 울분, 여기서나 풀어 보자." 하듯, 주먹을 꽉 쥐고 있었다. 어머니에게서 배운 싸움 실력이 이 순간 빛을 발했다. 허리 부상에도 불구하고 어머니가 가르쳐 준 몇 가지 무술과 호신술 동작이, 생각보다 실전에서 엄청난 파괴력을 발휘했다.

"잡히면 팔뼈가 나간다"는 식의 소문이 돌 만큼, 성철의 집요한 손목 비틀기와 관절 꺾기 기술은 다른 패거리들을 공포에 몰아넣었다. 상대가 다가오면, 순식간에 그 팔을 낚아채고 비틀어 관절에서 끼익 소리가 나게 하는 식이었다. 기세가 오른 성철은 어느새 작은 무리를 이끄는 '두목'으로 떠올랐고, 그의 곁엔 몇몇 친구들과 동생뻘 되는 부하들이 늘 따라다녔다.

싸움 한가운데서, 항구패의 우두머리라는 자가 철제 파이프를 휘둘렀지만, 성철은 간발의 차로 몸을 빗겨 내며 강력한 훅을 날렸다. 우두머리는 그대로 다리 바닥에 나가떨어졌다. 그런 모습을 지켜본 성천패 쪽에서 환호가 터져 나왔다. "성철이 형이 해냈다!" 그들은 쏟아지는 열광 속에서, 성철이 일대일 싸움의 '명장'으로 떠오르는 장면을 목격했다. 성철의 손에 잡힌 상대는 팔이 비틀려 뼈가 부러지는 소리가 들렸고, 그 처절한 비명에 부상자가 속출했다.

물론 이런 상황은 실로 무시무시한 것이었다. 하지만 청소년기 특유의 혈기로, 그리고 억눌린 분노를 주먹으로 푸는 통쾌함으로, 성철은 점점 더 거칠어져만 갔다. 동생 광영철이나 어머니 생각이 잠깐 스쳤지만, 이미 몸은 고삐 풀린 야수처럼 싸움에 몰입해 있었다. 그러나 작은 다리를 사이에 두고 벌어진 이 결전은 쉽게 끝나지 않았다. 누군가가 "구리 피리" 같은 금속 파이프로 성철의 다리를 가격하는 바람에, 허리부터 중심이 무너져 다리뼈에 금이 가고 말았다. 갑작스러운 통증에 성철은 그 자리에 주저앉았다.

"젠장…!" 발목 근처에서 참을 수 없는 통증이 끓어오르자, 성철은 이를 악물었다. 곧 패거리들은 그를 보호하려 했지만, 이미 항구패 측 인원들이 다시 몰려와 재공격을 감행했다. 결국 성천패 쪽이 "안 돼, 성철이 형 다쳤다!"라며 퇴각할 수밖에 없었고, 성철 자신도 다리를 절룩거리며 간신히 현장을 빠져나왔다.

싸움 직후, 수많은 부상자가 나왔고, 이를 알게 된 안전부(보안원) 요원들이 추적에 나섰다. 성철도 쫓기는 신세가 되었다.

부러진 다리를 간신히 끌고 도망친 성철은, 어느 폐가에 몸을 숨겼다. 고난의 행군으로 가족이 모두 어디로 떠났는지? 모두 죽었는지? 집안의 가장집물들이 그대로 있었는데 사람은 없는지 오래되어 보였다. 숨이 턱에 닿고 땀이 비 오듯 쏟아졌으며, 다리에선 피가 줄줄 흘렀다. 일단은 지금 살아야 한다는 생존 본능이 우선이었다.

그 자리에 친구들과 동생들이 몇 명 있었고, 그중 누군가 "성철형이 정말 크게 다쳤어, 병원을 갈 수도 없고 어떡하지…" 하며 허둥댔다. 그러나 병원에 가면 안전부원들에게 바로 잡힐 것이 뻔했다. 결국은 야매로 상처를 꿰맬 수밖에 없었다.

"내가 누나를 데려올게."

땅딸보 영호였다. 영호는 내가 농촌에서 처음 읍내 학교로 갔을 때 나에게 '농촌 뜨내기'라고 놀려 주고 나에게 얻어맞았던 친구이다. 그 이후 상대 패에 매 맞고 있는 것을 성철이 구해 준 것이 인연이 되어 그는 성철을 따라다니고 있었다. 그러나 그는 땅딸보는 아니었다.

왜 땅딸보라고 부르는지는 알 수 없지만 들리는 소문에 의하면 땅딸보 흉내를 잘 내어 그렇게 불렸다는 이야기를 들은 적 있다. 영호의 누나는 준의였다. 북조선에서 준의는 준의사로 의학전문학교 3년 과정을 졸업하고 자격을 가진 의사이다. 일반적으로 7년제 과정을 마쳐야 하는 정규 의사들에 비해, 의학 지식과 기술이 다소 부족하다. 그럼에도 준의는 진찰과 처방은 물론, 간단한 수술 정도는 할 수 있다.

영호가 나간 지 두 시간이나 되어 누나를 데리고 돌아왔다. 영호의 누나는 영호와 나이 차이가 심하게 났다. 그의 누나는 이미 시집을 가서 영호보다 10살 어린 아들이 있다. 그러나 그녀가 들고 온 것은 붕대와 소독용 가제, 식염수, 수술용 바늘과 실뿐이었다. 왜냐하면 병원들에 약품이 떨어져서 거의 병원으로의 역할을 감당하지 못하는 고난의 행군 시기였기 때문이다.

열악한 환경 속에서, 성철은 마취제 없이 다리뼈가 끔찍하게 드러난 부위를 봉합해야 했다. 어느 친구가 목재 막대기를 물려 주었다.

"미안해, 이거 써야 해. 조금 참아…" 하는 말에 성철은 입에 막대기를 물고 눈을 질끈 감았다.

"윽…!"

바늘이 살을 찌르고 실이 관통하는 순간, 아픔은 머리끝을 관통하고 지나갔다. 영호의 누나는 짐승 가죽을 꿰매듯 거칠게 이어졌고, 통증은 견딜 수 없을 만큼 지속적으로 머리끝을 관통하며 치솟았다. 열두 코나 꿰매는 동안 성철은 마치 이를 부수듯 나무 막대기를 악물었다. 수술이 끝나고 턱에 경련이 일어 나무 막대기를 빼낼 수 없었다. 나무 막대기에 이빨 자국이 깊이 패여 있었다. 열흘이 지나도록 통증이 가라앉지 않을 정도로, 그 고통은 극심했다.

다행히 엉성하게나마 상처가 아물어, '안전부원들의 추적'을 피해 잠시 몸을 숨기는 데엔 성공했지만, 그 대가로 몸과 마음은 만신창이가 됐다. 세상에 분노를 터뜨렸지만, 돌아온 건 부러진 뼈와 언제 붙잡힐지 모르는 두려움이었다.

한밤중, 너덜너덜한 다리에 붕대를 감고 웅크린 채, 성철은 '이게 진짜 내가 원하던 거였나… 영화 속에서처럼 통쾌할 줄 알았는데, 현실은 그저 처절할 뿐이잖아.' 하고 씁쓸하게 중얼거렸다. 그럼에도 억눌린 울분은 쉽게 사라지지 않았다. 아버지가 남긴 결핍, 그 속에서 폭주하는 힘과 분노는 이미 멈출 수 없는 궤도에 오른 듯했다.

그리하여, 소년의 이름은 금세 '싸움의 명장'으로 읍내 불량배들 사이에 퍼져 나갔다. 그러나 그 내면에는 처절한 고통과 더 큰 외로움이 깊숙이 자리 잡았다는 사실을, 그 누구도 쉽게 알아채지 못했다.

연애 감정

✳✳✳

성철이 〈장군의 아들〉로 시작된 남한 영화 세계에 발을 들여놓은 이후, 이수진은 기회가 날 때마다 새로운 영화를 권했다. 이번에 그녀가 내민 비디오 테이프는 〈젊은 남자〉라는 제목이었다. "이건 완전 격투물은 아니야. 로맨스 영화랄까." 이수진의 말에, 성철은 잠시 의아해했다. 이전까지 '장군의 아들' 1, 2, 3부를 비롯한 강렬한 싸움 영화만 봐 왔는데, 이번 영화는 정반대인 사랑에 대한 분위기였다. '내가 이런 걸 봐도 재미있을까?' 하는 생각이 스쳤다.

그럼에도, 이수진이 "한 번은 이런 형식의 영화도 봐 봐. 꽤 가슴이 뭉클할 거야."라며 호기심을 부추기자, 성철은 결국 기꺼이 비디오를 챙겨 들었다. 얼마 안 있어 둘은 다시 이수진 집에 모여 조용히 영화를 틀었다.

영화가 끝나고, 조용한 방 안에 남은 건 묘한 여운이었다. 이수진은 "어때, 재밌었지?" 하고 물었다. 성철은 곧장 말이 안 나와, 한참 입술을 꼭 물고 있었다. '재밌다기보다… 뭔가 가슴이 울렁거린달까. 싸움도 총격전도 없는데도 이렇게 집중해서 봤네.' 결국 성철은 "응… 뭔가 묘하게 빠져들긴 하네." 하고 어색하게 웃었다.

이수진이 웃으며 "역시, 남조선 영화라서 그런가 봐. 근데 이런 형식의 영화도 괜찮지?"라며 장난스럽게 눈을 깜빡였다. 성철은 그 웃음에 살짝 얼굴이 붉어졌다. '수진이랑 같이 보니까 더 좋았을 수도…' 하는 생각이 스쳐 가기도 했다. 그녀는 성철에게 뭔가를 원하고 있었다. 달콤하면서도 두근두근 숨 막히는 이 순간이 성철에게는 생소했다.

"나 먼저 갈게."

벌떡 일어나는 성철의 모습은 마치 용광로 앞에서 서 있는 사람처럼, 얼굴이 붉어 있었다.

그날 이후, 이수진과 성철은 좀 더 자주 어울려 지내며 다른 영화들도 감상하곤 했다. 단속이 심해져 언제 잡혀갈지 모르는 위험한 상황이었지만, 그럴수록 더욱 영화를 통해 새로운 세계를 엿보려는 갈망이 커졌다. 그러면서 성철은 싸움패의 우두머리로서의 존재감도 동시에 키워 갔다. 장군의 아들을 계기로 '주먹'의 가치를 증명한 이후, 읍내에서 악명 높은 항구패나 성천패 같은 무리들이 성철을 건드리기 어려워했다. 관절 꺾기와 호신술에 능한 그는 이미 '손에 잡히면 뼈가 부러진다'는 소문으로 꽤나 공포의 대상이 되었기 때문이다.

자연히, 이수진을 옆에 두고도 별다른 시비를 거는 무리가 없었다. 본래 재일동포 출신인 그녀를 흘깃 보며 "너 좀 다르다."는 식으로 수군대는 녀석들도, 성철이 쓱 다가서서 "문제 있어?"라고 한마디 하면 곧바로 물러났다. '힘이 있으니, 이제 그녀를 보호해 줄 수 있구나.'

성철은 묘한 자신감을 느꼈다. 예전처럼 주눅 들며 가난 때문에 놀림 받거나, 동생 병을 걱정하느라 밤낮 없이 불안해하던 모습과는 사뭇 달랐다. 물론, 내부적으로는 여전히 배고픔과 불안이 가시질 않았지만, 최소한 바깥 세상에겐 강인한 '두목'으로서의 이미지를 내세울 수 있었다. 이런 변화의 중심에는 '남조선 영화'들이 주는 강렬한 인상이 있었다. 폭력을 긍정하는 측면도 있었지만, 동시에 로맨스나 의리를 보여 주면서 '함께하는 힘, 약속을 지키는 마음' 같은 메시지에 점점 빠져들었다. 성철에게 싸움은 단지 분노의 표출만이 아니라, 지키고 싶은 사람을 보호하는 수단이 되어 가고 있었다.

이수진은 자주 "너 요즘 좀 달라 보인다. 영화 속 남자 주인공들 영향 받아서 그런가?" 하고 농담을 던지곤 했다. 성철은 겸연쩍게 "뭐, 그런 건 아니고…" 하면서도, 막상 속으로는 '내가 변하고 있긴 한가?' 하고 소용히 실눈하곤 했다.

분명, 〈장군의 아들〉 때와 달리 잘 생긴 청년 장동건이 출연한 〈젊은 남자〉와 같은 로맨스 영화를 보고 나선, '싸우는 이유'가 조금씩 달라지고 있음을 느꼈다. 단순히 상대를 박살 내기보다, 자신이 소중하게 생각하는 사람을 지키고, 마음을 나누고 싶다는 새로운 욕망이 솟구치기 시작했던 것이다.

그러나 여전히 그 둘을 기다리는 현실은 녹록지 않았다. 정부의 단속은 점점 강화되고, 명분 없는 싸움은 질리기 시작하는 시기였다. 그럼에도 영화 속 낭만과 로맨스가 전해 준 미묘한 떨림은, 성철의 심장을 가볍게 두드리며 "그래도 삶은 아직 희망이 있어."라고 속삭이고 있었다.

소년은 난생처음 맛본 초콜릿의 달콤함처럼, '연애 감정'이라는 새로운 감각에 천천히 눈떠 가고 있었다. 그러면서도 그는 가정을 돌보고 지키는 '가장'이라는 것은 한시도 잊지 않았다. 동생들과 아래 부하들을 시켜 옥수수며 식료품을 가져다주게 하였으며 외박하지 않는 것을 철칙으로 삼았다. 그러면서 그는 이미 술과 담배를 하기 시작하였고 점점 빠져들기 시작했다.

어느 저녁, 성철은 약속 시간에 맞춰 이수진의 집으로 들어섰다. 이미 몇 차례 방문해 본 적이 있지만, 올 때마다 느끼는 감정은 비슷했다. 다른 집과 확연히 달리, 온기가 스며 있는 거실과 다소 화려한 인테리어, 그리고 방 안 가득한 풍요의 기운. 재일동포 출신 부모님의 영향으로, 이수진 집은 비교적 잘 사는 편이었다.

"왔어? 오늘도 엄마 아빠는 일로 바빠서. 대신 이거 좀 같이 먹자." 수진이 싱긋 웃으며, 거실 탁자에 음식 몇 가지를 꺼내 놓았다. 냉장고에서 꺼낸 듯 생소하게 느껴지는 통조림 식품, 성철은 진득한 고소함과 달콤한 향이 뒤섞인 음식을 물끄러미 바라보았다. '우리 집은 끼니조차 부족한데… 이 집은 이렇게 색다른 음식도 먹는구나…'

"먹어 봐. 금방 꺼내서 좀 차갑지만 맛있을 거야."

수진이 건네준 접시 위로, 일본 모찌가 하얀 가루를 뒤집어 쓰고 담겨져 있었다. 한입 베어 먹으니 모찌가 입안에서 녹았다. '와…' 하고 감탄이 새어 나왔다.

'세상에 이런 맛이 있다니…' 성철은 난생 처음 맛보는 모찌의 달콤하고 부드러운 맛에 넋을 잃었다. '우리 집은 먹을 것이 없어서 굶고 있고 온 나라가 먹을 것이 없어서 굶고 있는데 수진이네는 다른 세상에서 살고 있구나…' 그들이 낮은 말투로 대화를 시작한 건, 자연스럽게 북조선의 "고난의 행군" 시기가 화제가 되었기 때문이다. 밖에서는 허기를 견디지 못해 쓰러지는 사람들이 속출하고, 아침이면 길 위에 시체가 발견되곤 했다. 늘 어두운 그림자가 깔린 현실 속에서, 이수진 집의 온기는 한편으론 미안함을, 다른 한편으론 안도감을 동시에 불러일으켰다.

"성철아, 학교에선 우리가 전 세계에서 제일 행복하다고 배우잖아? 근데 네가 보기엔 어때?"

수진이 비스듬히 기대 앉아, 살짝 진지한 표정으로 물었다. 성철은 그 말을 듣자, '다른 집들이라면 몰라도 수진이는 이런 말을 할 수 있나?'라는 생각과 더불어 '현실과는 너무 괴리가 크다'는 생각이 떠올라, 고개를 푹 떨구었다.

"솔직히⋯ 계속 허기지고, 밖에 시체가 널렸는데 어떻게 행복하다고 말할 수 있겠어. 그냥 선전용이란 생각이 들어."

그 말에 수진도 씁쓸하게 웃었다.

"맞아, 나도 그래. 근데 그렇다고 대놓고 말하면 잡혀갈걸."

이들이 주고받는 대화는, 어딘가 위험하고 아슬아슬했다. 하지만 오히려 둘만이 공유하는 비밀처럼 느껴져, 묘하게 가슴이 두근거리기도 했다.

"참⋯ 요즘 밖에 나가 보면, 굶어 죽는 사람들로 길이 아수라장이던데. 여긴 언제나 '우리는 승리한다' 소리나 하고 있고."

성철이 낮게 중얼거렸다. 그러자 수진이 "몰라, 어른들은 왜 저러는지⋯ 내가 듣기로는, 남쪽에서 자유를 누리며 잘 산다는 사람도 꽤 있다고 하더라."라고 귀띔했다.

"남쪽⋯ 남조선 말이야?"

"응. 일본에 있는 친척분들이 아는 사람이 있는데, 남조선으로 넘어간 뒤 꽤 잘 살고 있다는 얘길 전해 들었대."

수진이 말할 땐, 그 특유의 세련된 표정과 말투가 드러나지만, 동시에 속에 담긴 서글픔이 투영되어 있었다. '왜 우리가 이런 대접을 받아야 하지? 이만큼 굶주림에 시달리면서도, 강요된 체제를 믿으라니⋯' 하는 불만이 배어 있었다.

성철은 수진의 말을 듣고 더욱 혼란스러워졌다. 학교에서는 남한이 곧 망할 나라처럼 가르치지만, 영화를 보면 전혀 다른 빛이 보였고, 실제로 "거기 가면 자유롭고 배부르다"는 소문도 들린다.

"혹시… 우리가 배우던 게 다 거짓이면 어떡하지?"

성철이 던진 질문에, 수진은 잠시 말이 없었다. 테이블 위에 놓인 과일 조각을 후벼 보던 그녀는, "그러면 어쩌겠어. 우리가 당장 탈북이라도 할 수 있는 것도 아닌데…"라며 허탈하게 웃었다.

그 말이 어떻게 보면 체념이기도 했지만, 성철은 갑자기 깊은 연민이 치밀었다. 이수진도 비슷한 고민을 하고 있다는 사실이 반가우면서도 가슴이 짠했다. 식사가 거의 끝날 즈음, 수진은 마지막으로 준비한 초콜릿을 꺼내 왔다. 예전에는 손님에겐 잘 내놓지 않았던 걸 보니, 성철에게 마음이 많이 열렸다는 뜻이기도 했다.

"우리, 이런 거 먹을 때만큼은 그래도 괜찮지 않아? 순간이나마 배부르고…"

수진이 건네준 작은 초콜릿 조각은 입안에서 달콤하게 녹아 내렸지만, 성철은 이 즐거움을 동생이나 어머니와 함께 나누지 못한다는 사실에 마음 한편이 무거웠다. '동생은 지금 감기로 고생 중이고, 어머니는 늘 장사로 고단해하시는데…' 하지만 바로 옆에서 수진과 시선을 마주치자, 묘하게 가슴이 두근거렸다. 그녀와 함께라면, 이 암울한 북조선 현실도 잠깐은 잊을 수 있을 것 같았다. 두 사람 사이에 싹트는 미묘한 감정이, 얼어붙은 일상에 작은 온기를 불어넣었다.

"너 말이야, 최근에 우리 반 애들하고도 좀 친해지려 해 봐. 꼭 폭력으로만 해결하려고 들진 말고."

수진이 살짝 걱정스럽게 조언하자, 성철은 쓴웃음을 지었다.

"나도 알아. 근데 생활이 힘들고, 자꾸 모욕받다 보면 폭력으로라도 해소하게 되더라."

수진은 그의 손목을 살짝 잡으며, "알아. 그래서 내가 너랑 이렇게 자주 만나 주고, 영화도 보여 주는 거야. 우리, 서로 도우면서 버텨 봐." 하고 속삭였다. 그 목소리에 깃든 부드러움에, 성철은 살짝 마음이 흔들렸다. 지난번에 벌떡 일어나 나갔던 것이 미안했다.

"수진아 미안해."

"뭐가?"

수진이가 의아하게 물었다.

"아니다."

성철은 수진이를 향한 설레는 마음을 들킬까 봐 애써 아무것도 아닌 척하며 시치미를 뗐다. 그렇게 둘은 맛있는 식사를 마친 뒤, 빈 거실에서 잠시 마주 앉았다. 문 밖에서 불어오는 건 여전히 스산한 밤바람의 추위. "고난의 행군" 시기라, 얼마 전만 해도 길거리에 쓰러진 시신들을 직접 본 적이 있는 두 사람이다.

이윽고, 수진이 입을 뗐다.

"이런 식으로 죽어 가는 사람들을 보면, 어쩔 수 없이 '남쪽이 낫다면… 언젠가 우리도 거기로 가야 하나?'라는 생각이 들어."

성철은 고개를 끄덕이며 눈을 질끈 감았다. 그의 머릿속엔, 부모 없이 동생과 허기에 시달리는 어머니가 떠올랐다.

"나도… 그런 생각을 해. 근데 당장 아버지도 없고, 난 열두 살짜리 소년이고, 뭘 어떻게 해야 할지 모르겠어."

"그러니까, 아직 우린 학생이잖아. 그래도 이렇게 서로 마음을 나눌 수 있는 게 다행이지 뭐."

북조선에 도착한 수진이네의 삶
✳✳✳

수진은 북조선에 와서 살아온 지난 날들이 주마등처럼 지나갔다.

북조선 땅에 도착하자, 선전과는 전혀 다른 풍경이 펼쳐졌다. 처음엔 "조국에 오신 걸 열렬히 환영합니다!"라는 환영 행사와 꽃다발이 있었지만, 그건 순간적인 이벤트였다. 수진이네는 함경북도 해변가 청진이라는 도시에 보내졌다. 새로 배정된 집은 말이 좋아 '아파트'였으나, 건물 외벽이 금방이라도 깨질 듯 허름했고, 난방 시설도 변변치 않았다.

"여기가… 우리가 살 곳이라고?"

이수진의 어머니는 입술을 파르르 떨었다. 이미 배정 과정부터 담당 관리원들은 권위적인 말투로 일관했다.

"일본에서 온 동포라면, 충성심을 제대로 보여야지요."

며칠 뒤, 이정민이 배치받은 직장은 석탄 연기와 재가 풀풀 나는 제철소 한가운데였다. "거기서 일본에서 무시당하고 인정 받지 못하던 너희를 조국에 받아 준 당과 수령에게 충성을 다하여 보답하고자 열심히 노동을 하여야 한다."는 설명이 전부였다. 그러나 무언가 정상적인 임금 체계도 없었고, 일본에서 가져온 물건들은 대부분 '헌납' 형태로 바쳐야 했다. 그뿐 아니라 일본에 있던 자그마한 가게와 재산은 처분하여 조총련(북조선재일조선인총연합회)에 모두 바치고 그들에게 개인 재산이라고는 아무것도 없었다.

수진의 부모는 혼란에 빠졌다. "아니, 우린 당국에서 우리에게 모든 걸 보장해 준다고 해서 왔는데…" 하소연해 봐도, 주변 사람들은 "아, 그런 말을 믿고 귀국한 거야? 요즘 한창 어려운 시국이야."라는 묘한 반응만 내비쳤다.

시간이 지나며, 이수진네 가족은 "고난의 행군" 시기를 정면으로 맞닥뜨렸다. 1990년대 초중반, 배급 시스템이 붕괴되고 굶어 죽는 이들이 속출했다. 이정민은 매일같이 공장에 나갔지만, 거기서 받는 건 형편없는 배급표뿐이었다. 실제 식량은 거의 받지 못했다.

"이게 대체…?"

그즈음, 일본에 남아 있던 할머니나 삼촌들에게 편지를 쓰려 해도, 검열이 심해 솔직히 상황을 적을 수 없었다. 한 번은 할머니가 보낸 소포를 받았는데, 그마저도 세관에서 상당 부분 뜯기고, 남은 건 몇 개 안 되는 옷가지에 불과했다. 이정민은 아내와 수진 앞에서 자책했다.

"내가 잘못했어. 일본에 있으면 그래도 굶어 죽진 않았을 텐데… 여기선 아이까지 굶길 판이네."

그러나 이미 돌아갈 방법이 없었다. 일본으로 다시 건너가려면 '조선 국적'이니 서류가 복잡했고, 당국은 이정민 일가를 쉽게 보내 줄 생각이 전혀 없어 보였다. 보위부나 조선적십자사 등에 문의해 봤자, "헌신적인 인재가 배신을 꿈꾸냐?"라는 식의 경멸만 돌아왔다.

수진은 이제 중학교를 다니게 되었고, 외형만 보면 북조선 소녀들 사이에서 조금 '튀는' 아이로 자랐다. 부모가 일본에서 가져온 화려한 옷가지나 머리핀을 묘하게 섞어 입었고, 집에서는 일본어 단어들이 섞인 대화를 나눴다. 학교 친구들에게 "너 재포(재일동포)라며?" "부잣집 아니었어?" 하는 말도 들었지만, 실제론 그리 부유하진 않았다. 오히려 체제에 대한 환멸을 겪으며, 집안은 휘청이고 있었다.

　그나마 수진의 어머니가 일본에서 사 온 전자제품을 몰래 되팔아, 쌀이나 옥수수를 약간 구해 오는 식으로 근근이 버텼다. 수진 부모는 수없이 싸웠다.

"그때 어머니 말 들었어야 했어."

"당신이 북조선 오자고 했잖아!"

　서로 책임을 전가하며 울분을 토했다. 수진은 그 모습이 너무 힘들었다. 집에서는 싸움과 한숨이 끊이지 않고, 밖에 나가면 배급 끊긴 사람들의 죽음 소문이 들렸다. "여긴 지옥이야… 언제까지 이렇게 살아야 하지?"

　부모가 절망할 때마다, 그녀는 어디론가 도망치고 싶었다.

　그러던 중, 수진은 우연히 남조선 영화 비디오를 접하게 되었다. 일본에 있을 때 부모가 조금 알던 사람들을 통해, '몰래 들어오는 남조선 영화 테이프'가 지하 유통된다는 사실을 알게 된 것이다.

"일본에서 한국 드라마도 보곤 했는데, 여기선 볼 수 없잖아. 대신 이렇게 비공식 경로로 들어와."

　그 사람은 이렇게 자신이 하는 일을 정당화했다.

　수진은 돈을 벌고 싶었다. 남조선 영화 테이프를 빌려주고 수수료를 받았다. 이미 그녀는 나름의 계획을 하고 있는 터라, 당국이 위험하다고 경고해도 "이것밖에 방법이 없어."라는 심정이었다. 물론 이정민 부부는 딸이 그런 일을 하는 걸 알면 기겁할 테니, 수진은 몰래 움직였다. 아버지와 어머니도 바깥 노역에 시달리니, 세세히 감시할 여력도 없었다.

　수진의 부모는, 딸이 교복 대신 세련된 복장을 하고 다니는 걸 볼 때마다 불안했지만, 정작 딸이 위험한 일을 하고 있는 것이라고는, 또한 그것이 이후 자신들이 어떤 불행에 빠질 일이라는 것을 전혀 몰랐다. 그저 가끔 잔소리만 할 뿐이었다. 가끔 집에 남한 영화 테이프가 굴러다니면, 수진 어머니는 가슴이 철렁 내려앉았다. "이거 위험해… 잡히면 어떡해!" 하지만 수진은 "엄마, 딱 조금만 더. 이거 볼 수 있는 곳은 이 시내에 몇 집 없잖아. 나만 몰래 보는 거야." 하고 사정했다.

그 시점부터, 부부 사이의 갈등은 "누가 북한으로 오자고 했느냐"라는 주제로 더 깊어졌다.

"부인인 내가 적극 찬성했지만, 그건 당신이 먼저 끊임없이 '조국' 노래를 불렀잖아!"

"그래도 난 아이에게 이런 꼴을 보이려고 온 게 아니야!"

그 소리를 들을 때마다, 수진은 차라리 밖에 나가고 싶었다. 학교에서도 이상한 시선을 받긴 했지만, 집안 분위기는 더 숨 막혔다.

'왜 군이 여기까지 와서, 이 고생을 하는 걸까. 일본에 남아 있었다면 최소한 자유는 있었겠지…'

그래도 부모를 향한 사랑이 완전히 사라진 건 아니었다. 가끔 어머니가 일본에서 사 온 초콜릿을 건네줄 때, "엄마도 사실 우리 위해 고생하는 거야."라고 생각하며 애틋해지기도 했다. 하지만 그런 순간은 극히 드물었다. 대부분은 고단함과 언쟁, 그리고 두려움이었다.

어느 날, 수진은 아버지와 어머니의 심한 다툼을 목격했다.

"우리 집 형편 때문에 도저히 못 살겠으니까, 일본에 편지라도 제대로 써 보고 탈북 방법을 알아보자."

어머니의 이 말에, 아버지는 벌컥 화를 냈다.

"당신 미쳤어? 탈북? 잡히면 정치범 수용소야!"

"하지만 여기는 더 이상 견디기 힘들잖아! 당신 어머니, 삼촌 그리고 고모한테 도와달라고 해! 귀국선은 이제 끊겼어도 방법을 찾으면 갈 수 있을 거야."

"그렇게 쉽게 생각하지 마. 게다가, 우린 이미 '조국에 충성 서약'을 한 몸인데… 배신자라 찍히면 어떡하겠어?"

거친 말다툼이 이어지다가, 어머니가 오열하며 고개를 떨궜다.

"여기서 수진이까지 잃으면 어쩌려고! 난 차라리 눈 감고 배신자 소리 듣고 떠나고 싶다…"

수진은 방 한구석에 웅크린 채, 부모 대화를 훔쳐 듣고 있었지만, 차마 "저도 여기서 나가고 싶어요."라고 할 용기가 나지 않았다. 마음은 이미 기울었지만, 현실의 공포가 그녀를 붙잡았다.

그런 와중에, 수진의 할머니가 일본에서 다시 한번 연락을 시도해 왔다. 당국의 검열 때문에 상세한 내용을 담을 수 없었지만, 봉투 안에는 엔화 몇 장과 간단한 편지가 들어 있었다. "어떻게든 안전을 지키면서 살렴. 언제라도 돌아오고 싶으면 방법을 찾아 볼게."라는 할머니의 글이었다.

부모는 그 편지를 본 뒤, 한동안 말을 잇지 못했다.

"어머니가 이렇게까지 마음 쓰시는데… 우리가 돌아갈 수도 없고, 어떡하지."

서로 깊은 한숨만 내쉬었다. 이미 그때는 90년대 후반 고난의 행군이 극심해져, 국경 지대는 철저히 단속되었고, 일본과의 왕래는 사실상 불가능에 가까웠다.

수진은 그 엔화로 겨우 쌀과 옥수수를 약간 구할 수 있었다. 그리고 남은 돈은 '이제 쓸 데가 없지 않나' 싶어 어머니가 어찌할 바 몰라할 때, 아버지가 슬며시 숨겼다. '혹시 탈북할 때 필요할지도 모른다'는 속내였을지 모른다. 이후부터, 수진의 부모는 서로 말을 아꼈다. 더 이상 희망도, 탈출도 쉬운 길이 없음을 깨달은 뒤, 간신히 하루하루를 견딜 뿐이었다.

농촌에서 이사 온 소년

***

그 사이, 수진은 고등중학교에 편입하여 온 성철이라는 소년을 알게 되었다. 수진은 머리에 예쁜 핀을 꽂고 다니고, 얼굴도 빼어나게 이쁘고 몸매도 아름다워서 친구들 사이에서 호기심의 대상이 되곤 했다.

"부모가 재일동포래."

"부잣집 아니야?"

수진은 그런 수근거림에 무덤덤했다. 이미 북한 생활의 비참함을 온몸으로 겪으며, '어차피 말해 봤자 이 상황은 안 바뀌어' 하는 체념이 자리 잡았던 것이다. 오히려 "어떻게든 돈 벌 궁리나 해서 언젠가는 이 지긋지긋한 곳을 벗어나야지…"라며 남한 영화 비디오를 대여해 주는 데 몰두했다.

그러던 어느 날, 수진은 성철을 만났다. 싸움질이나 험악한 환경 속에서 살아남기 위해 분투하는 소년이었다. 그와 대화를 나누다 보니, "이 아이도 나처럼 궁지에 몰린 처지구나"라는 동질감이 생겼다.

여기까지 회상한 수진이는 성철을 향한 애틋한 마음과 사랑의 감정이 밀려왔다. 수진은 살짝 쓸쓸한 미소와 함께, 정수리에 키스하듯 손을 올려 성철의 머리를 쓰다듬었다. 그 가벼운 터치에 성철의 마음은 더욱 복잡해졌고 가슴이 쿵쾅쿵쾅거렸다. '지금은 이 손길이 위안이지만, 정말 언젠간 이곳을 벗어날 수 있을까?' 두 사람은 그렇게 북조선의 불합리함과 현실의 절망을 이야기하면서도, 동시에 서로에게 감정적으로 기대어 가고 있었다. 한참 대화를 나눈 뒤, 성철이 "오늘 정말 고마워. 음식도 그렇고, 얘기도 그렇고…"하며 인사를 건넸다.

수진은 그를 현관까지 배웅하며, "넌 나한테서만 맛있는 것 얻어먹으려고만 하는 거 아니지?" 하고 장난스럽게 물었다. 성철은 살짝 얼굴이 붉어지면서도, "그럼… 내가 나중에 잘 벌어서 꼭 갚을게."라고 응수했다. 집 밖으로 나오자, 바깥의 칼바람이 매섭게 몸을 파고들었고, 한낮과 달리 적막한 길이 펼쳐져 있었다. 성철은 주먹을 살짝 움켜쥐었다. '우리가 배우던 것과 전혀 다를 수도 있겠다, 북한 밖 세상이란 건… 그러면 언젠가 동생과 어머니를 데리고 이곳을 벗어날 수 있을까?'

가슴속에 작은 불씨가 일렁였다. 그 불씨는 이날 수진과 함께 나눈 대화, 맛있는 식사를 통해 생긴 온기, 그리고 서로의 애틋한 마음에서 비롯된 것이었다. 이제 성철은, 단순한 학교 폭력이나 싸움질에 머무르는 소년이 아니었다. 북조선 체제에 의문을 품고, 바깥 세상에 대한 갈망과, 동시에 성장해 가는 감정을 인지하는 인물이 되어 가고 있었다. 그런 변화가, 밤하늘을 바라보는 성철의 눈동자를 어둠 속에서도 희미하게 반짝이게 만들었다.

체제 선전과 현실 사이
***

수업이 끝난 뒤, 복도로 나온 성철은 한동안 움직이지 않았다. 교실 문이 닫히는 소리, 아이들이 떠드는 소리가 먼 배경음처럼 들려왔다. 그는 몸을 벽에 기댄 채, 여전히 땀이 조금 묻어나는 손바닥을 바라보고 있었다. 마음속에는 끝도 없이 꼬리를 무는 질문이 있었다. '정말 남조선이 지옥이라면, 왜 저런 영상을 보면 번쩍거리는 건물이며, 잘 차려입은 사람들이 웃고 있는 걸까? 학교에선 거기가 지옥이라고 하는데, 대체 뭘 믿어야 하지?'

그때, 성철의 친구인 철호가 복도 끝에서 다가왔다. 늘 깡마른 얼굴에 피곤해 보이던 철호도 오늘은 더욱 무거운 표정이었다.

"야, 성철아. 너도 방금 그 수업 들었지?"

"응, 똑같은 말. 남조선은 미제의 앞잡이라더라."

철호는 허탈한 웃음을 지으며 고개를 저었다.

"난 오늘 점심도 못 먹을 뻔했어. 집에 식량이 거의 없거든. 그런데도 선생님은 '우리가 굶지 않는 훌륭한 체제'라고만 떠들고… 허허, 헛소리도 유분수 아니냐."

성철은 철호의 말에 격하게 공감했지만, 쉽게 맞장구를 치진 않았다. 학교에서 그런 말을 했다가는 문제가 될 수 있었다. 하지만 철호도, 성철도 이미 마음속에선 다 알고 있었다. 그들이 몸담고 있는 이 '사회주의 낙원'에는 심각한 허기가 존재한다는 걸. 매일같이 공장에서는 생산이 줄어들고, 배급도 시원찮았다. 길거리에는 시체들이 굴러다녔고 영양실조로 비쩍 마른 사람들이 힘겹게 돌아다녔고, 아이들이 쓰러지는 장면을 간혹 보기도 했다.

"그러게. 철호야, 우리도 그냥 조심하자. 괜히 잘못 말하면 큰일 당해."

성철은 낮은 목소리로 말했다. 철호는 고개를 끄덕이며, "그래, 알았어" 하고 뒤돌아갔다. 성철은 한동안 망설이다가, 한숨을 길게 내쉬고는 천천히 운동장 쪽으로 걸음을 옮겼다. 운동장은 황량하게 텅 비어 있었다. 과거엔 아이들이 뛰어놀던 모습이 분명 있었는데, 어느 순간부터 모두 지쳐서인지, 배가 고파서인지, 운동장에 나와 노는 아이들이 줄었다. 성철은 나무 밑동에 걸터앉아, 멍하니 하늘을 바라보았다.

"이런 데서 시간을 보내도 되는 거야?"

갑자기 익숙한 목소리가 등 뒤에서 들렸다. 이수진이었다. 수진이는 성철에게 잠깐 따라오라고 손짓하며 작은 목소리로 속삭였다.

"우리 집에 비디오 새로 들어왔어. 남조선 드라마래."

성철의 심장이 잠시 두근댔다. 몰래 봤던 그 남조선 영화가 떠올랐기 때문이다. '그 도시 풍경, 사람들의 표정, 정말 지옥이 맞을까? 저기 사는 사람들은 해맑게 웃고 너무너무 잘 먹고 잘살고 있던데…'

"근데 너무 위험하지 않아? 지난번에 나도 걸릴까 봐 조마조마했잖아."

성철이 주저하자, 수진이는 작게 웃었다.

"걱정 마. 우리 아버지가 당 간부랑 아는 사람이거든. 그래도 항상 조심하긴 해야지."

이수진의 집은 그래도 읍내에서 가장 잘 사는 편이었다. 수진이의 아버지와 어머니가 일본에서 왔기 때문에 그들의 친척들이 일본 돈을 보내와서 그것으로 잘 사고 있다고 한다. 또한 수진이 아버지가 일본 쪽 외화벌이 회사와 연이 닿아 있다는 소문이 돌았고, 그래서인지 남한 비디오나 각종 외국물자가 가끔 집에 들어오곤 했다. 물론 비밀스럽게, 철저히 숨기면서.

성철은 마음 한편에서 서늘한 불안감을 느꼈지만, 호기심이 더 컸다. 실제 영상을 보면 볼수록, 학교에서 말하는 '남조선 지옥'과는 거리가 멀었기 때문이다.

"그래. 오늘 저녁에 갈게."

성철이 결심한 듯 고개를 끄덕였다. 수진이는 환히 웃으며, "알았어. 절대 밖에서 떠벌리지 말고 조심해." 하고는 가볍게 성철의 어깨를 툭 치고 사라졌다.

식사를 마친 후, 성철은 "잠깐 친구 집에 다녀오겠다"고 핑계를 댔다. 어머니도 따로 묻지 않았다. 그도 그럴 것이, 지금 상황에서 아이가 잠깐 외출한다고 특별히 막을 이유가 없었다. 성철은 달빛이 희미하게 비치는 좁은 골목을 빠져나가, 이수진의 집으로 향했다. 집 앞에 다다르자, 이미 철문 사이로 희미한 불빛이 흘러나오고 있었다. 문을 두드리자 수진이가 조심스레 문을 열어 주었다.

"어서 와. 빨리 들어와."

수진이의 거실은 어둑했고, 커튼까지 단단히 닫혀 있었다. 이미 철호와 몇 명의 친구들이 모여 있었고, 미쯔비시 비디오 플레이어가 설치되어 있었다. 가슴이 뛰는 소리가 또렷하게 들릴 정도로 긴장되었지만, 동시에 묘한 기대감이 솟았다. 드디어 테이프가 재생되었고, 화면에는 남조선 드라마가 등장했다. 화사한 색감의 장면, 스타일리시한 옷차림, 그리고 환하게 웃는 배우들이 대사를 주고받았다. 화면 속 배경은 고층 빌딩과 화려한 간판으로 빛났고, 자동차가 도로를 가득 메우며 달려갔다.

그것은 한마디로, '생소한 세계'였다. 성철은 화면에 시선을 떼지 못했다. 교실에서 배우던 그림과는 너무 달랐다. "거긴 죄다 굶주린다."던 선생님 말이 머릿속을 맴돌았지만, 이 장면이 어째서인지 훨씬 더 진실에 가깝다고 느껴졌다. 한 시간쯤 지났을까. 드라마를 보는 동안, 아이들은 현실의 배고픔도 잠시 잊었다. 그러나 해피 엔딩처럼 보이는 마지막 장면이 지나

가자, 순간 다시 불안감이 엄습했다. '이걸 계속 봐도 되는 걸까? 이 장면을 믿어도 되는 걸까?'

누군가 가볍게 기침을 하자, 수진이의 아버지가 방문 틈 사이로 얼굴을 내밀었다. "이제 그만 보는 게 좋겠다. 늦은 밤에 전기도 아껴야 하고… 혹시 무슨 일 생기면 다들 곤란해진다."

아이들은 조용히 고개를 끄덕였다. 위법 시청은 들키면 목숨이 달릴 수도 있는 일이었다.

성철은 집으로 돌아가는 길에, 자꾸만 드라마 속 장면들이 떠올랐다. 남조선을 무조건 폄하하는 이야기가 얼마나 왜곡되었는지 깨닫게 되자, 감정이 복잡해졌다. 사실 그는 남조선이 무조건 '천국'이라고도 믿지 않았다. 분명 그곳에도 어려움이 있을 수 있다. 그렇지만, 적어도 학교에서 가르치는 내용이 전부 진실은 아니라는 확신이 점점 커졌다.

집 근처에 도착했을 때, 골목 어귀에서 낯선 소리가 들렸다. 굵은 울음소리와 함께 사람들의 분주한 목소리가 뒤섞여 있었다. 가까이 가 보니, 한 노인이 길에 쓰러져 있었다. 주변 사람들에게 들어 보니 굶주림으로 쓰러진 듯했다. 성철은 곁에 있던 다른 어른들과 함께 노인을 부축해 인근 집으로 옮겼다. 마른 몸에 힘도 없이 숨만 가까스로 내쉬고 있는 노인을 보자, 가슴이 저릿해졌다. '이게 지금 우리 '낙원'의 현실이다. 매일 죽어 나가는 사람이 이렇게 많은데, 교실에서는 남조선이 지옥이라고만 반복한다.'

성철은 문득 노교사의 말이 떠올랐다. "우리 체제는 굶주림 없는 평등한 나라"라고 했던 선생님의 장담이, 한없이 가벼운 거짓말처럼 느껴졌다. 차라리 남조선이 지옥이라면, 여기에도 똑같이 지옥이 존재한다는 사실만은 틀림없었다.

그날 밤, 성철은 잠을 이루지 못했다. 얇은 담요를 덮고 누워 천장을 바라보는데, 머릿속은 온갖 생각으로 가득했다. '이 체제는 왜 이토록 달콤한 말만 되풀이할까? 정말 남조선이 망한다면, 우리는 이 상태로 어떻게 살아가지? 그리고… 어쩌면, 우리가 배웠던 대부분이 거짓이라면?'

그는 자신이 이제껏 믿어 왔던 것들, 혹은 믿으려고 애썼던 모든 것이 흔들리는 걸 느꼈다. 그러면서도 마음 한구석에는 묘한 희망이 피어났다. '우리가 정말로 자유롭게 살 수 있는 미래가 올지도 몰라.' 하지만 그 희망은 금방 불안함에 휩싸였다. 지금과 같은 상황에서 의심과 반항심을 내비치는 건 위험했다. 혹여 부모나 친구들마저 피해를 입을 수도 있었다.

가슴이 답답해진 성철은 살그머니 일어나 창문 쪽으로 다가갔다. 창문을 열자, 차가운 밤공기가 몰아쳤다. 도시의 불빛은 거의 없었고, 하늘엔 별 몇 개만 희미하게 빛나고 있었다. '저 별이 남쪽 하늘에서도 이렇게 빛나고 있을까?' 문득 남조선 드라마 속 풍경과 오늘 길바닥에서 쓰러진 노인의 모습이 겹쳐 보였다. 그리고 그 괴리감이, 한 소년의 마음속에서 커다란 파문을 일으켰다.

'지금 우린 뭘 잘못 알고 있는 걸까? 왜 이리도 현실과 말이 다른 걸까?' 성철은 스스로 그 물음에 답할 수 없었다. 하지만 적어도, 교단 위 노교사가 떠들어대던 "남조선은 지옥"이라는 한 문장으로 모든 것을 이해하려 들지 않겠다는 결심이 들었다. 그건 거짓말의 일부일 수도 있다고, 이미 본능적으로 느꼈기 때문이다.

어둠 속에서, 성철은 조용히 창문을 닫았다. 언제가 될지는 모르지만, 언젠가는 이 불합리함의 정체가 벗겨지고, 모두가 진실을 알게 될 때가 있을 것이다. 그때까지는, 마음을 다잡고 살아남아야만 했다. 그리고 언젠가, '정말로 제대로 된 세상'을 만날 수 있을 거라는 희미한 희망을 품으며, 다시 담요 속으로 몸을 뉘였다.

한밤중 사상교육을 떠올리며 분노와 슬픔, 동시에 희미한 기대를 품은 채, 소년은 숨죽여 새벽을 기다렸다. 그 작은 두려움과 의심의 씨앗이, 조금씩 자라나 세상을 보는 눈을 넓히고 있었다. 그가 언젠가 진짜 자유로운 삶을 맛볼 수 있을지, 아직 알 수 없었지만 말이다.

한편 수진이는 요즈음 마음이 자꾸 설레는 것을 어쩔 수 없었다. 키도 크고 날카로운 눈길과 매력적인 웃음, 무엇보다 수진에게 잘 대해 주는 한 소년이 너무나 마음을 끌어당기며 괴롭히고 있었다. 그 소년은 광성철, 인물이 훤칠하고 패기 있고 정의감이 강한 멋진 사나이로 수진의 가슴속을 계속 집요하게 파고들어 왔다. 그럼에도 한편으로 수진이는 성철에 대한 감정을 스스로 억제하여야만 하는 그녀 나름의 사연이 있었다.

아직 수진이보다는 세상 물정을 몰라도 너무 모르는 성철이가 한편으로는 걱정되기도 하면서 안쓰러웠다.

"그와 함께 갈 수 있다면… 호~~~"

그녀의 가냘프고 안타까운 한숨소리가 애처로웠다. 그녀는 무언가 준비하고 있었다.

은향이와 수진이

✳✳✳

이즈음, 학교 복도에서는 새로운 소문이 퍼지고 있었다.

"은향이라는 애, 원래 가정 형편이 좀 안 좋았다던데… 그런데도 무허 예쁘대."

같은 반 친구들이 쉬는 시간마다 귀속말을 나누곤 했다.

은향이는 최근에 주변 농촌에서 전학을 왔다. 힘든 농촌지역에서 간신히 살다가, "읍내로 나오면 그나마 식량 구하기가 낫지 않겠냐."는 부모의 결정으로 중간에 편입해 온 것이다. 여러 학생이 은향이를 눈여겨보는 이유는, 그녀가 교복은 좀 낡았지만 갸름한 얼굴과 큰 눈, 희미하게 묻어나는 '순수한 분위기' 때문이었다.

성철은 처음 은향이를 본 날, 교실 창가 쪽에서 그녀가 교과서를 빌리려고 서성이는 광경을 목격했다. 교과서조차 부족해 서로 돌려보는 시기였지만, 은향이는 특히 형편이 어려워 책이 거의 없었다. 머리카락은 한 올 한 올 정성스레 묶었지만, 왠지 모르게 풀린 실밥이 여기저기 보이는 옷차림이 '가난'을 여실히 드러냈다.

"저… 미안한데, 혹시 국어책 좀 빌릴 수 있을까?"

그녀가 주저주저 묻는 순간, 성철은 괜스레 가슴이 울렸다. 은향이의 말투에는 뭔가 조심스럽고 다정한 기운이 있었다. 자신도 어려운 형편이지만, 그래도 가족이 함께 집을 지키는 편이고 학교 생활에 무리는 없었다. 그런데 은향이는 훨씬 더 열악한 상황처럼 보였다.

그날 수업 끝나고, 은향이는 성철이에게 살짝 다가왔다.
"아까 책 빌려줘서 고마워. 덕분에 선생님한테 혼나지 않았어."
성철은 괜히 머리를 긁적이며 대답했다.
"별거 아니야. 나도 농촌에서 왔었거든… 음, 혹시 힘든 거 있으면 말해."
은향이의 얼굴에 희미한 미소가 번졌다. "고마워. 너도 농촌에서 전학 온 거야?" 하고 되물으며, 둘 사이에는 작은 공감대가 생겼다.

며칠 뒤, 성철은 학교 앞에서 이수진을 기다리다가 우연히 은향이가 초라한 도시락을 들고 있는 모습을 보았다. 대부분 강냉이 풀죽을 먹지만, 그녀의 도시락은 보이지 않았다. '아, 저 아이 진짜 먹을 것도 없나 보네…' 싶어 마음이 편치 않았다.

이수진과 은향이는 같은 반 친구였지만, 둘 사이에는 분명 간극이 있었다. 재일동포 가정 출신으로 비교적 가난하지 않고 화려한 옷차림을 한 수진이와, 찢어지게 가난해 옷도 제대로 마련하지 못한 은향이는 반대편에 서 있는 듯 보였다.
그러나 공교롭게도, 어느 날 교실에서 두 사람이 마주 앉게 될 일이 생겼다. 한 달에 한 번, 선생님이 자리를 재배치하면서 남녀 섞어 앉히는 규칙이 있었는데, 마침 은향이와 수진이의 책상이 가까워졌다.

처음 은향이는 약간 주눅이 든 듯했다. "저기… 안녕, 나 김은향이라고 해." 하고 조용히 인사를 건넸지만, 수진이는 밝은 미소로 활기차게 응대했다.
"나 이수진이야. 여기서 전학 온 지 얼마 안 됐으면 불편한 것도 많겠네.

나한테 물어봐도 돼."

수진이 특유의 세련된 말투와 고개를 살짝 젖히는 표정 때문에, 은향이는 순간 '저 사람 나랑 정말 다르다'는 거리를 느꼈다. 그래도 의외로 수진이는 은향이 도시락을 가만히 보다가 작은 빵 조각을 건네주기도 했다.

"이거… 먹어 볼래? 우리 집에서 가져온 빵이야."

은향이는 호기심 반, 미안함 반으로 빵을 받아 들었다. 그리고 한 입 베어 무는 순간, 눈이 커지며 "우와… 맛있다" 하고 감탄했다. 그 빵은 보통 장마당에선 귀한 물건인지라, 이런 풍미를 접해 본 적이 거의 없었던 것이다.

성철은 뒷자리에서 둘의 모습을 멀찍이 지켜봤다. '수진이가 은근히 착한 면이 있지… 은향이도 좋아하겠네.' 하면서도, 속내가 살짝 복잡했다. 수진이에게 은밀한 호감을 갖고 있던 자기 자신과, 가난하지만 눈길이 가는 은향이. 두 소녀가 함께 대화를 나누는 장면을 보니, 묘하게 신경이 쓰였다.

은향이는 얼굴이 뽀얗고 이목구비가 뚜렷해 교실에 들어선 순간부터 시선을 한 몸에 받았다. "너무 예쁘다", "저런 애가 다 있네."라는 소근거림이 들릴 정도였다.

성철은 딱히 신경 안 쓰려 했지만, 어느 날 복도에서 은향이와 실랑이가 벌어지게 되었다. 불량한 상급반 남학생들이 새로 온 예쁜 전학생을 희롱하려고 길을 막았던 것이다.

"우리랑 놀자, 어? 전학생인데 적응해야지."

곁에서 낄낄거리던 그들의 태도에 은향이는 난처해했다. "제가 지금 수업 준비하러 가야 해서…" 하고 고개를 돌리려는데, 한 남학생이 어깨를 거칠게 잡았다.

"야 수업은 무슨? 우리랑 수업하자. 남자를 가르쳐 줄게!"

그는 팔뚝을 들어 보이며 힘자랑을 했다.

바로 그때, 성철이 지나가다 그 광경을 목격했다.

"야, 뭐 하는 거야?"

거칠지만 낮게 깎은 목소리에 남학생들이 움찔했다. 이미 〈장군의 아들〉 사건 이후 성철의 주먹은 악명 높은 존재였다. 성철이는 이미 상급반 형님들도 두려워하는 존재였고 전교 학생이 떨었다. 이미 그의 별명은 "지독한 깽"으로 불리고 있었, 그를 건드렸다가는 밤에 집에까지 찾아가 행패를 부리고 그의 손에 걸리면 아작이 난다는 것을 모두 알고 있던 터였다,

"아, 아니야, 그냥… 별거 아닌데."

상급반 남학생들은 어물어물 대답하고 바퀴들이 사라지듯 흩어졌고, 은향이는 고개를 숙여 작게 인사했다.

"고마워."

은향이 얼굴이 빨갛게 물들고 수줍음에 더 말을 잇지 못하고 그 자리를 피했다.

순간 성철은 은향이가 자기의 앞을 지나가는데 괜히 심장이 두근거리는 걸 느꼈다. 왠지 모르게, 이수진에게서 느껴지지 않는 묘한 청초함이 있었다. 그날 이후 은향이는 수업이 끝나고 도서실에 갈 때마다, 성철에게 가볍게 머리 숙여 조신하게 인사를 건넸다.

성철은 무뚝뚝하게 "어, 뭐…" 하고 대답하면서도, 얼굴이 달아오르는 것

을 느꼈다. 마음속 어딘가가 설렘으로 달아오르는 기분이었다.

성철의 마음은 어느 순간부터 복잡해졌다. 수업이 끝나면 수진이가 "비디오 테이프 구했는데, 우리 집에서 같이 볼래?"라고 속삭이고, 복도를 지날 땐 은향이가 수줍은 미소를 짓는다.

성철은 매번 다른 상황에서 두 소녀와 얽히면서, 자연스레 작은 친밀감을 쌓아 갔다. 문제는 그중 누구에게 진짜 마음이 기우는지 알 수 없다는 것. 가난과 폭력, 단속과 검열이 뒤섞인 삭막한 현실 속에서, 이런 '설레는 감정'이 오히려 더 혼란스러웠다.

어느 날 저녁, 성철은 이수진 집에서 남조선 영화를 한 편 더 보고 나왔다. 화려한 도시의 배경, 멋있게 옷 입은 주인공들, 낭만적인 장면들이 잔뜩 담긴 영화였다. 수진이와 함께 웃고 떠들다 보니 시간 가는 줄 몰랐는데, 문득 은향이가 떠올랐다. '지금쯤 밥은 제대로 먹었으려나? 그 아이는 집에 쌀도 제대로 없던데…' 갑작스럽게 은향이에 대한 연민이 가슴 한구석을 찔렀다.

그러나 그날 밤, 집으로 향하던 골목에서 은향이를 우연히 만났다. 그녀는 손에 작은 종이봉투를 들고 있었고, 얼굴이 잔뜩 상기되어 보였다.

"저… 이거…"

밤하늘은 캄캄했고, 거리엔 인적이 드물었다. 은향이의 목소리는 떨리고 있었다.

"이거, 주고 싶어서…"

봉투 안에는 조그만 빵 한 조각과 메모지가 들어 있었다. 빵은 아마도 집에서 간신히 구했거나, 아니면 누군가에게서 선물 받은 듯했다.

은향이는 수줍게 웃었다. 메모지에는 삐뚤빼뚤한 글씨로 "그날 고마웠어."라는 글이 적혀 있었다. 옆에는 작은 꽃 그림이 곁들여 있었다.

성철의 가슴이 또 한 번 요동쳤다. 수진이와는 다른, 순수한 감정이 뭉클하게 밀려들었다. 그 순간, 자신이 누구에게 끌리는지 깨닫는 기분이었다. 화려하고 대담한 매력을 지닌 수진이 아니라, 수줍고 아련하게 새롭게 나타난 은향이에게 확신에 가까운 끌림을 느꼈다. '내가 지키고 싶은 사람, 제대로 감정을 표현하고 싶은 사람은 바로 너구나…'라는 마음이 선명해졌다.

하지만 이 사실을 알게 된 수진은 적지 않게 흔들렸고 질투심이 불타올랐다.
"은향이? 최근에 전학 온 그 애 말이야?"
수진이 입술을 깨물며 물었을 때, 성철은 고개를 살짝 돌렸다. 구체적으로 대답하지 않았으나, 표정만 봐도 수진이는 충분히 짐작할 수 있었다.
'아, 성철이가 흔들리는구나…'
수진이는 속으로 씁쓸했다. 함께 영화를 보고, 달콤한 초콜릿을 나누며 적막한 이 체제에서 서로 의지한다고 믿었는데, 정작 성철의 마음은 다른 곳으로 기울고 있었다.
그 무렵, 수진이와 은향이는 창가에서 우연히 마주 앉게 되었다. 수진이 먼저 말을 꺼냈다.
"은향아, 혹시 성철이를 어떻게 생각해?"
은향이는 당황하며 얼굴이 빨개졌다.
"나는… 그냥 고마운 친구지. 나한테 교과서도 빌려주고, 잘 챙겨 주잖아."

그러나 수진이는 그 말 한마디로, 은향이 성철에게 호감을 갖고 있음을 눈치챘다.

'결국 우리 다 성철이를 좋아하고 있었네… 그런데 성철이는 이미 은향이를 덱한 듯해.'

수진이는 어딘가 씁쓸한 표정으로 창밖을 내다봤다.

"뭐… 그 애가 누구를 좋아하든, 그건 그 애 마음이겠지. 난 속상하긴 하지만 떠날 거니까."

수진이의 목소리는 애써 담담해 보이려 했지만, 그녀의 눈빛에서 묘한 섭섭함과 쓸쓸함이 배어 났다.

은향이와의 첫 데이트

**

몇 주 뒤, 성철과 은향이는 방과 후 약속을 잡았다. 비록 '데이트'라 부를 수 있을 정도의 환경은 아니지만, 학교 뒷길을 걸으며 소소한 얘기를 나누는 것으로도 둘의 마음은 벅찼다.

"우리 집은 아버지가 농촌 골짜기 깊은 곳에 있는 군수공장에 다니셔. 그래서 일찍부터 농촌 쪽에 살았는데, 공장이 제대로 돌아가지 않으니 배급도 못 받고… 결국 이쪽으로 옮겨 왔어."

은향이가 힘없이 말하자, 성철은 고개를 끄덕이며 "다들 비슷해… 나도 아버지가 없고, 어머니 혼자 시장에 나가 장사하고 있어."라고 답했다.

두 사람은 어느 허름한 다리 밑을 지나며, 함께 바람을 피해 앉았다. 쌀쌀

한 바람 속에서, 서로의 눈빛이 유난히 따뜻하게 느껴졌다.

시간이 흐르며, 이수진과 은향이는 각각의 방식으로 성철의 선택을 받아들이게 되었다. 수진이는 자신만의 계획이 있었다. 그 계획에 성철이 함께할 수 있을지 모르는 위험한 길이니 더 깊은 관계를 만들고 싶지 않았지만 그럼에도 서운한 것은 어쩔 수 없었다. 수진이는 여전히 남조선 영화를 빌려주거나, 위험한 일을 벌이며 돈을 벌었다. 그러다 보니 자연히 성철과 만날 기회가 줄어들었다. 어느 날, 수진이가 성철에게 "그래도 우린 친구지?"라고 묻자, 성철은 "당연하지."라며 미안한 미소를 지었다. 수진이는 그 미소가 아련하게 가슴에 박혔다.

그렇게 봄이 오고, 얼어붙었던 눈길이 녹아내리듯, 청춘의 사랑도 서서히 꽃망울을 터뜨리기 시작했다. 하굣길, 은향이의 어깨에 살짝 손을 올리는 성철의 표정은 예전과 달리 한결 부드러웠다. 모진 겨울이 지나면 봄이 오듯이, 이 극한의 땅에서도 작은 희망은 남아 있었다.

수진이는 언젠가 먼 훗날, "남조선에 가든, 일본으로 돌아가든… 난 살아남을 거야. 너도 꼭 살아남아." 하며 은밀하게 작별 인사를 할지도 모른다. 은향이는 가족을 책임지며 꿋꿋이 살아갈 것이다. 그리고 성철은, 은향이와 함께 오늘을 버터 내고, 내일을 희망하며 거친 세상 속으로 다시 한 발짝 나아갈 것이다. 하지만 성철이와 은향의 미래는 아직 장담하지 못한다.

누군가는 배고픔과 공포 속에서 꿈을 잃어 갔지만, 성철은 두 명의 소녀가 전해 준 감정을 통해 조금씩 자신의 길을 찾아가고 있었다. 폭력으로만 표현되던 그의 분노는, 이젠 누군가를 지키고 싶은 '힘'으로 변하려 하고 있었다. 그리고 은향이와 잡은 손은, 삭막한 땅에서도 지켜 낼 수 있는 단 하나의 온기라는 것을, 그는 진심으로 믿고 있었다.

거듭되는 배고픔

***

"고난의 행군"이 절정에 이르던 겨울, 거리에는 굶주림에 시달리는 이들이 사방에 넘쳐 났다. 밤만 되면 거리에 시신이 눈에 띄게 늘었고, 아침에 누군가 사체를 치우지 않으면 그대로 방치되기 일쑤였다.

성철이는 한동안 은향이와 서로의 마음을 나누는 사이가 되었다. 도시락을 가져오지 못하는 은향을 위해 자신이 도시락을 나눠 먹기도 하고, 쉬는 시간에 교과서를 돌려보며 수업을 돕기도 했다. 은향이는 성철이를 볼 때마다 환하게 웃어 주었고, 성철이 또한 가슴 한쪽에서 묘하게 피어나는 따스함을 느꼈다. 하지만, 현실은 점점 더 참혹해져 갔다.

은향이는 집이 워낙 가난해, 아버지는 농촌에서 나오는 옥수수나 감자를 구하러 수시로 떠나야 했고, 어머니는 장마당에 나갔다가도 구할 수 있는 식량이 거의 없어 허탕을 치기 일쑤였다. 은향이도 먹을 것을 구해야 했지만, 십 대 소녀가 할 수 있는 일엔 한계가 있었다.

그럼에도 은향이는 학교에서 마주칠 때마다 애써 밝게 웃었다.

"성철아, 괜찮아. 곧 아버지가 옥수수 조금 구해 온대."

하지만 성철의 눈엔, 은향이가 점점 더 수척해지는 모습이 그대로 보였다. 볼살이 빠지고, 손목뼈가 도드라졌으며, 이전엔 반짝이던 눈망울이 갈수록 핏기 없는 회색으로 바뀌어 갔다. 그 모습에 성철은 늘 가슴이 조여 들었다.

'어떻게든 도와주고 싶은데… 나도 형편이 넉넉지 않은걸.'

어느 날 오후, 성철이는 시장 근처에서 구한 옥수수빵을 들고 학교 뒷길을 서성이고 있었다. '은향이한테 주면 좋아하겠지…' 하는 생각이 들어서다. 그런데 은향이가 아직도 하교를 안 했는지, 보이지 않았다. 기다리는 동안, 성철은 마음 한구석에서 이상한 불안을 느꼈다. "오늘 은향이가 학교에 왔을 텐데…" 평소 같았으면 쉬는 시간에라도 한 번 얼굴을 비췄을 터, 그런데 종일 모습이 안 보였다는 게 마음에 걸렸다.

결국 수업이 끝나고 한참이 지나서야, 눈이 퀭해진 은향이가 교정 구석에서 비틀거리며 나오는 모습을 발견했다.

"은향아… 너 왜 그래? 어디 아파?"

은향이는 대답 대신, 힘겹게 눈을 감았다 뜨면서 지친 목소리로 말했다.

"엄마가 며칠째 밥을 못 드셨어… 아버지도 소식 없고."

낮은 목소리에 눈물이 맺혔다. 성철은 괜히 목이 메어, 뭘 어떻게 해야 할지 몰라 허둥댔다. 뒷길로 은향이를 조심스레 이끌고 가, 자신이 가져온 빵을 꺼냈다.

"이거… 조금이라도 먹어. 나도 사정이 좋진 않지만, 그래도 네가…"

은향이는 고개를 세차게 저었다.

"아니, 너도 먹을 것 없잖아. 이거까지 주면 넌 어쩌려고."

그 말이 끝나기도 전에, 갑작스런 현기증에 그녀가 휘청했다. 성철은 재빨리 그녀를 부축했다.

"먹고 쓰러지는 것보다, 안 먹고 쓰러지는 게 더 위험해. 그냥 받아."

결국 은향이는 조용히 빵을 건네받았다. 그리고 작게 한입 베어 물었다. 그 순간, 은향이의 눈에서 눈물이 뚝 떨어졌.

부드럽게 씹을 수도 없는 옥수수빵이지만, 굶주린 그녀에게는 세상에서 제일 달고 소중한 음식이었다.

다음 날, 은향이는 학교에 나오지 않았다. 선생님도 "아마 집이 너무 어려워서 못 온 거겠지." 하고 넘겨 버렸다. 고난의 행군 시기, 결석자나 중도 탈락자는 더 이상 이상한 일이 아니었으니 말이다. 성철은 초조했다. '은향이가 어디 아픈 건 아닐까?' 하는 불안감에 휩싸였지만, 곧장 은향이 집으로 찾아갈 방도가 없었다.

은향이 가족의 비극

✳✳✳

그렇게 찾은 은향이 집은 읍내 변두리, 허름한 벽돌집이었다. 대문을 열고 들어서자, 곰팡이 냄새와 매캐한 공기가 코를 찔렀다. 창문 틈새로 얼핏 보니, 누군가가 마루에 쓰러져 있었다. 성철은 등골이 서늘해졌다.

"은향아?!"

문을 밀고 들어가자, 집 안은 싸늘한 정적만 감돌았다. 방문 안쪽, 바닥에 누운 채로 숨을 멈춘 듯한 사람이 보였다. 은향이 어머니였다.

"어머… 이거…"

어느새 나의 뒤를 몰래 뒤따라온 이수진이 얼굴을 찡그리며 손으로 입을 막았다. 은향이 어머니는 눈을 감은 채, 이미 식어 있었다. 그 옆에 은향이 아버지로 보이는 남자가 쓰러져 있었고, 얼굴은 해쓱하게 마른 상태였다. 식량이라곤 찾아볼 수도 없었다. 이미 죽어 있었다.

성철은 겁에 질려, 방 안을 뒤져 봤다. "은향아?! 여기 있어?!"

답이 없었다. 집 안에는 시신으로 보이는 사람이 더 있었다. 은향이의 동생이다. 굶주림이 지나쳐 제대로 못 먹고, 굶어서 세상을 떠난 것이라는 걸 직감할 수 있었다.

"어떡해… 어떡해…"

수진이가 눈물을 흘리며 중얼거렸다. 곁에서 성철은 심장이 미친 듯이 뛰었다. 그 옆에… 은향이가 누워 있었다.

"은향아!!"

성철이 달려가 보니, 은향이는 이미 정신을 잃은 상태였다. 얼굴은 백지장처럼 창백했고, 가늘게 호흡만 이어지는 듯했다. 부축해 일으키려 하자, 힘이 빠져 축 늘어진 은향이 몸에서 극심한 영양실조의 흔적이 느껴졌다. 뼈에 가죽만 걸친 상태라고 해도 과장이 아니었다.

"살아 있어… 제발 정신 차려!"

성철은 은향이의 어깨를 흔들었다. 수진이도 부리나케 달려와 손을 잡고

"은향아, 조금만 버텨! 정신 차려!" 하며 눈물을 떨궜다. 하지만 은향이의 의식은 흐릿했고, 곧 새파랗게 질린 입술 사이로 숨소리가 미약해졌다.

"안 돼… 이대로 두면 안 돼."
성철은 어떻게든 은향이를 안고 집 밖으로 나가려 했으나, 이미 그녀의 몸은 거의 반응이 없었다. 허둥지둥 창밖으로 뛰쳐나가 '사람 살려!'를 외쳐 봤지만, 근처에는 인적이 드물었다. 가끔 지나가던 이들도 굶주림에 지친 얼굴로 멍하니 바라볼 뿐이었다.
"어떡해, 은향아… 어떡해!"
성철은 눈물을 쏟으며, 그녀의 손목을 잡고 떨리는 목소리로 말했다.

은향이는 희미하게 눈을 떴다. 시야가 몽롱했는지, 애써 초점을 맞추려 했지만 잘 안 되는 듯 보였다. 그러다 간신히 입술을 달싹이며 '성…철…아' 하고 작게 불렀다. 그 말이 마지막이었다. 그녀의 눈꺼풀이 스르륵 감기고, 목에서 나던 약한 숨소리마저 끊겨 버렸다.
"아니야, 안 돼… 은향아!!!"
성철은 가슴을 내리치며 울부짖었다. 지금까지 힘들게만 살아왔지만, 이토록 참혹한 죽음을 눈앞에서 마주한 건 처음이었다. 게다가 그 죽음이 자신이 사랑하던 사람이었기에, 절망은 배가 되었다.

곁에서 수진이도 하염없이 울었다. "안 돼… 은향아…"
창고 바닥에서 식어 가는 은향이의 손을 붙잡은 채, 성철은 할 수 있는 게 아무것도 없었다. 죽음이란 것이 이토록 허망하고 빠르게 사람을 데려갈 줄이야. 평소엔 나름 '주먹이 세다', '다른 사람들을 지켜 줄 수 있다'고 자부했건만, 굶주림 앞에서 주먹은 무용지물이었다. 그 어떤 폭력도, 그 어떤 분노 표출도 허기를 해결해 주지 못했다.

사랑의 마지막 흔적
***

 시간이 얼마나 흘렀는지도 모르게, 성철은 망연자실한 상태로 은향이 곁에 앉아 있었다. 수진이는 주변에 아는 지인을 불러오려 했으나, 동네 사람들도 다 자기 살길 찾느라 대책이 없었다. "저 집 통째로 굶어 죽었구먼… 아이고, 이런 시국에 흔한 일이야." 하고 지나치는 목소리에, 성철은 분노가 치밀었지만 동시에 무력함을 느꼈다. 은향이 곁에 떨어져 있던 허름한 교과서 사이에서, 성철은 작은 쪽지를 발견했다. 거기에는 은향이가 삐뚤빼뚤한 글씨로 남긴 흔적이 있었다.
 "성철아, 고맙고… 좋아해."
 단 한 줄짜리 메모였지만, 성철에겐 세상에서 제일 슬프고 아픈 말이었다. 그는 메모지를 움켜쥐고, '꺼억꺼억' 사나이의 울음을 울었다.

 은향이와 가족들은 그대로 세상을 떠났다. 장례를 치를 형편도 안되어 성철이와 수진이와 친구 몇이 형식적으로 장사를 치렀고, 성철은 어떻게든 관을 구하려 했으나, 그렇게까지 할 수 있는 상황도 아니었다. 결국 허름한 보자기에 싸여 손수레에 실어 뒷산 공동묘지 근처에 묻었다.

그 며칠 동안 성철은 극심한 충격에 휩싸였다.

사랑하는 은향이가 눈앞에서 숨이 끊겼을 때, 아무것도 할 수 없었던 자신에 대한 분노.
〈장군의 아들〉 영화를 보고 주먹 휘두르며 기세등등했던 자신이, 징직 굶주림 앞에서는 어찌할 도리가 없었다는 절망감.

그날 이후, 성철은 멍하니 길을 걷다가도 어느 순간 울컥해서 주먹으로 벽을 내리치곤 했다. 괜히 길에 걸린 선전물을 찢어 버리고 싶었지만, 그마저도 위험했다. 마음속엔 사방이 텅 빈 공허함만 가득했다.
"왜… 왜 이런 세상이어야 해?"
본능적으로 울부짖으면서도, 답을 해 줄 사람은 아무도 없었다.

이수진은 이 사건 이후 한동안 성철 곁을 지켜 주었다. "너, 괜찮아? 밥이라도 먹어야지…" 하고 초조해했지만, 정작 성철은 며칠째 입에 거의 아무것도 대지 않았다. 그가 가끔 입가에 물고 있던 건 싸구려 담배뿐이었다. 마음은 무너지고, 몸도 쇠약해지고 있었다.
그날 밤, 성철은 집 안에 홀로 앉아 은향이가 남긴 쪽지를 몇 번이고 꺼내 읽었다.
"성철아, 고맙고… 좋아해."
이 문장이 그의 가슴을 파고들어, 마치 칼자국처럼 아픈 상흔을 남겼다. 사랑을 시작해 보기도 전에, 세상은 이렇게 냉혹하게 목숨을 빼앗아 갈 수 있나.

'내가 힘이 있다면, 정말 주먹이 세고 강한 게 아니라… 이 굶주림을 막을 수 있는 힘을 가졌다면…'

그는 이전과 전혀 다른 종류의 절망과 분노를 맛보았다.

은향이 가족의 죽음은 성철에게 일종의 전환점이 되었다. 주먹질로 해결할 수 없는 더 큰 현실이 있다는 것. '장군의 아들' 영화 속 김두한도, 실제로는 일본 깡패만 때려눕힌다고 세상이 바뀌는 건 아니었다.

한동안 성철은 학교에도 잘 나가지 않았고, 집에 틀어박혀 무기력하게 지냈다. 밥을 먹어도 목에 넘어가지 않았고, 밤마다 은향이의 마지막 모습을 떠올리며 깨어 있었다.

그리고 어느 날, 이수진이 성철을 찾아왔다.

"너, 이러고만 있을 거야? 은향이가 바라는 건 네가 쓰러지는 게 아닐 걸. 오히려 네가 살아서, 뭐라도 해야 한다고 말했을 거야."

수진이는 무심한 듯 말했지만, 속으론 누구보다 성철을 걱정했다. 그리고 은향이를 향한 안타까움에 함께 눈물을 흘렸다.

성철은 결국 굳은 표정으로 자리에서 일어섰다. '그래, 나는 살아남아야 해. 과연 무엇을 할 수 있을지, 그 길이 전혀 보이지 않았지만, 좌절만 하고 있을 순 없다는 결심이 들었다. 그게 은향이에 대한 마지막 예의라고 생각했기 때문이다.

이렇게 은향이 가족의 비극적인 굶주림 사망은, 성철이의 삶에 거대한 파문을 일으켰다. 사랑이라는 감정이 막 싹틀 무렵에 벌어진 잔인한 현실. 성철은 자신의 무력함과 이 체제의 참상을 동시에 깨달으며, 이전과는 완전히 달라진 시선으로 세상을 바라보게 된다. 성철은 더 이상 '한 방으로 모든 걸 해결할 수 있다'는 환상 따위는 갖지 않게 된다. 북조선 고난의 행군의 어둠은 여전히 길고 깊었다. 그리고 은향이의 마지막 숨결은, 성철의 가슴 속에서 영원히 사그러지지 않는 슬픈 기억으로 남았다.

체제에 대한 분노

***

한편 성철은 동생이 쓰러졌다는 소식을 접하고도 당장 어떻게 할 수 없었다. 다급하게 달려온 집에서는, 앳된 얼굴의 동생이 얇은 이불에 덮인 채 힘겹게 숨을 몰아쉬고 있었다. 그 모습을 본 순간, 성철은 온몸이 굳어 버렸다.

"영양실조가 분명해."
어머니는 떨리는 손으로 동생의 이마를 짚었다. 그러나 어머니 역시 얼굴이 파리했고, 다리에 있는 지병으로 인해 통증에 시달리는 듯 했다. 그녀의 굳은살투성이 너머로 보이는 휘어진 다리가 성철의 눈을 아프게 찔렀다.
"어머니, 병원에 데려가야 하지 않을까요?"
성철이 조심스레 물었지만, 어머니는 고개를 저었다. 이미 온동네 사람들이 굶어 죽어 가고 있는데.
성철은 비쩍 마른 동생의 작은 손을 가만히 잡았다. 뼈마디가 고스란히 느껴질 정도로 살이 빠진 손을 보자, 가슴이 저려 왔다. 그러면서도 한편으로는 믿기 힘들었다. '우린 굶어 죽게 생겼는데, 도대체 이게 무슨 낙원이라는 거지? 학교에선 매번 '천국'이라는데, 현실은 왜 이 모양인가.'

며칠 뒤, 동생은 겨우 호흡을 고르게 가다듬고 조금씩 미음을 삼킬 수 있게 되었지만, 영양 상태는 여전히 최악이었다. 게다가 어머니의 통증도 점점 심해져, 걸을 때마다 "아이고…" 하는 앓는 소리가 잦아졌다. 누군가 도움을 줄 수 있다면 좋겠지만, 이웃들도 다들 사정이 비슷했다. 배급이 턱없이 부족하다 보니, 모두가 생존 자체에 급급했다.

하지만 마을 방송에서는 날마다 똑같은 메시지가 흘러나왔다.

"동지들, 수령님께 대한 충성을 더욱 강화합시다! 이 고난의 시기에 혁명적 신념으로 뭉쳐야 합니다!"

방송을 들을 때마다 성철은 신경이 곤두섰다. '충성, 충성… 도대체 왜 이런 와중에도 저런 말밖에 못 하는 거야? 사랑하는 은향이와 그녀의 가족이 굶어 죽었는데, 우리 이웃들은 계속 굶어 죽어 가고 있는데…' 학교에 가면 상황은 더했다. 교장은 아침 조회에서 높은 목소리로 지시문을 읽어 내려갔다.

"최근 적대 세력들의 음모가 극도로 심각합니다! 학생들은 장군님에 대한 절대적 믿음으로 똘똘 뭉쳐야 합니다!"

성철은 그저 고개만 숙이고 있었다. 한껏 결연한 표정으로 고개를 끄덕이는 일부 학생들이 있었지만, 대다수는 이미 지쳐 있었다. 누구도 마음속으로는 이 '충성 구호'가 삶을 구해 주리라고 믿지 않았다. 하지만 입 밖으로 내는 순간, 그건 곧 자신에게 불이익으로 돌아올 수도 있었다.

성철이 앉은 자리를 힐끔 보던 노교사가 그를 지목했다.

"성철 학생, 표정이 왜 그리 어두운가? 무슨 불만이라도 있나?"

성철은 당황스러웠지만, 눈을 마주치지 않으려 애썼다.

"아닙니다, 선생님. 그냥 몸이 조금 안 좋아서…"

그러자 노교시는 마치 기회를 잡았다는 듯, 호령하듯 말했다.

"그럴 때일수록 정신을 똑바로 차려야 한다! 우리에게는 수녕님의 은혜가 있지 않느냐!"

성철은 순간적으로 분노가 치밀었다. '무슨 은혜? 우린 굶고 있는데… 수많은 사람들이 굶어 죽고 얼어 죽고 맞아 죽고 인민이 다 죽어 가는데, 어디에 은혜가 있다는 거야!'

하지만 그는 꾹 참았다. 이런 생각을 입 밖으로 꺼냈다간 무슨 일이 일어날지 뻔했다. 이미 체제에 대한 의심이 깊어진 소년의 눈에는, 그 교사 역시 잔뜩 체제 선전에 물든 인물로밖에 보이지 않았다. 혹은 어쩌면, 저 사람도 현실을 알고 있으면서도 체제에 맞춰 살기 위해 스스로를 속이고 있는 걸지도 모른다.

그날 오후, 성철은 수업이 끝나자마자 달려 나왔다. 머릿속이 복잡해져서 교실에 더 머무르고 싶지 않았다. 시린 공기를 마주하며, 학교 뒷길을 따라 조용히 걸었다. 문득, 이수진이 말해 주었던 남조선 드라마의 한 장면이 떠올랐다. 밝은 카페에서 사람들이 여유롭게 차를 마시고 웃는 모습. '정말 저쪽 세계도 완벽하지는 않겠지. 그래도… 최소한 이렇게 배고파 쓰러지지는 않잖아. 나라가 나서서 거짓말로 현실을 가리진 않겠지…'

분노의 불씨

***

성천패와 항구패의 지역을 차지하기 위한 싸움이 또 일어났다. 항구패는 장마당으로 세력을 확장하고 싶었다. 그러나 성천패가 차지하고 있는 지역이라 쉽지 않았다. 항구패는 성천패를 장악해야 장마당으로 진출할 수 있었다. 장마당은 학교에 나오지 않고 장사를 하는 학생들을 단속하며 돈을 갈취할 수 있는 좋은 먹이사슬이었다. 성철은 성천패에서 영향력을 끼치는 작은 두목이었다. 조선인민군 경보병여단을 제대한 형님이 성천패의 두목이었다. 성철이 윗선에도 형님들이 있었는데 성천패는 넓은 구역을 장악하고 있는 커다란 조직이었다. 그러나 항구패의 세력도 만만치 않았다. 그들은 서로의 경제적 이익과 지역적 헤게모니를 위해 싸우고 또 싸웠다. 그날도 패싸움 소집이 있었다. 각 학교들과 청년들이 패싸움에 가담했다.

모든 건 그날 한밤의 패싸움에서 시작됐다. 성철은 곤두선 신경을 숨기지 못한 채, 동생들과 친구들을 데리고 어둑한 골목을 향해 걸었다.

"이번엔 진짜 끝장을 보자."

그는 낮은 목소리로 속삭였다. 정작 동생들은 겁을 먹은 기색이 역력했지만, 성철의 눈빛이 워낙 매섭기에 아무도 말리지 못했다.

최근 들어 성철의 분노는 급격히 치솟았다. 굶주림과 고달픈 현실 앞에서 더 이상 어쩔 수 없다는 무력감이, 결국 폭력으로 돌파구를 찾으려는 모양새가 된 것이다. 그날 밤, 익히 소문나 있던 항구패가 골목을 장악한다는 얘기가 들리자, 성철은 주먹을 꽉 쥐고 동생들을 이끌었다.

"형, 진짜 이러다 큰일 나는 거 아니야?"

한 후배가 떨리는 목소리로 물었다.

"무슨 말이야? 저거 보면서 그런 말이 나와? 그런 마음으로 뭘 할 수 있겠어?"

싱철의 목소리는 이미 흉포해져 있었다.

마주한 골목에서 항구패가 몰려왔다. 서로 시비가 오고 가는 사이, 순식간에 피 튀기는 패싸움이 벌어졌다. 귀청을 찢는 고함 소리와 함께, 골목 곳곳에서 비명이 터졌다. 손에 잡히는 대로 내려치고 발길질을 하고 정신이 없었다. 손에 잡힌 대로 휘두르는 살벌한 전쟁이었다.

성철은 주먹을 휘두르며 앞장섰다. 그동안 쌓인 분노가 폭발하듯, 상대 패거리를 향해 맹렬히 달려들었다.

"비켜!"

동생들을 뒤로 두고 그는 몸을 날렸다. 그의 발길질에 상대는 명치를 맞아 꼬꾸라졌고 그 뒤의 녀석은 성철이가 몸을 비틀며 휘두른 팔꿈치에 턱을 얻어맞고 쓰러졌다. 성철이는 성난 호랑이마냥 싸움판을 누비고 다녔다. 성철이 앞에 나타나는 사람들의 얼굴이 모두 은향이와 그의 가족을 죽이고 어머니와 동생을 고통속에 몰아넣은 세상의 악귀 같아 보였다. 성철은 발로 차고 머리로 받아 버리고 주먹을 휘두르며 싸웠다. 갑자기 앞에서 한 녀석이 칼을 휘두르면서 달려들었다. 성철은 두어 걸음 뒤로 몸을 물렸다가 칼을 든 손이 내려오는 순간 잽싸게 발길질을 하여 그의 목을 걸어 찼다.

"윽…" 그 녀석은 그 자리에서 꼬꾸라지고 그 뒤 녀석이 삽을 휘두르면서 달려들었다. 성철은 날아드는 삽자루를 피하며 그녀석을 향하여 주먹을 날렸지만 비껴갔다. 그런데 뒤에서 누군가가 성철의 등을 발로 찼다. 뒤돌아볼 사이도 없이 비껴갔던 삽이 성철의 정수리를 향하여 서슬 푸르게 내려오고 있었다. 성철은 반사적을 머리를 갸웃하면서 피했다. 찰나.. 섬뜩한 느낌과 함께 머리가 갑자기 시렸다. 그리고 무언가 뜨거운 것이 오른쪽 눈썹을 타고 내려오고 있었다. 손등으로 문질러 보니 피가 흐르고 있었다. 앞을 바라보니 그 녀석이 또 삽을 들고 달려들고 있었다. 성철은 떨어지는 삽자루를 향하여 손을 내어 뻗어 막아 내면서 몸을 돌려 발로 그녀석의 턱을 올려 찼다. "악 ~" 하는 소리와 함께 그녀석은 몸이 그대로 둥 떠오르면서 뒤로 나가 떨어졌다. 그제서야 성철은 머리가 아파오는 것을 느꼈다. 머리를 감싸 쥐고 있는데 성철이를 따라다니던 동생들이 "형님 여기를 빠져나가야 해요."라고 하면서 성철이를 잡아끌어 싸움 장소를 벗어났다. 삽 모서리에 찍힌 자국이 머릿속 살점을 파고 나갔는지 한 덩이가 뚝 떨어진 것 같았다.

골목 바닥이 빙글빙글 돌았고, 성철은 그 자리에 무릎을 꿇었다.

"형님!"

동생들이 달려와 그를 부축하려 했지만, 이미 성철의 정신이 반쯤 나가 있었다. 시야가 흐려지고, 귀에는 웅웅대는 소음만 들렸다.

그 소란 중에, 어디선가 시 청년동맹 단속원들이 몰려왔다.

"뭐야, 이 불량배들!" 목소리가 날카롭게 골목을 찔렀다.

눈을 뜨니, 성철은 낯선 건물 한구석에 웅크려 있었다. 머리가 욱신거렸고, 붕대를 대충 감아 놓았는지 피가 스며들고 있었다.

"깨어났네."

어디선가 차가운 목소리가 들렸다. 시 청년동맹 간부로 보이는 남자가 무표정한 얼굴로 서 있었다.

성철은 아찔한 통증을 느끼며 주변을 살폈다. 동생들과 친구들 몇 명도 옆에 앉아 있었는데, 이미 뺨이 부어오른 상태였다. 다들 겁에 질린 표정이었다.

"이 비상시국에 패싸움이라니… 어디서 감히."

간부는 서류를 들고 혀를 차듯 말했다.

성철은 목이 메어 말을 잇지 못했다. 머리가 깨질 듯 아팠고, 이내토라면 모두가 큰 문제에 휘말릴 게 뻔했다.

"일단 애들 전부 구류해야겠군."

간부가 옆에 있는 다른 단속원에게 지시했다.

그제서야 성철은 간신히 끽 소리를 냈다.

"저… 잘못했습니다."

하지만 시 청년동맹 쪽은 관심 없어 보였다. 불량 청소년으로 낙인찍힌 이상, 그들을 다룰 방법은 구류와 폭행뿐이라고 믿는 듯했다. 몇몇 단속원들은 이미 성철이를 잘 아는 사람들이었다. 그들은 비웃듯이 성철의 부상을 쳐다보았다.

"머리를 맞았나 보네. 싸움을 잘하면 다냐? 이 새끼들을 경찰에 모두 넘겨!"

시 청년동맹 "불량청소년 단속 그루빠"("단속 그루빠"는 북한에서 사용되는 용어로, 특정한 단속 임무를 수행하는 조직이나 단속반을 의미한다. 이 용어는 러시아어 "그루빠(группа)"에서 유래한 것으로, "그룹" 또는 "조직"을 뜻한다. 북한에서는 다양한 분야에서 이러한 "그루빠"가 운영되며, 특히 비사회주의 행위나 외부 정보 유입을 차단하기 위한 단속 활동에 활용된다.) 책임자가 호통을 쳤다.

묶인 손목의 감각이 사라져 갔고, 성철은 지끈거리는 통증 속에서 고개를 떨구었다. '이젠 어떻게 되는 걸까? 동생은… 어머니는…' 머릿속으로 온갖 생각이 스쳤지만, 그저 피가 배어 나오는 붕대를 만질 뿐이었다.

청년동맹원들은 성철 일행을 끌고 동맹 사무실 뒤뜰에 있는 창고 같은 곳으로 이동시켰다. 거친 쇠창살 문이 "철컹" 하고 닫히는 소리와 함께 숨 막히는 공기가 더해졌다. 한참 뒤, 등 뒤에서 무자비한 구타가 시작됐다.

"우리 체제에 불만 있나?!"

호통과 함께 주먹질이 이어졌다. 성철은 머리의 상처 때문에 속이 어지러웠지만, 맞으면서도 무언가 울컥하는 감정을 억지로 삼켰다. '분명… 굶주림과 분노 때문에 이렇게 되었는데, 결국 또 폭력으로 억누르는 거냐…'

동생들과 친구들은 이미 울상을 지으며 떨고 있었다. "형, 어떡해…" 절망이 담긴 시선으로 성철을 바라봤지만, 성철 역시 대답을 해 줄 수 없었다. '내가 이 길을 택했지만, 이렇게 될 줄은 몰랐어…'

그날 밤, 머리가 깨질 듯 울리고 온몸이 성한 데 없었지만, 성철은 어딘가 깊숙이 묻힌 맹렬한 분노가 여전히 자신을 흔들고 있음을 느꼈다. 이래서 뭘 얻었다고 할 수 있을까. 먹을 것도, 약도, 구제도… 아무것도 손에 쥐지 못했다. '나 혼자 분노한다고, 뭘 해결할 수 있을까…?'

쇄골 밑쪽이 욱신거리고, 머리에 감은 붕대는 이미 피로 얼룩져 있었다. 그럼에도 불구하고, 성철은 초점 없는 눈으로 창살 너머를 응시했다. '그래도… 여기서 끝나지 않아. 언젠가 이 악순환을 끊어 내고 말 거야.' 그 생각만이 지옥 같은 순간을 견디게 해 주는 유일한 버팀목이었다.

그렇게 창고에 가두어 놓고 물 한 모금 안 주더니 삼 일 만에 창고 문을 열고 내보내는 것이었다. 밖에 수진이가 와 있었다.

"시 청년동맹 비서가 아버지의 친구야."

수진이 설명했다. 수진이가 아버지에게 말해서 시 청년동맹 비서에게 미리 손을 써 두었던 것이다. 시 청년동맹비서는 성철의 옆을 지나면서 "빨리 가서 머리 치료를 해라."라고 말해 주며 수진이에게 눈을 찡긋 하고 지나갔다. 성철은 수진이에게 물었다.

"엄마랑 동생이 알아?"

"아니야. 모르셔."

"근데 어떻게 알았어?"

"땅딸보가 나에게 와서 알려줬어."

그 순간 성철은 영호에게 감사한 마음이 울컥 올라왔다. '영호야!!!' 지난번에도 영호가 누나를 불러서 다리를 치료해 주더니 이번에는 수진이에게 찾아가 성철의 상황을 전했던 것이다.

성철의 머리는 빨리 아물었다. 하지만 그는 앞머리를 기르고 다녀야만 했다. 탁구공의 1.5배만큼 큰 흉터가 머리에 나 있었기 때문이다.

6부

보위부에서

외삼촌
***

집으로 돌아오니, 마침 외삼촌 김철국이 허름한 가방을 들고 들어서는 중이었다. 얼굴에 기력이 없었지만, 어딘가 안도한 빛이 스쳤다.

"조금 구해 왔어. 옥수수가루랑 감자 몇 알 정도…"

어머니는 눈물이 그렁그렁해진 채, 식재료를 확인했다.

"이거, 어떻게 구했어…? 얼마나 힘들었을 텐데…"

"누나 이거 애들 먹여. 장마당에서 이것저것 팔아 보고, 강 건너 지인을 찾아가 봤지. 그래도 당장은 먹을 게 있어야 하니까."

어머니 영실의 눈물을 보는 성철의 눈에도 눈물이 고였다. 외삼촌 김철국은 성철이와 영철이에게 있어서 제일 좋은 사람이었다.

삼촌은 늘 성철에게 희망을 심어 주었다.

새벽 공기가 까끌하게 내 뺨을 스칠 때마다, 우리 집 마당엔 늘 희미한 서리가 내려앉아 있었다. 아버지를 잃은 뒤로, 성철은 낡은 담장 옆에서 가만히 앉아 있는 시간이 잦았다. 찬 기운이 성철을 엄습해 왔지만, 정작 성철이가 느끼던 한기는 마음속에서부터 번져 나오는 것이었다. 그러던 어느 날, 멀리서 굵직하고 낮은 목소리가 들려왔다.

"성철아, 거기 있니?"

고개를 돌리자, 어둑한 길 끝에서 외삼촌 김철국이 모습을 드러냈다. 그는 갱도용 안전모를 푹 눌러쓴 채, 등 뒤로 묵직한 자루를 하나 메고 있었다. 깊은 밤인데도, 그가 걸어오는 걸음은 전혀 흔들림이 없어 보였다. 마치 한겨울 폭풍도 피하지 않고 정면으로 돌파하는 것 같았다.

한때는 성철이도 삼촌을 겁내곤 했다. 워낙 무뚝뚝하고 엄중한 분위기여서, 눈만 마주쳐도 식은땀이 흐를 때가 많았다. 그런데 아버지가 없는 지금, 이 집안을 누구보다 강인한 팔로 지켜 주는 이가 삼촌임을 깨닫게 되자, 그 두려움이 어느덧 존경심으로 바뀌어 있었다.

삼촌 김철국은 땀에 젖은 이마를 닦으며 성철에게 말했다.

"성철아, 이 시간에 웅크리고 있으면 감기 들겠다. 얼른 들어가자."

성철은 먼지를 털며 일어서며 삼촌에게 대꾸했다.

"삼촌, 오늘도 광산에서 늦게까지 일하셨어요? 이렇게 밤이 깊었는데… 괜찮으세요?"

삼촌은 어깨를 한번 으쓱하고 대수롭지 않다는 듯이 말했다.

"그깟 피로쯤이야. 동지들이 굶지 않도록 챙기려면 내가 더 분주하게 움직여야지. 우리 집도 마찬가지야. 이거 봐라, 옥수수 조금 구해 왔어."

성철은 삼촌이 건네준 자루를 조심스레 만지며 고마움을 표했다.

"우와… 진짜요? 동생도 엄마도 이걸로 당분간은 끼니를 보탤 수 있겠네요. 감사합니다, 삼촌."

삼촌 철국은 입술에 옅은 미소를 띠며 성철의 어깨를 두드려 주었다.

"고맙긴. 이게 다 나라를 위해, 그리고 인민을 위해 해야 할 일이니. 너도 조만간 잘 먹고 기운 차려야 해. 너희가 건강해야 나도 든든하지."

시골집을 떠난 지 얼마 되지 않아, 엄마(영실)는 허리 부상과 싸우면서도 가족을 돌보려고 노력했다. 동생 영철이는 앓아 누워 기침을 달고 살았고,

온 나라가 "고난의 행군" 여파로 수백만 명이 굶어 죽어 가고 있는 동안, 삼촌은 부지런히 이웃과 직장 동료들을 찾아다니며 임시 거처를 마련하고,

부족한 살림과 먹을 식량을 구해 주었다. 흔히 직장 초급당 비서라 함은 어지간히 힘이 있는 "간부"이기 때문에 으스대는 모습만 떠올리기 쉽지만, 삼촌은 오히려 '모든 일을 두 팔로 직접 뛰어야 한다'고 믿는 사람이었다. 천장 높이 매달아 둔 붉은 구호를 들여다볼 때마다, 그 구호가 말하는 당의 뜻을 실천하겠다며 가족과 동지들에게 헌신하는 모습이 역력했다.

영실은 허리를 살짝 부여잡으며 동생에게 말했다.

"철국아, 나라에서도 분명 우리같이 힘든 사람들을 챙겨 주긴 하는데… 왜 이렇게 늦어지는지 모르겠다."

삼촌 철국은 고개를 끄덕이며 누나를 다독이며 말했다.

"누나야, '고난의 행군' 시기라, 나라 도처에 어려움이 많아. 그렇다고 당에서 누나나 아이들을 방치하지 않을 거야! 당에서 이 어려운 위기를 반드시 극복하고 다시 일어설 거야. 우리가 더 힘내서 나라의 고난을 함께 이겨 내야지."

영실은 목이 메어오는 듯한 목소리로 철국에게 말했다.

"고맙다, 철국아… 늘 미안해서 어쩌니."

철국은 단호한 표정으로 누나에게 확신에 찬 어조로 말했다. 그리고 화물차를 얻어 타고 집으로 떠났다. 철국은 국경 근처 광산에서 살고 있었다. 그곳은 화물 자동차를 타고 네 시간을 가야 하는 곳이었다. 철국은 그 먼 곳에서 누나와 조카들을 위해 왔던 것이었다.

"미안할 거 없어. 내 누나잖아."

낯선 해안 도시로 이주한 뒤, 새로운 포구동의 한 구석에 자리잡은 허름한 집에서 새 출발을 해야만 했다. 사면은 바닷바람이 불어 들어 손발이 곧 잘 얼얼해졌고, 지붕 틈새로 비가 들이치면 온방이 습기로 질척였다.

삼촌은 낮이면 광산에 출근해 동료들과 호흡을 맞추고, 밤이면 직접 발로 뛰어 식량을 구해 오는 삶을 반복했다.

때로는 네 시간이나 화물 자동차를 타고 누나의 집까지 찾아와서 '외부 지역에서 공수한 것'이라며 밀가루를 조금 건네주기도 했는데, 어렴풋이 '이건 굉장히 귀한 거구나'라고만 느꼈다. 삼촌이 가져다주는 식량은, 광산 인민들을 비롯해 누군가에게는 생명의 줄이 되었고, 우리 가족에게도 빛나는 희망이 되었다.

성철은 삼촌이 내민 밀가루 포대를 만지작거리며 물었다.

"삼촌, 이거 어디서 구했어요? 요즘 밀가루 구하기 정말 어려울 텐데…"

삼촌은 이마에 맺힌 땀을 닦으며 대꾸했다.

"어디긴. 여기저기 발품 팔고, 동료들도 조금씩 나눠 주고… 하나씩 모아서 이만큼 됐지. 우리 광산 사람들도 겨우겨우 나누고 있어."

영철은 기침 사이 여린 목소리로 끼어들어 거들었다.

"삼촌, 나… 이거 먹으면 낫겠지?"

삼촌은 목소리를 부드럽게 낮추며 영철의 머리를 쓰다듬으며 말했다.

"그럼. 조금씩 요리를 해 먹으면 힘이 날 거야. 의사 선생님도 영양이 중요하다고 했잖니. 오늘은 내가 국물도 좀 만들어 줄 테니, 걱정 말아라."

"직장 초급당 비서"라는 지위는 큰 권위만큼이나 책임도 막중했다. 삼촌은 윗선에 손을 벌리는 대신, 스스로 대안을 찾겠다는 의지가 강했다. "어려울 땐 서로 돕자."라는 당의 모토가 정말 실행되려면, 누군가 각종 난관을 헤쳐 나가야 했다. 삼촌은 겉으론 무뚝뚝해 보여도, 마음속에는 광산 인민과 가족 모두를 살려 내리라는 결심이 자리 잡고 있었다.

언젠가 삼촌의 집에 놀러 갔을 때 가끔 삼촌이 직장 간부 회의를 마치고 돌아와, 숙모와 조용히 의논하는 광경을 봤다.

"상부에서 물자 지원을 한다더니, 아직 감감무소식이야."

"더 버텨 보라고 하긴 하는데…"

이런 대화가 오갈 때마다, 삼촌의 표정에 스치는 고뇌가 느껴졌다. 그럼에도 그는 "우리가 포기하면 누가 이 책임을 지겠냐."며 이를 악물곤 했다.

숙모는 벽에 기댄 채 탄식하며 말했다.

"여보, 아무래도 국경 쪽도 요즘 단속이 심해졌다는데. 당신도 위험해질까 봐 무서워요."

삼촌은 미간을 찌푸리다 이내 부드러운 표정으로 강조했다.

"여보, 나라가 어려운데 가만있을 수 없잖아. 노동자들이 밥 굶으면 혁명을 어떻게 하겠어. 내가 조금 더 뛰어서 식량을 챙기면, 그게 곧 당에 도움이 되는 거지."

그날 삼촌은 성철의 옆에 앉아 내 손을 살포시 잡으며 그윽한 눈길로 사랑하는 조카를 바라보았다.

"성철아, 엄마랑 영철이를 돌보느라 수고 많다. 성철이가 이렇게 커 주어, 얼마나 든든한지 모르겠다. 겨울이 아무리 길어도, 결국 봄이 오잖니. 우리도 그럴 거다."

성철은 목이 메어 작은 목소리로 나직이 하지만 굳은 의지를 담아서 대답했다.

"네, 삼촌… 꼭 그럴 거예요. 우린 분명 해낼 수 있어요."

그때를 회상하며 성철은 두 주먹을 다시금 서서히 힘주었다.

동생 영철이 바싹 마른 입술로 "형…" 하고 부르다가 이내 말을 잇지 못했다.

성철은 정신을 차리고 영철을 바라보았다. 성철은 동생의 손을 잡으며 작은 목소리로 다정하게 대답했다. "괜찮아, 이제 조금씩 먹으면 나아질 거야."

한편으로 성철은 이 장면이 더없이 가혹하게 느껴졌다. 당국은 방송으로 '수령님을 위해 더 충성하라'고만 외치고, 그 누구도 실질적인 도움을 주지 않는다. 거짓 선전 아래 방치된 민중들의 삶은 한없이 피폐해지고 있었다.

바로 그날 밤, 마을 확성기에서는 여전히 선전가요가 울렸다.
"위대한 수령님께 충성을! 혁명의 승리를 앞당기자!"

어머니는 통증이 더욱 심해졌는지 얼굴을 찡그리고 있었고, 동생도 여전히 축 늘어져 잠든 상태였다. 성철은 뜬눈으로 밤을 지새우며, 그 반복되는 구호를 들었다.

'우린 굶어 죽게 생겼는데… 도대체 이게 무슨 낙원이라고들 하는 거지?'

벽에 기대어 앉은 채 멍하니 천장을 바라보자, 교실에서 노교사가 말하던 내용이 다시 떠올랐다.

"남조선은 지옥이라오! 우린 굶주림 없는 낙원이오!"

하지만 정작 지금 가족들의 모습은 어떤가.

성철의 안에서 희미했던 분노가 더욱 선명해졌다. 대체 왜 이들은 '굶지 않는다'고 말하면서, 현실은 나아지지 않는 걸까? 아니, 도리어 나빠지기만 하는 걸까? 이 절망적인 상황에서 체제는 오직 충성만을 강요한다. '왜 그 충성이란 걸 할수록, 우린 더 가난해지고 더 괴로워지는 거야?'

어쩌면, 평생 배웠던 체제의 '위대함'과 '선전'은 허울뿐일지도 모른다. 성철은 더 이상 이 체제를 전부 믿지 못하는 자신을 숨기고 싶지 않았지만, 무서웠다. 자칫하면 가족과 자신이 위험해질 것이 뻔하기 때문이다.

그러나 그날 밤, 지쳐 쓰러진 동생과 고통에 신음하는 어머니, 한숨만 토해 내는 아버지의 그림자를 보면서, 성철의 마음속에서 결심이 더 단단해졌다.

'내 눈앞에 있는 이 현실이야말로 진실이다. 선전 방송의 말은 아무 소용도 없어. 불합리함을 모른 척하기에는, 이미 가족이 너무나 힘들어하고 있다…'

창밖으로 거리를 내다보았다. 어둠 속에 누군가 쓰러져 있거나, 또 다른 집에서 울음소리가 들리지는 않을까. 이 땅에서 매일같이 벌어지는 고통스러운 일들을, '충성'이란 단어로 덮어 버리려는 체제가 참으로 두려웠다. 하지만 동시에, 성철은 자기 내부에 싹트는 의문을 떨쳐 낼 수 없었다. 언젠가, 이 체제의 거짓말에 스스로 맞서야 할 때가 오지 않을까.

"내가 아무것도 할 수 없을까…?"

성철은 답답함에 고개를 숙였다. 지병으로 앓는 어머니의 고통을 줄이고, 영양실조로 쓰러진 동생을 살릴 수 있는 방법이 필요했다. 지금 당장 할 수 있는 건, 그저 지켜보며 조그만 식량이라도 구해 오는 것뿐이었다.

그러나 마음속에서는 또렷한 목소리가 들려왔다.

'이건 분명 잘못됐어. 이렇게 사는 게 정상일 리 없잖아. 남조선을 지옥이라고 부르면서, 정작 여기가 더 지옥 같은 현실이라니…'

작은 눈물을 닦으며, 성철은 다시 한번 가족을 돌아보았다. 자신을 흔드는 분노와 혼란이 어느 때보다도 크게 요동쳤다. 어쩌면, 이 밤이 지나면 더 극심한 어려움이 닥칠 수도 있다. 그러나 동시에, 이 땅이 변할 수 있다는 작은 희망 역시, 그의 가슴 어느 구석에 움트기 시작했다.

그렇게 소년은, 가족의 고통 앞에서 순응하지 않는 마음을 조금씩 키워 가고 있었다. 아직은 한없이 여리고 위태로운 불씨 같았지만, 그 불씨가 언젠가는 커다란 불꽃이 되어, 거짓으로 가득 찬 체제의 어둠을 뚫고 나아갈 수 있으리라고…

성철은 아직 확신할 수 없었지만, 마음 깊은 곳에서 간절히 바라고 있었다.

분노의 용광로
***

성철은 오늘도 축 늘어진 자세로 골목 모퉁이에 기대 앉아 있었다. 삐걱 대는 철문 뒤편으로는 북조선 당국의 선전 구호가 희미하게 들렸다. "사회 불량배들을 모조리 쓸어 버리자!"라는 구호 속에서, 그는 발길질로 작은 돌 멩이를 차며 쓸쓸한 웃음을 지었다.

"네가 왜 여기 또 쪼그리고 앉아 있니, 성철아?"

반찬거리를 사러 가던 이웃 아주머니가 성철을 보곤 잠시 멈춰서 물었 다. 하지만 성철은 대답 없이, 고개만 슬쩍 돌렸다. 아주머니는 한숨을 내 쉬더니 서둘러 발걸음을 옮겼다. 어차피 말을 붙여 봐야 돌아오는 건 무표 정한 얼굴과 무례한 말뿐이라는 걸 이미 동네 사람들은 잘 알고 있었다.

저녁 무렵, 성철의 어머니는 작은 부엌에서 국수를 말고 있었다. 김이 모 락모락 피어오르는 국수 위에 양념을 조심스레 얹으며, 잔뜩 굳은 표정으 로 창밖을 내다보았다.

"오늘은 또 언제 들어오려나…"

곧 해가 저물 텐데, 아들은 아직도 돌아오지 않았다. 최근 들어 성철은 사회 불량배들과 어울리며 패싸움을 일삼는다고 소문이 자자했다. 그중 몇몇은 북조선 당국에서도 눈엣가시로 보는 비행 청소년들. "사회주의 체제에 해악을 끼치는 불량배는 가차 없이 숙청해야 한다."라는 지시가 어디서부터인가 내려오고 있다는 소문이 들려올 때마다, 어머니의 가슴은 덜컥 내려앉았다.

그녀는 부엌 안 작은 사진틀에 시선을 주었다. 그곳에는 인민복 차림의 남편이 반듯한 자세로 서서 찍은 사진이 있었다.

"네 아버지처럼, 당에 충직한 간부가 되어야 하는데…"

성철이 어릴 때만 해도, 아버지를 '위대한 아버지'라 부르며 자랑스러워하던 밝은 아이였다. 하지만 아버지가 사고로 세상을 떠난 뒤로, 성철의 분노와 슬픔은 점점 삐뚤어진 행동으로 표출되기 시작했다. 당의 행사에 참여하지 않고, 학교도 자주 무단결석을 했다. 그러더니 몇 년 전부터는 주먹을 휘두르며 동네 불량배들과 어울리는 모습을 보였다. 성철이 또래들이 가끔 들려 식량과 고기며 기름도 가져오곤 했다. 성철이가 보내는 것이라면서. 영실은 의심이 되었지만 뭐라 물어볼 수도 없었다.

성철은 아버지를 잃은 뒤로 품어온 분노를 주체하지 못했다. 집 안 곳곳에 '충성'과 '혁명'이라는 단어가 넘쳐나는데, 정작 아버지가 당에 그렇게 헌신했어도 결국 허망하게 목숨을 잃었다는 사실이 그에겐 참을 수 없는 불합리였다.

'당이 뭔데? 혁명이 뭔데? 결국 아무도 나를 구해 주지 않았잖아…'

이런 삐뚤어진 생각이 점차 그를 지배했고, 조금씩 '우리식 사회주의'라 불리는 체제 자체에 반감을 품게 되었다. 그러나 그런 감정을 입 밖에 내는 순간, 그에겐 목숨보다 소중한 어머니의 안전까지 위협받게 될 터였다. 그래서 성철의 분노는 밖으로 겉돌며 폭력으로 폭발할 수밖에 없었다.

늦은 밤, 성철은 온몸에 멍이 든 채 집에 돌아왔다. 어머니는 국수 그릇이 식어 버린 것도 모른 채, 들숨에 울음이 섞인 목소리로 아들을 불렀다.

"성철아, 또 싸움질하고 다녔니?"

"내가 뭘 했다고 그래요. 그냥 좀 놀다 온 거라고."

성철은 요즘 어머니에게 대들며 분노하고 좀처럼 제어가 되지 않는 자신을 느끼며 화를 참을 수 없었다.

"어딜 가든 네 소문이 돌고 있단다. 당국에서 불량배들을 색출하려고 혈안이라더라. 제발 좀…"

성철은 어머니가 조마조마해하며 잔소리를 늘어놓을 때마다, 차오르는 화를 간신히 누르곤 했다. 내뱉고 싶은 말이 많지만, 지금 이 집에서 어머니 외에 기댈 곳은 없었다.

"됐어요, 나 좀 내버려둬요."

쓰라린 상처가 욱신거렸지만, 그는 방으로 들어가 문을 쾅 닫았다.

어머니는 대답 대신 문 밖에 서서 한참을 기다렸다. 조용히 문틈 사이로 아들의 실루엣만 희미하게 보였다.

'네가 아버지처럼 훌륭한 간부가 되어 주길 바랐는데…'

그녀는 작은 한숨을 삼켰다. 아들에게 '간부'라는 말이 이제는 더 이상 자랑이나 희망이 되지 못함을 알고 있었다. 그래도 그녀에겐 어쩔 도리가 없었다. 이 사회에서 아들이 '정상적인' 길을 가려면, 결국 당의 뜻에 부합해야만 하는 현실. 그러나 그 길이 아들의 분노를 더욱 자극하고 있다는 것도 느껴졌다. 하지만 아들의 그런 모습이 낯설고 서운하기도 했다.

이튿날 아침, 북조선 당국의 포고문이 마을 이곳저곳에 붙었다.
"패싸움 및 사회질서 교란 행위를 일삼는 불량배를 강력히 처벌할 것이며, 재범 시 무조건 교화소로 보낼 것!"
어머니는 그 붉은색 포고문을 보며 새파랗게 질렸다.
'성철아, 이제 정말 끝이야…'
아들이 언제 또 사고를 칠지 모르는 일. 동네마다 순찰이 강화될수록, 어머니의 불안과 근심은 눈덩이처럼 불어났다.
성철은 초조함과 분노로 뒤엉킨 마음을 감추지 못하고, 또다시 골목을 배회했다. 한편으로는 잡혀갈까 두려웠지만, 도무지 그의 마음속에 쌓인 화산 같은 분노를 어떻게 달래야 할지 몰랐다.
"아버지처럼, 정말 그렇게 살아야 하는 걸까? 난… 그럴 자신이 없는데…"
가끔씩 아버지와 행복했던 시절이 떠오를 때면 마음 한구석이 허무하게 울렸다. 그러나 그는 곧 다시 주먹을 쥐어 본다.
'그래, 세상이 날 어떻게 보든, 나도 두려울 게 없다. 다만 어머니를 괴롭히고 싶지는 않아…'

복수의 불씨와 어긋난 야망

***

 영실이를 덕칠에게 빼앗겼다고 여기며 덕칠이와 영실이를 미워한 진호는 오래도록 덕칠을 향한 복수심에 사로잡힌다. 덕칠과 영실에게는 그가 보위부 간부라는 것이 너무나 위험했다. 왜냐하면 보위부는 죄를 만들어 낼 수 있는 곳이기 때문이다.

 "철저히 감시하다가 언젠가 덕칠이 사고를 치면, 그때는 교화소나 정치범 수용소로 보내 버려야지."

 영실은 이를 막아 보려 애쓰지만, 이미 진호가 쥐고 있는 권력은 생각보다 강고했다. 그러나 진호는 덕칠을 어떻게 할 수 없었다. 덕칠이가 남조선 파견 임무를 맡아 2차로 다녀왔고 덕칠은 이미 진호가 막 다룰 수 있는 인물이 아니었다. 그는 이번에도 임무를 성공하여 영웅처럼 떠받들리고 있었다. 첫 번째 침투 때 그의 공로를 가로챘지만 두 번은 안 되었다. 진호는 기회만 엿볼 뿐이었다.

 훗날 영실은 덕칠의 아이인 성철을 낳았고, 덕칠은 당 간부로서의 길을 계속 걸었지만, 진호와의 갈등은 평생 지울 수 없는 상처로 남았다.

 진호는 간부로 승진한 뒤에도 영실에게 미련을 버리지 못하고, 덕칠을 몰락시키려는 집착에서 벗어나지 못한다.

 세 사람의 얽히고 설킨 인연은 훗날 덕칠의 아들 '성철'에게도 깊은 그림자를 드리웠다. 복수심에 가득 찬 박진호의 존재는, 덕칠의 가정에 끝없이 어두운 먹구름이 되어 드리우고 있었으니 말이다.

국가 안전보위부 해안시 보위부 박진호 부장.

북조선 해안시의 시보위부장 방, 한낮인데도 창문이 두터운 커튼으로 가려져 어둡고 침침했다. 이곳에서 박진호는 손에 든 서류를 세차게 던졌다. 부서진 찻잔이 쨍그랑 소리를 내며 바닥을 굴렀다.

"젠장… 덕칠, 그 녀석 때문에!"

이제는 그 아들 성철이가 자신을 찾고 있다는 것이 찝찝했다.

진호의 시선은 붉게 충혈된 채였다. 광덕칠, 1차 남조선 파견 공작으로 혁혁한 공을 세웠으나, 진호 아버지가 보고서를 조작해 그 공로를 빼앗았다. 이미 오래전 일이었지만, 진호는 오히려 그때부터 더욱 덕칠을 의식하게 되었다. 그러나 덕칠의 2차 남조선 파견 공작 성공으로 진호는 덕칠을 조심히 대해야 했다.

간부 집안 출신으로 보위대학까지 졸업해 승승장구한 진호였다. 그런데도 이상하게 덕칠만 생각하면 심장이 뛰고, 억눌린 질투와 불안이 솟아났다. 어찌 보면 "내가 이긴 게임"인데도 마음이 편치 않았다. 이유는 간단했다.

"영실은 결국 덕칠을 선택했으니까."

영실. 한때 진호가 꽤나 마음을 줬던 여자였다. 그러나 그녀는 덕칠을 택했다. 더욱이 혁명 전선에서 실제로 '위대한' 성과를 올린 건 덕칠이란 사실이 영실에게도 분명히 보였을 터.

진호는 "자신이 보고서 바꿔치기로 승진했다"는 불편한 진실을, 영실이 이미 짐작하고 있으리라는 생각에 늘 초조했다. 그는 자신의 우월감을 과시하며 그녀를 무릎 꿇리고 싶었고, 동시에 인정받고 싶었다. 이 모순된 감정은 그를 점점 비뚤어진 행동으로 몰아갔다.

시간이 흘러, 전방 부대에 새로 배정된 영실은 소규모 훈련단의 보급 업무를 맡아 조용히 지내고 있었다. 덕칠과의 사이에서 태어난 성철을 혼자 돌보는 처지였지만, 영실은 강인한 성격 덕에 힘든 환경을 버텨 냈다. 군사 훈련에 직접 투입되는 전투병이 아니었기에, 본래라면 위험한 임무와는 거리가 멀었다.

그러나 어느 날, 상부 지시가 번개처럼 떨어졌다.

"영실 동무, 이번 낙하 훈련에 지원하라."

간호 담당인 그녀가 갑자기 고난도 강하 훈련을 받아야 한다는 건 언뜻 이해가 되지 않았다. 영실은 납득할 수 없어 지휘관에게 물었다.

"교관동지, 저는 낙하 훈련과 관계없는 업무를 맡고 있습니다. 게다가 제 신체 상태도…"

지휘관도 곤란한 표정을 지었다.

"상부의 명령이다. 더 묻지 마라."

낙하 훈련 당일은 혹독한 추위 속에서 진행됐다. 구형 수송기 한 대가 활주로에 대기 중이었고, 영실과 다른 훈련병들은 얼어붙은 바람 속에서 대기했다. 겉보기에는 '항공특전부대' 훈련처럼 보였지만, 현장 지휘관조차 기묘한 위화감을 느꼈다.

비행기가 떠오르는 순간, 영실의 이마엔 식은땀이 흘렀다. 기내가 요동칠 때마다, 주위 남성 훈련병들도 긴장한 기색이 역력했다. 낙하 훈련은 숙련된 전투원에게도 쉽지 않다. 그런데 처음 투입된 영실은 사전 교육도 거의 없었다.

그리고 드디어, 교관의 신호에 따라 한 사람씩 문을 통과해 뛰어내리기 시작했다. 머리 위 낙하산이 펴지는 소리, 온몸을 타고 드는 공기의 충격. 영실도 간신히 뛰어내렸지만, 낙하산 개방 순간 어깨끈이 제대로 풀리지 않는 느낌에 식은땀이 났다.

추락. 지면이 예상보다 훨씬 빠르게 다가왔다. 영실은 자세를 잡으려 애썼으나 이미 늦었다. 비틀린 낙하산이 반쯤 펴진 상태였고, 강풍이 옆으로 휩쓸어 버렸다.

영실이 떨어진 곳은 완벽하게 마련된 착지 지점이 아니었다. 땅에는 울퉁불퉁한 바위와 얼어붙은 땅이 드러나 있었다. 충격이 세차게 온몸을 덮쳤다. 쿵! 하는 소리와 함께 영실의 입에서 비명이 터졌다.

"으아악…!"

동료 훈련병들이 허둥지둥 달려오자, 영실은 이미 거의 의식을 잃은 상태였다. 낙하산 줄이 목덜미를 걸치고 있어 그마저도 숨쉬기 어려운 모습. 급하게 응급 처치를 시도했으나, 그녀의 척추는 심각하게 다친 듯했다.

요란한 사이렌, 군용 구급차의 출동, 들것에 실려 가는 영실의 창백한 얼굴, 흐릿한 시야 너머로 비명 섞인 숨소리가 작게 흩어졌다. 의무관은 단숨에 상황이 심각함을 깨달았다. "빨리 후송해야 한다! 척추 손상 가능성이 높다!" 하지만 이 모든 훈련이 왜, 어떻게 이런 식으로 진행되었는지는 현장에 있던 누구도 알지 못했다.

아버지의 야망과 아들에게 거는 기대
※※※

박진호가 처음 '훈육'이라는 단어를 들은 것은 다섯 살 무렵이었다.

아버지는 진호에게 "너는 특별한 아이"라고 말했지만, 그 말은 결코 자상한 칭찬이 아니었다. 아버지의 눈빛은 언제나 매섭고, 그 목소리에는 특수부대 군지휘관출신의 특유의 단호함이 서려 있었다.

"너는 당과 군대의 중요한 위치를 이어 가야 할 사람이니 약해선 안 돼."

박진호의 아버지는 엄청난 야심을 가진 63저격여단의 여단장 출신 특수부대 지휘관이었었다. 그는 초급 지휘관으로 복무하던 당시 사랑하던 애인을 버리고 군부의 당기관 간부의 딸과 결혼하여 벼락 출세를 한 인물이었다. 진호의 아버지는 자신이 복무하던 부대에 진호를 보내서 그의 출세에 발판을 마련하고자 하였다. 그래서 진호를 엄하게 군대식으로 키웠다.

"흔들리지 않는 철의 의지를 가져야 한다."

이런 말이 이어질 때마다, 진호는 마치 군대의 훈련장 한복판에 선 것처럼 얼어붙곤 했다. 아버지는 한 번도 진호를 다정하게 안아 주거나, 실수를 덮어 주지 않았다. 오히려 작은 반항이라도 보이면 "혁명 가문이 될 자격이 없구나."라며 진호를 철저히 무시했다.

어린 마음에도 가끔은 대들고 싶었다. "이렇게까지 할 필요가 있냐"고 묻고 싶었지만, 아버지의 눈빛이 날카롭게 변할 때마다 온몸이 움츠러들었다. 아버지는 '빈틈을 보이지 말라'는 말로 진호를 압박했고, 그 날들이 쌓이면서 진호는 점점 더 무자비함과 복종을 자연스럽게 습득했다.

잔혹한 권력 투쟁, 아버지의 피도 눈물도 없는 모습이 아버지에 대한 진호의 이미지였다. 진호가 가장 크게 충격을 받은 날은, 아버지의 라이벌로 알려진 고위 간부가 숙청되던 장면을 직접 봤을 때였다. 아버지의 뜻대로 63저격여단에 입대하였고 휴가 받아 아버지에게 오느라 그의 사무실이 있는 회색빛 복도를 걸어가던 진호는 우연히 아버지의 라이벌 간부와 그의 측근 몇 명이 군인들에게 끌려 나가는 것을 보았다. 이후 그들은 감쪽같이 사라졌다. 진호는 의문을 품고 아버지에게 물었다.

"아버지, 그 사람들은 왜 다 없어진 거예요?"

아버지는 짧고 냉정하게 답했다.

"당을 배신하면 이렇게 된다. 다른 설명은 필요 없다."

그 순간 진호는 '아버지가 정말 무시무시한 힘을 가졌구나. 다른 이들은 아버지를 두려워하지만, 난 그의 아들이다…'라는 사실을 온몸으로 느꼈다. 동시에, 아버지가 그것을 전혀 죄책감 없이 여기는 듯하다는 점에서 두려움이 커졌다.

"배신자들은 용서가 없다. 너도 기억해라."

같은 시선으로 바라본 아버지는 무표정했다. 차라리 기계처럼 보였다.

'아버지는 나를 이 냉혹한 권력 기계의 부속품으로만 취급하는 걸까?'

가출 시도와 아버지의 강제 귀환

***

중학생 시절, 박진호가 집을 뛰쳐나간 것은 단 한 번이었지만, 그 파장은 매우 컸다. 아버지의 '끝없는 강압'과 '사람을 도구처럼만 여기는 태도'에 지쳐 있던 진호는 어느 날, 순간적인 충동으로 가방 몇 개만 챙겨 집을 나섰다. 걷고 또 걸어, 동네에서 멀리 떨어진 공장 지대 부근까지 달려갔을 땐 이미 밤이 깊었다. 허름하고 초라한 여관 간판을 발견했을 때, 진호는 '이대로 어디까지 갈 수 있을까?' 막연한 생각에 시로잡혔다. 낯선 공간, 새벽 공기 속에서 진호는 한참 동안 잠을 이루지 못했다. 낡은 장판을 한 바닥에 엎드린 채, 자신이 아버지의 통제에서 벗어난 자유로운 존재가 된 듯한 묘한 해방감을 잠시 느꼈다. 그러나 그 해방감은 불과 몇 시간도 가지 못했다. 동이 트기도 전에, 아버지가 보낸 보위부원들이 여관방 문을 박차고 들어왔고, 진호는 순식간에 붙잡혀 차에 실렸다.

집으로 돌아온 진호를 맞은 건, 예상대로 아버지의 차가운 시선이었다.

아버지는 마치 승리한 포식자처럼 싸늘히 웃으며 말했다.

"네가 길을 잘못 들었구나. 내 아들답지 않게 굴어서는 안 된다."

그 한마디는 사실상 '너는 절대 내 손바닥 밖을 벗어날 수 없다'는 선언처럼 들렸다.

진호는 아버지가 곧바로 잔소리를 퍼붓고 매질을 할 것이라고 예상했지만, 아버지는 오히려 차분하고 냉정했다.

그러나 그 밤, 아버지는 진호를 방에 가두고, "이 일이 세상에 알려지면 어떤 후폭풍이 생기겠느냐.", "고위 간부 아들이 가출이라니, 아버지 배신으로 보이지 않겠느냐."며 잔혹한 말들로 몰아세웠다.

진호는 의문이 들었다. '아버지는 내 마음이 어떤지 전혀 신경 쓰지 않는 걸까? 왜 체면과 권력에만 이토록 집착하는 걸까?'

하지만 아버지는 진호가 감정적으로 흔들리는 틈을 주지 않았다.

식사를 제한당해 허기가 지고, 목이 말라 물조차 충분히 마시기 어려운 방 안에서, 진호는 바깥 세상을 꿈꾸던 자신을 점차 포기하기 시작했다. 진호는 어려서부터 노래를 좋아하여 가수가 되고 싶었다. 그의 목소리는 아주 훌륭하게 타고났다. 진호의 어머니가 당 예술선전대에서 잘나가는 가수 출신이었으니 그럴 만도 했다. 그러나 진호가 원하는 것과 아버지가 바라는 것은 너무나 극적으로 대조되었다.

'결국 이 집안에서 벗어나는 건 불가능하겠구나. 내가 감히 할 수 있는 일이 아니야.'

그리하여, 가출을 감행하기 전까지 품었던 조그만 희망은 온데간데없이 사라졌다.

진호는 스스로 다짐했다. '어차피 아버지의 뜻대로 가야 하나… 그래야만 이 고통에서 조금이나마 벗어날 수 있을 거야.'

아이러니하게도, 아버지에게서 도망치려 했던 사건이 오히려 '아버지에게 순종하는 길'을 선택하게 만드는 계기가 되어 버린 셈이었다.

시간이 흘러, 진호는 보위대학에 진학해 우수한 성적으로 졸업했다.

어린 시절부터 어쩔 수 없이 익혀 온 '복종과 무자비함'이 그를 특수부대 내에서도 "능력 있다"고 평가받게 해 준 것이다. 간부들 역시 고위층 '가문' 출신인 진호에게 쉽게 고개를 들지 못했다.

그렇게 진호는 빠르게 승진했고, 주변에서는 그를 "장래가 촉망되는 혁명가"라고 추켜세웠다.

그러나 진호는 늘 마음속에 의문을 안고 있었다.

'이게 내 진짜 실력이라기보단, 결국 아버지의 권력 덕이겠지…?'

그런 생각이 들 때마다, 가출 당시의 절망감이 다시 살아나는 듯했다.

'결국 난 아버지의 의지대로 만들어진 꼭두각시가 아닐까?'

그러던 어느 날, 아버지는 진호에게 새로운 명령을 통보했다.

"중앙 군사위원 동지의 따님과 혼인 이야기가 오고가고 있다. 너도 이제 가정을 꾸려야 하지 않겠냐."

아버지의 목소리는 이미 모든 것이 결정되었다는 듯한 어조였다.

진호는 순간, '또 시작이구나. 아버지는 내가 누구와 결혼하든 내 의사를 존중할 마음이 없겠지'라고 직감했다. 그리고 머릿속에는 소문으로 들었던 "당중앙 군사위원의 딸"이 떠올랐다. 이건 분명 '아버지가 정치적으로 더 높은 권력과 연을 맺으려는 정략결혼'이었다.

"둘이 만나 볼 자리 마련했으니, 제대로 차려입고 나가라."

진호는 속에서 무언가 끓어오르듯 분노가 치밀었지만, 입 밖에 내지 못했다. 실은 진호에게 마음속에 품은 이가 있었다.

부대에서 친구 덕칠과 만났던 '영실'은 고위층이 아니지만 성실함과 배려심이 돋보이는 그녀였다.

함께 있을 때면, 영실은 "진호동지, 표정이 왜 그렇게 굳어 있어요? 웃으면서 말해 봐요."라고 장난스럽게 접근해 주곤 했다.

진호는 그녀에게서 자신이 잃어버린 '사람다운 온기'를 느꼈다. 진호는 그녀에게 마음이 끌리는 것을 어쩔 수 없었다.

하지만 이내 깨달았다. 아버지는 이 결혼을 허락하지 않을 것이라는 걸.

진호가 더 높은 권력을 쥐길 원하는 아버지에게, '평범한 집안 출신의 여인'은 하찮은 카드일 뿐이니까.

진호는 문득 가출 때처럼, 무언가 절박하게라도 도전해 볼 수 없을까 하는 생각이 어른거렸다. 하지만 이미 여러 차례 경험해 온 대로, 아버지는 철저했다.

"내가 결정한 것을 네가 바꿀 수 있다고 생각하느냐."

마치 그렇게 말하는 듯, 아버지는 냉혹한 계획의 톱니바퀴를 이미 돌리고 있었다.

그날 밤, 진호는 혼자 서류 더미가 놓인 책상 앞에 앉아 한숨을 내쉬었다.

'결국 아버지가 짜 놓은 길에서 벗어나진 못하겠지. 그가 만들어 놓은 권력 구조 속에서, 난 그저 또 하나의 조각…'

어린 시절부터 감금과 억압을 겪으며 '체념하는 법'을 배워 온 진호이기에, 이 싸움은 이미 승산이 없었다.

그러나 내면 한편에선 강한 갈등이 일었다.

'내 인생이 정말 이대로 되는 건가…? 아버지의 뜻이 아닌, 내가 진심으로 원하는 삶은 영원히 불가능한 걸까?'

지금이라도 결단을 내려야 할 것만 같았다.

하지만 아버지를 대적했다간, 지난 가출 때보다 더 끔찍한 일이 벌어질 게 뻔했다.

진호는 결국 고개를 떨궜다. 체념과 분노, 그리고 미련까지 뒤섞여 밤이 깊도록 잠을 이루지 못했다.

그랬던 진호에게 영실은 분노와 미안함과 아련함과 아픔이 뒤섞인 옛 사랑이었다. 물론 진호의 일방적인 짝사랑이었지만 진호에게는 첫 사랑이었다.

어머니의 희생, 끝나지 않는 굴레

***

북조선 당국은 최근 "사회 불량배들을 모조리 쓸어 버리겠다"는 포고문을 전국에 내걸었다. 길거리마다 붉은 문구가 가득했고, 이는 젊은이들에게 곧 무자비한 검거와 강제 재교육이 닥칠 수 있음을 암시했다.

아버지 덕칠이 세상을 떠난 지 오래된 지금, 홀로 아들을 키우는 영실은 불안감에 떨었다.

이미 당국이 그런 젊은이들을 집중적으로 색출하고 있었기에, 한번 낙인찍히면 돌이키기 어려웠다. 영실에겐 한 가지 소망이 있었다.

"네가 아버지처럼 훌륭한 당의 일꾼이 되면 좋겠다…"

덕칠은 생전에 당 사업에 몸바쳐 일하던 사람이었다. 그런 아버지를 보며 자랄 순 없었지만, 영실은 아들만큼은 힘든 사회 속에서도 바른길로 이끌고 싶었다.

사회 불량배 척결이라는 명목 아래, 청년들을 가차 없이 잡아들이는 모습이 곳곳에서 목격되었다. 성철이의 현재 상황이 너무나 위험했다. 순식간에 '체제 반동분자'나 '불량청년'으로 몰릴 수 있었다.

그 상황에서, 영실은 오래전부터 피하고 싶었던 박진호의 이름을 떠올려야만 했다.

그러나 진호와의 관계는 영실에게 쓰라린 기억을 되살렸다.

"어떻게든 성철을 군대로 보내야 해. 그래야 불량배 낙인에서 벗어나고, 안정적으로 성장할 수 있을 테니…"

결국 영실은 마음을 다잡고 진호에게 면회를 요청했다. 그가 있는 간부

숙소로 찾아가는 길, 가슴은 점점 조여 왔다. 낡은 인민복 차림에, 폭삭 늙어 버린 자신의 모습이 왠지 처량하게 느껴졌다.

"오랜만이구먼, 영실 동무."

진호는 달갑지 않은 미소를 지으며 영실을 맞았다.

"아들 성철이 문제로 온 거겠지? '사회 불량배 척결' 때문에 겁이 날 만도 해."

역시나 진호는 그녀가 무슨 용건으로 찾아왔는지 정확히 짚고 있었다.

영실은 차가운 바닥을 내려다보며 어렵게 말을 꺼냈다.

"진호 동지가 보위부 쪽에 힘이 있는 걸로 들었어. 성철이를… 제발 무사히 군대에 보낼 수 있도록 추천해 줬으면 좋겠어."

진호는 시큰둥한 표정으로 담배 연기를 내뱉었다.

"군대만으로는 부족하지. 불량배로 찍히기 싫다면, 아예 보위부에 들어가야 제대로 보호받을 수 있지 않나?"

그는 은근히 영실의 약점을 건드렸다. '군대에 보내는 것만으론 안 된다. 보위부 같은 핵심 기관에 넣어야 확실하다', 영실도 이를 부정할 수 없었다. 불량청년이 되었다는 오해만 받아도, 군 복무 중에 위험에 처할 수 있기 때문이었다.

실상은 오래전부터 이어져 온 질투와 악감정이 작용한 것이었다.

"그런데 어떻게?"

영실은 의아했다. 보위부에 입대하는 것은 사실상 어려웠기 때문이다. 그곳은 아무나 들어갈 수 있는 곳이 아니었다. 사망한 남편 덕칠의 공로가 있다해도 그가 이미 떠난 뒤 그 문턱은 너무나 높은 곳이었다.

"이번에 국가 안전 보위부에서 기동타격대를 신설하는데 그곳에 성철이를 넣어 줄 수 있어. 잘만 하면 성철이가 '사회 불량배'라 몰릴 일 없이, 당의 핵심 조직에 들어갈 수 있지."

"대신… 내가 원하는 대로 해야겠지."

영실은 등에 흐르는 식은땀을 느꼈다. '아들이 불량청년으로 몰려 끌려가느니, 차라리…' 처절한 심정이었다. 그러나 진호가 아들 성칠에게 어떤 못된 짓을 하려고 할까 봐 걱정되었다. 영실은 진호의 계략을 간파하였다.

잠시 침묵 뒤에 영실은 결심한듯 조용하고 나지막한 목소리로, 하지만 강인함이 넘치게 또박또박 단호하게 말했다.

"넌 그때 내가 부상을 입은 이유를 모르고 있을 것 같아?"

영실의 말에 진호는 불에 데인 것처럼 놀랐다.

"내가 왜 이런 꼴이 되었는지, 다 알고 있어. 내 허리를 망가뜨린 진짜 범인은 바로 당신이잖아."

그 순간, 진호의 얼굴이 굳었다. 그러나 이내 억지 미소를 지으며 대응하려 했다.

"무슨 소릴 하는지 모르겠군. 전부 훈련 도중 일어난 불운이었을 뿐…"

영실은 주머니에서 구겨진 문서를 꺼내 바닥에 내던졌다. 거기엔 진호가 낙하 훈련 명단을 직접 수정하고 '남조선 침투 우수 병사 양성'이라는 명목으로 남조선 파견과 아무 상관이 없는 의무실 보직인 영실을 강제로 포함시킨 흔적이 분명히 남아 있었다.

"이 서류를 알아보겠어? 당신이 지금 이 상황에서 내가 이것을 당중앙위원회에 직접 보고하려고 하는데 괜찮겠어?"

칼날 같은 영실의 시선이 진호를 꿰뚫자, 그는 눈을 피하며 입술을 깨물었다.

진호는 더 높은 자리로 진급을 앞두고 있었다. 사실 진호는 덕칠이와 영실이와 있을 때 조선인민군 보위부에 있으면서 조선인민군 제63저격여단 특수 파견대 담당 보위부장(중좌)로 있었다. 하지만 그것은 덕칠의 성과를 가로채어 대위에서 중좌로 두 계급 특진한 자리었다. 그러던 그가 덕칠의 2차 남조선 파견 특수임무 수행 성공으로 주목받고 그의 위상이 올라감에 따라 위기감을 느끼고 군 보위부에서 국가안전 보위부로 옮겨 앉았다. 국가안전 보위부는 군의 사상동향을 감시하는 군 보위부와 역할은 같으나 대상이 달랐다. 군대가 아니라 사민들을 감시하는 조직이었다.

그러한 결정으로 진호는 당중앙군사위원회 부부장이었던 아버지와 심한 충돌이 있었다. 진호 아버지는 군에서 고공승진을 했던 군 출신으로 진호가 군대 내에서 입지를 키워 당중앙 군사위원회로 뚫고 들어오기를 원했던 것이다. 그러나 그것이 의도대로 되지 않자 아버지가 대로하였던 것이다. 그러나 또한 현재 시 보위부 부장(대좌)으로 있는 진호에게는 승진의 문이 열려 있었다.

도 보위부 제1부부장(소장)으로 장군 별을 달수 있는 승진을 앞두고 있었기 때문이다. 정말 떨어지는 낙엽도 조심하고 기침소리도 조심해야 하는 시기였다. 영실은 이 상황을 정확히 알고 공격하고 있는 것이다. 그러나 아직 영실에 대한 옛 감정이 있는 진호는 영실이를 돕고 싶은 마음이 한 켠 구석에 애틋하게 남아 있다. 비록 짝사랑이었지만 진호에게는 첫 사랑이었었다.

영실은 독설을 이어 갔다.

"이제부터는 나도 가만있지 않을 거야."

"성철이를 이번에 보위부 기동타격대에 넣어 줄게."

진호는 테이블 위 전화기들 중 가운데 전화기를 들어 3번을 꾸욱 눌렀다.

키가 크고 젊고 잘생긴 소좌가 문을 두드리고 들어와 차렷 자세를 취하고 거수경례를 했다.

"부장동지 부르셔서 왔슴니다."

진호는 '바로' 명령을 손짓으로 시켰다. 그리고는 젊은 소좌를 행하여 내뱉는 듯한 어조로 명령했다.

"인사과장동무, 광성철을 이번 국가안전보위부 기동타격대 선발 최우선 순위로 넣으시오. 반드시 입대할 수 있도록 조치하시오."

'부장동지'의 엄격한 지시에 젊은 소좌는 기계처럼 움직였다.

"알았슴니다."

"나가 보시오"

소좌는 다시 구두 뒤축이 소리 나게 붙이고 다시 거수경례를 하고 뚜벅뚜벅 방을 나갔다.

영실은 어깨에 잔뜩 들어간 힘을 풀며, 다시금 허리 통증을 느꼈다. 자신에게 이런 고통을 준 장본인을 협박해 가며 아들의 미래를 보장받으려 하는 지금의 상황이, 씁쓸하기 그지없었다.

하지만 어느 쪽이든 선택지가 없다는 게 영실의 현실이었다. 결국 그녀는 명확한 의지를 담아 돌아섰다. 이제 성철의 장래만큼은 최소한 '사회 불량배'라 몰리지 않도록, 간부들의 손길 안으로 넣어야 했다. 아버지 덕칠처럼 훌륭한 일꾼까지는 바라지 못하더라도 말이다.

보위부 입대

✳✳✳

"성철아, 이건 보위부 입대 추천서다. 아마 합격할 수 있을 거야."

"엄마, 어떻게 이런 걸…? 왜 갑자기…?"

성철은 곧 면접을 보았고, 군사·사상 검증을 무난히 통과했다. 시 보위부장 박진호의 '간부 추천'이 있었기에 절차는 더욱 순조로웠다. 밖에서는 성철이 "간부 라인이 미는 유망주"라고 떠들썩하게 말했지만, 정작 진실을 아는 이는 영실과 진호뿐이었다.

시 보위부장 박진호는 사무실 의자에 비스듬히 기대 앉아, 깍지 낀 손에 턱을 괴고 있었다. 그의 책상 위에는 단 하나의 파일이 놓여 있었다. '성철'이라는 이름이 붙은.

그는 그 인적 사항을 흐릿한 미소와 함께 훑어보았다. 또 한 세대가 그의 손아귀에 들어오는 순간. 하지만 이번 경우는 특별했다. 파일에 적힌 아버지 이름이 떠올랐다—덕칠. 예전부터 남조선 파견 영웅이라 칭송받던 인물이었다. 사람들은 그를 대단히 높이 평가했고, 박진호는 한때 친구였고 전우였던 그에게 열등감과 질투를 느껴 왔다.

"죽어서도 날 괴롭히는구나." 박진호는 나지막이 중얼거렸다. 당시 사람들 입에 오르내리던 덕칠의 칭찬이 아직도 박진호의 머릿속에서 맴돌았다. 이제는 그의 아들이 보위부 안으로 들어오다니.

박진호의 가슴 한편에 뒤틀린 만족감이 밀려왔다. 덕칠에 대한 질투는 그의 죽음 뒤에도 사라지지 않았다는 사실이 씁쓸했지만, 동시에 이 청년을 완전히 쥐고 있다는 생각에 묘한 쾌감을 느꼈다.

그는 옅은 한숨을 내쉬고 파일을 손가락으로 톡톡 두드렸다. "이제 내 손 안에서 움직이게 됐군." 하고 중얼거리는 그의 목소리에는 아무도 들을 수 없는 음습한 웃음이 묻어났다.

그날 밤, 영실은 좁은 방에서 허리를 움켜잡은 채 웅크리고 있었다. 등이 끊어질 듯한 통증이 파도처럼 몰려왔다. 몇 달 전부터 앓아 왔지만, 주변에 묵묵히 버티는 척만 해 왔다.

"하나님, 제발…" 그녀는 숨죽여 중얼거렸다가 재빨리 입을 막았다. 사실 영실의 할아버지는 독실한 기독교 집안이었다. 그러다 아버지 때 인민군에 입대하여 공로를 세우고 아버지가 사단 작전참모로 군 복무하다가 제대하였다. 그리고 도시경영위원회 기사장으로 오랫동안 있었다. 아버지의 공로와 배경이 할아버지가 독실한 기독교인이었다는 것과 그 배경을 감싸고 있어 영실의 아버지는 더 높은 위치에 갈 수 없는 계급이었다. 당기관 간부로 승진될 수 없고 행정기관 간부가 될 수 있었다. 지금 영실은 할아버지의 신앙에 간절히 기대어 아들 성철의 안전을 위해 기도하였던 것이다.

그녀는 죽은 남편 덕칠을 떠올렸다. 남편이 살아 있을 땐 그래도 그녀와 아들은 어느 정도 안전했다고 느꼈다. 이젠 성철을 보위부 복장, 삭발된 머리, 딱 벌어진 자세로 상상해 보곤 했다. 그것이 아들을 지켜 줄지, 아니면 아들을 집어삼킬지 확신할 수 없었다.

영실은 흐느끼며 입을 틀어막았다. 그녀에게 남은 선택지는 거의 없었다. 오직 아들을 살리는 것, 그것만이 중요했다.

한 달 후, 보위부 훈련소로 들어간 성철은 사상·군사교육을 받으며 바쁜 나날을 보냈다. 성철은 위압적인 기운이 감도는 보위부 청사 건물 앞에 서 있었다. 김일성과 김정일의 초상화가 건물 정면에 있고 "위대한 수령 김정일동지를 수반으로 하는 당중앙 위원회를 목숨으로 사수하자!"라는 구호가 걸려 있는 회색빛으로 지어진 콘크리트 건물, 삼엄한 경비, 모퉁이마다 있는 감시탑과 감시탑마다 배치되어 있는 경비병들.

온몸에 긴장감이 서려 있었지만, 동시에 어머니 영실의 바람대로 '권력 내부에서 살아남아야 한다'는 의지가 그를 지탱하고 있었다.

"위대한 영도자 김정일 동지와 위대한 수령 김일성 동지의 혁명사상을 목숨으로 옹호보위하자!"

"위대한 영도자 김정일 동지를 정치사상적으로 결사옹위하자!"

상부에서 내려오는 혁명 구호, 붉은 글씨로 도배된 복도.

그곳은 거대한 회색 건물이었다. 콘크리트 담장이 몇 킬로미터는 이어진 듯 보였고, 모퉁이마다 보초병이 서 있었다. 입구 위에는 거대한 초상화 두 점이 걸려 있었다. 왼쪽엔 김일성, 오른쪽엔 김정일, 그리고 그 아래에는 굵은 붉은 글씨가 박혀 있었다. "위대한 령도자 김정일 동지를 목숨으로 사수하자!"

다리가 천근 같았다. 엄마의 말이 뇌리를 스쳤다. "안에서 살아남아라."

기본 신병 훈련은 예상보다 너무 힘들었다. 다른 신병들보다 체력적으로 준비되었고 특히 특공무술 기초를 배워 단련된 성철에게조차 육체적으로 정신적으로 가혹할 정도로 훈련 강도는 매우 높았다. 하지만 상관들은 성철의 대담함과 자신감을 좋아했다. "리더십이 있다."라는 평가도 받았다.

하지만 진짜 교육은 다른 데 있었다. "당과 수령에 대한 충성", "인민대중 중심의 우리식 사회주의를 무너뜨리려는 내부의 적, 간첩 색출", "불평불만

자", "기독교인", "조국의 적대분자들"을 적발 체포하고 관리하는 훈련이 기본이었다. 간부들은 훈련병들에게 경고했다.

"무자비해야 한다. 혁명의 원수들에 대하여 관대함은 죽음이다. 반드시 척결해야 한다."

어느 날, 상관이 서류를 깜빡 두고 왔다며 성철에게 빨리 가져오라고 지시했다.

"알았습니다."

성철은 달려가서 잠긴 사무실 앞에 섰고, 누군가 열어 주길 기다렸다. 안에는 강철 캐비닛들이 벽면을 가득 채웠고, 서류철이 빼곡했다. 담당 서기가 말했다.

"괜히 다른 건 보지 말고, 저 책상 위 갈색 폴더만 가져가."

폴더는 봉인되지 않았다. 서기가 뒤를 돌아 뭔가를 찾는 동안, 성철은 무심코 안쪽을 들춰봤다. 상단에는 '기밀' 도장이 찍힌 문서들이 있었다.

"○○지역 정치범 수용소에 반체제 사상을 퍼트린 혐의로 50명 처형."
"위대한 수령님들을 모독한 낙서 발견. 관련자 색출 지시."
"주체조국을 무너뜨리려고 하는 간첩들을 적발하여 처단하자!"

짧은 보고서들이었지만, 거기 담긴 내용은 섬뜩했다. 처형된 사람들의 혐의는 대부분 아주 사소하거나, 증거조차 모호했다.

그런데 성철의 눈에 생소한 문구가 띄었다.

"하나님을 믿는 자들을 색출하여 처벌할 것, 특히 지하교회에서 간첩활동을 하거나 성경책 소지한 자와 십자가를 따르는 자들을 엄벌할 것."

'하나님?'

'십자가?'

'교회?'

손이 떨렸다. 한 문장에서 강렬한 두려움이 엄습했다. 어렴풋이 엄마가 새벽에 몰래 기도하던 모습이 떠올랐다. 가슴이 쿵쿵 뛰었다. 서기가 헛기침을 했다.

"필요한 거 다 챙겼나?"

성철은 서류철을 빠르게 덮고, "네, 다 됐습니다."라고 답했다.

사무실을 나오자마자 머리가 어질어질했다. 멀리 훈련장 쪽에서 총성이 어렴풋이 들렸다. 그 소리는 교관이 했던 말과 섞여 귓가에서 울렸다. "모든 위협에 대비하라. 자비는 없다."

성철은 이게 옳다고 믿으려 했다. 엄마를 지키려면, 가족을 지키려면, 상관의 명령을 따르는 것이 최선이라 생각했다. 그럼 우리 엄마도 무사할 수 있을 테니까.

또다시 느껴지는 그 작은 떨림. 작은 방에서 쓸쓸히, 통증을 삼키며 앉아있을 엄마 모습이 떠올랐다. 엄마는 목소리를 최대한 담담하게 유지했다. "열심히 해라. 네가 여기서 살아남아야지."

박진호는 사무실 창문가에 서서 안뜰을 내려다봤다. 신입 대원들이 일사불란하게 행진하고 있었다. 그중 성철의 걸음걸이를 단숨에 알아볼 수 있었다.

"덕칠의 아들인가…" 그는 의자 위에 놓인 담배를 톡톡 두드렸다. "제법 가능성이 있어 보여. 머리도 있고."

어둠이 짙게 깔린 어느 좁은 방에서는 영실이 바닥에 웅크린 채, 눈을 감고 아들을 위해 묵묵히 기도했다. 그녀가 매달리는 '신(神)'이 실재하는지조차 확신할 수 없었지만, 혹시라도 그 신이 아들을 지켜 줄까 하는 마음 반, 이곳에선 감히 입 밖에 낼 수 없는 두려움 반이었다.

그리고 성철. 그는 회색 하늘을 잠시 올려다봤다. 바람이 먼지를 뿌려 눈이 따갑게 시렸다. 며칠 전 우연히 본 서류가 떠올랐다. 알 수 없는 신을 믿는 사람들, 그리고 오직 국가와 수령만을 신봉하는 사람들.

행진을 멈추지 않고 발소리를 맞춰 걸어갔다. 머릿속에는 구호들이 뒤엉켰고, 가슴 한편에서는 말 못 할 질문이 계속 솟아났다. "안에서 살아남아라." 엄마의 당부가 다시 고막을 울렸다.

"처억~처억"

대열을 맞춰 행진하는 성철과 훈련생들의 발밑에서 회색 자갈을 밟는 소리가 멍멍하게 귓가에 울렸다. 이 길이 정말 엄마와 자신을 지킬 수 있는 길인지, 아니면 거대한 폭풍에 스스로 뛰어드는 건지는 모른 채. 다만 지금은 걸어야 했다. 보이지 않는 그림자와 비밀들 사이에 갇힌 채, 살아남기 위해.

성철은 아무 말도 하지 못했다. 그 내용들이 무엇인지는 알지 못하지만 수령과 당을 반대하고 조국에 위험을 주는 것으로, 얼마든지 반체제·간첩·정치범으로 몰려 한순간에 목숨을 잃는다는 뜻이었다.

성철은 갑자기 현기증을 느꼈다.

반 간첩 투쟁 전람관

※※※

보위부 기동타격대 훈련소 마당. 회색빛 담장 너머로 왠지 모를 서늘한 기운이 감돌고, 훈련병들의 마음은 괜스레 들떠 있으면서도 불안감으로 뒤섞여 있었다.

"이제 곧 어디론가 견학을 간다더라."

성철은 몸에 밴 훈련복의 축축한 땀내를 맡으며, 수군거리듯 낮은 목소리로 옆 훈련병에게 속삭였다.

"응, 나도 들었어."

옆 훈련병은 불안한 눈빛으로 맞받았다.

"근데, 그 장소가… 무슨 '반 간첩 투쟁 전람관'이라는데. 이름부터 심상치 않지 않아?"

"동무, '반 간첩 투쟁 전람관'이 뭐야?"

"글쎄? 나두 몰라. '반 간첩'이니까 간첩들에 대한 것을 교육하는 곳이 아닐까?"

훈련병 대열은 도수 높은 군가를 목구멍 끝까지 끌어올리며 행진하고 있었다.

"당신이 없으면! 조국도 없다!"

노래를 부르는 훈련병들의 목소리는 거칠었고 발걸음은 힘이 들어 있지 않았지만, 그들은 흥분에 들떠 있었다. '견학'이라는 단어가 훈련소 내 화장실 벽에 적힌 표어보다 달콤하게 느껴지는 이유는 단 하나였다. 오늘은 구타도, 타격훈련도, 구보훈련도 없다는 뜻이니까.

성철이네 중대를 포함한 3개 중대는 그날 "반 간첩 투쟁 전람관"을 견학하였다. 그곳은 훈련소에서 얼마 멀리 떨어져 있지 않은 곳이어서 그들은 소대별로 대열을 지어 행진해서 전람관 견학을 갔다. 그들은 오랜 훈련에 지쳐 있다가 외출하는 횡재를 만난 것이다. 참으로 오랜만의 외출은 달콤함 그 자체였다. 그러나 그 달콤함은 정문에 세워진 철판 간편에서 산산이 부서졌다.

〈반 간첩 투쟁 전람관〉

훈련병들 사이로 긴장한 속삭임이 흘렀다.

"야, 성철아. '반 간첩'이면… 진짜 간첩 시체 같은 거 전시하는 거 아냐?"

"글쎄, 혹시 미국놈들 해골이라도 걸려 있겠지."

어깨를 으쓱한 성철은 대답 대신 숨을 삼켰다. 가벼운 농담을 던진 친구의 목소리에도 어딘가 떨림이 묻어 있었다.

전람관 입구에는 도 보위부 반탐(방첩) 처장(대좌)이 나와 있었고 "반 간첩 투쟁 전람관" 관장(상좌)가 마중나와 있었다. "반 간첩 투쟁 전람관"은 국가안전보위부 반탐국(방첩국) 소속으로 각 도 보위부들에서 반탐처가 관리하는 계급 교양 및 반 간첩 투쟁에 관한 교육 자료실로 사용되어 왔으며 하락되지 않은 외부 인사들의 출입은 통제되는 곳이었다. 학생들과 근로자 단체에서 단체 교육을 위하여 견학시키는 정도로 사용되며 실제로는 지하에 간첩 및 사상범들을 고문하는 밀실들이 있다고 한다.

성철과 훈련병들은 "반 간첩 투쟁 전람관" 부관장(중좌)과 해설원(대위)의 안내를 따라 1층부터 돌아보기 시작했다. 건물은 3층으로 된 시멘트 건물이었고 특유의 어두운 회색이었다. 해설원(대위)은 여성이었는데 키가 크고 이쁜 데다가 그가 입고 있는 군관복이 더 깔끔한 게 그녀의 위상을 돋

보이게 했다.

가지런히 묶은 머리, 먼지 한 톨 없는 군관복, 뺨을 스치는 늦겨울 햇살까지 '연출'처럼 완벽했다. 훈련병들 몇몇이 숨도 못 쉬고 눈을 깜빡였다.

"동무들, 지금부터 〈반 간첩 투쟁 전람관〉 1층 관람을 시작하겠습니다. 제국주의에 대한 불타는 혁명적 경각심을 가지고 관람하시기 바랍니다."

맑고 청아한 음성이 석회색 시멘트 건물을 울렸다.

첫 전시실은 일본 제국주의 간첩 관련 기록이었다. 표백제 냄새가 채 가시지 않은 유리 진열장 안엔 누렇게 바랜 지형도를 비롯해, 누군가의 목숨을 빼앗듯 날이 선 단검들과 옛날 일본이 조선을 침략하기 위하여 염탐 활동을 해 왔던 내용과 자료들이 전시되어 있었다.

"조선의 산천초목, 한 뼘의 토지까지도 노략질하려 했던 원쑤들의 간악한 음모!"

해설원의 어조는 은근한 선율을 띠고 있었으나, 내용은 피비린내로 가득했다. 훈련병들이 입을 다문 채 고개를 끄덕이는 동안, 방 안 조명은 의도적으로 어둡고 붉었다. 희미한 빛 속에서 금속이 번쩍일 때마다 가슴 끝이 서늘해졌다.

2층은 "셔먼호"와 "푸에블로호" 사건을 집중적으로 전시해 놓은 곳이었다. 셔먼호 코너에는 셔먼호(제너럴 셔먼호 사건(General Sherman incident)은 미국의 무장 상선 '제너럴 셔먼(SS General Sherman)'이 1866년 7월 25일 평안도 용강현 주영포 앞바다에 도착한 뒤 대동강을 거슬러 평안도의 중심지인 평양부까지 올라와 통상을 요구하자, 9월 5일 당시 평안 감사 박규수 휘하의 조선군 부대가 배를 급습하여 불태우고 선원들을 살해한 사건이다.)의 사진과 실제 선체 일부라는 녹슨 파편이 놓여 있었다.

그러면서 그녀는 특유의 맑고 청아한 목소리로 해설을 이어 갔다.

"셔먼호 사건은 우리 민족 역사에서 미 제국주의에 반대하여 인민들이 자발적으로 일어나 싸운 '반미 투쟁'의 시초입니다. 셔먼호 사건은 '미제에 맞서 이긴 가장 처음으로 되는 승리'였습니다. 우리 인민들은 위대한 수령 김일성 동지의 증조할아버님이신 김응우 선생님의 지도에 의하여 인민들이 들고 일어나 침략 의도를 품고 들어온 미제국주의 간첩함선을 대동강에서 불태워 버렸습니다. 당시 김응우 선생님께서는 화공 전술로 미국 무장 간첩선을 태워 버릴 데 대한 전략을 내어놓으시고 이를 진두지휘하셔서 전투를 승리로 이끄셨습니다. 이는 '미 제국주의에 대한 항거의 시작'과 처음 되는 승리입니다. 우리 민족은 백전 백승의 강철의 영장 위대한 수령 김일성 동지의 탁월한 군사 전략 전술로 인하여 세상에서 제일 강하다고 자랑하는 미제 침략자들을 이겨 승리를 쟁취했습니다. 우리는 이러한 역사적 교훈을 잊지 말고 위대한 수령 김일성 동지의 혁명사상과 위대한 영도자 김정일 원수님께 대를 이어 충성을 다해야 합니다."

안내원의 해설은 성철과 훈련병들의 마음을 사로잡았다. 그들의 심장은 당과 수령을 위하여 한목숨 바쳐 지켜야 하겠다는 각오로 들끓어 오르게 하였다. 하지만 일부 훈련병들은 입가에 옅은 웃음을 지을 뿐이었다. 그들은 무언가 알고 있는 듯했다.

말끝을 흐르듯 잇는 그녀의 목소리 뒤로, 어딘가에서 "딱!" 하고 작은 전기 스파크 소리가 났다. 반사적으로 어깨를 움찔한 훈련병 몇이 서로를 곁눈질했다. '혹시 지하 고문실에서…?'

안내원은 "자 그럼 다음 관으로 가 보시겠습니다."라고 안내하였다. 그 방에는 미국 무장 간첩선 "푸에블로호"(1968년 1월 23일, 최대 속도 시속

24km(13노트), 배수량 900톤 미만의 소형 정보수집함이자 사실상 50구경 기관총 2정만을 장비한 비무장 상태였던 미국 해군 소속 USS 푸에블로(함번 AGER-2)가 동해상 원산 앞바다에서 북한 해군에 의해 무력으로 피랍되었으며, 승조원 83명 중 1명이 사망하고 82명은 약 11개월간 억류되었다가 같은 해 12월 23일 판문점을 통해 석방·귀환되었다. 본래 1944년 미국 육군용 소형 화물선으로 건조되었다가 1966년 해군에 이관되어 정보수집함으로 개조된 푸에블로호는, 현재까지도 북한에 억류된 채 전시되고 있어 미국 해군 역사상 유일하게 적국에 나포되어 반환되지 않은 현역 군함으로 남아 있으며, 이 사건은 냉전기의 미·북 간 군사적 긴장을 상징하는 대표적인 사례로 기록되고 있다.)의 사진 모형과 자료들이 전시되어 있었다.

 푸에블로호 구역에 도착했을 때, 해설원은 은밀히 시선을 끌어당겼다.

 벽면엔 해군복 차림의 미군 포로들이 굴욕적인 손사래를 치는 사진이 빼곡했다. 여섯 줄로 늘어선 훈련병들 이마에 땀방울이 맺혔다. 코끝을 간질이는 건 퀴퀴한 습기 냄새인지, 타인의 공포인지 분간이 안 됐다.

 안내원은 동영상을 틀어 주고 나서 이렇게 확신에 찬 어조로 말했다.

 "미제가 1968년 1월, 우리 공화국 영해를 무단 침범한 무장 간첩선 푸에블로호를 우리 인민군대가 단숨에 나포해 전 세계를 깜짝 놀라게 한 것은, 전적으로 위대한 수령 김일성 동지께서 펼치신 자주국방 노선의 빛나는 결실입니다. 당시 '세계 최강'을 자처하던 미 제국주의자들은 박기를 들고 투항하였으며 우리 군대와 인민 앞에 굴복하여 사죄문에 서명하지 않으면 안 되는 치욕을 당하였으며, 이는 곧 우리 힘으로 조국을 지켜 내겠다는 김일성 동지 탁월한 전략 전술과 수령님의 혁명사상으로 무장한 강력한 인민군대의 정당성을 만천하에 과시한 쾌거였습니다."

3층 문을 열자, 다른 세계가 펼쳐졌다. 조명이 일부러인지, 마치 촛불 몇 자루만 켜 둔 듯이 어두웠다. 천장 스피커에서는 어디서나 들을 수 없는 낮은 도음(도살장 돼지 비명 비슷한 음)이 아주 작게, 그러나 또렷하게 흐르고 있었다.

성철과 훈련병들은 갑자기 다른 분위기에 압도되었나. 어둑침침한 조명과 갑자기 어디에서 두억시니가 튀어나올 것 같은 분위기였다. 그들 앞에 한 유화 그림이 조명 속에 드러나고 있었다. 손톱이 갈구리처럼 기다란 서양 사람이 남루한 옷차림의 어린 소년을 사과나무에 결박해 놓고 염산으로 이마에 "도둑"이라고 글을 새기는 이미지이다. 이는 북조선 교과서에도 있는 스토리이다. 애리슨이라는 미국 선교사놈이 명식이라는 어린 소년이 사과나무 가지가 담장 밖에 삐져나온 가지에서 땅에 떨어진 사과를 주워 먹었다고 사냥개를 풀어서 물어뜯기게 하고 그를 사과나무에 비끌어 매고 이마에 청강수(염산)으로 "도둑"이라고 새기는 만행을 하여 분노한 인민들이 몽둥이로 때려죽였다는 스토리었다. 그것을 이 무시무시한 분위기의 공간에서 보게 되니 소름이 쭉 솟아오르고 적개심이 불타올랐다.

"으…."

"진짜였어?…."

작은 숨소리들이 여기저기서 터져 나왔다. 훈련병들은 군모 창 아래로 미세하게 떨리는 눈동자를 숨기지 못했다.

다른 곳에서는 어둑시큰 한 곳에 붉고 어두운 조명이 비추이는 테이블이 있었는데 그 테이블에는 "성경전서"라고 쓴 두껍고 검은색의 낡은 책이 있었고 그 옆에 십자가와 권총, 폭탄, 군용 칼이 있었다. 그리고 그 옆에 선교사들이 본국에 보낸 보고서가 있었는데 누가 봐도 그것은 간첩 행위를 한 것으로 보였다.

해설원은 성철과 보위부 훈련병들에게 "미 제국주의는 오래전부터 우리나라를 집어삼키려고 간첩들을 침투시켜 온갖 암살과 모략 간첩 행위들을 진행하여 왔습니다. 그 앞장에 '선교사'의 탈을 쓰고 우리 인민들의 사상을 무장해제시키고 아편과 같은 종교로 혁명 의식을 마비시키며 침략의 앞잡이, 선봉대의 역할을 감행해 온 선교사놈들의 악날한 책동들이 있었습니다. 우리는 위대한 수령님과 위대한 영도자 동지의 혁명적 영도 아래 제국주의 침략의 마수들을 모조리 분쇄할 수 있었습니다."

그녀가 문장 끝을 길게 끌자, 마치 누군가 지하에서 문을 두드리는 듯 쿵 소리가 발밑으로 전달되었다. 누군가의 목젖이 꼴깍 삼켜지는 소리가 유난히 크게 울렸다.

해설원의 안내가 이어지는 동안, 성철은 슬쩍 좌우를 살폈다. 훈련병들의 얼굴엔 분노와 경악이 엇갈려 있었다. 그런데 그 눈빛 아래 숨어 있는 것은—비웃음이었다. 그들은 이미 돌려보던 남조선 영화를 통해, 선전과 현실의 간극을 조금씩 알고 있었다.

해설원의 뒤편, 벽시계 초침이 쨱-쨱-쨱 소리를 냈다. 그 소리는 어쩐지 족쇄를 잠그는 금속음처럼 들렸다.

해설원이 관람이 끝났다고 알려 줄 때까지, 아무도 숨을 깊이 들이쉬지 못했다. 3층에서 내려오는 계단은 좁고 길었다. 벽면엔 형형색색의 선전 그림이 덕지덕지 붙어 있었지만, 누구도 제대로 보지 않았다.

1층 현관 문을 나섰을 때, 눈이 시릴 정도로 밝은 햇살이 훈련병들을 감쌌다.

"야… 살았다."

누군가 작은 목소리로 중얼댔다.

"쉬, 들리겠다."

성철이 곁눈질하며 툭 쳤다.

멀찍이 서 있던 관장은 여전히 꼿꼿했지만, 해설원은 인사를 마친 뒤 그들에게 엷은 미소를 보냈다. 그 미소가 격려였을까, 경고였을까. 아무도 알 수 없었다.

행군로로 다시 걸음을 옮기자, 훈련병들 어깨에 힘이 서서히 풀렸다.

"그 그림 봤어? 사과나무에 묶인 애?"

"봤지… 꿈에 나올까 무섭다."

"근데… 진짜일까?"

잠시 침묵. 그리고 잔잔한 키득거림이 이어졌다. 공포 뒤에 찾아온 씁쓸한 냉소였다.

"진짜라면 왜 그렇게 어두운 데다 숨겨 놨겠냐. 아마, 진실은 더 깊은 지하에 있겠지."

"그 진실이 뭔데?"

"글쎄. 우리도… 언젠간 알게 되겠지."

휘청이는 발걸음 사이로 군화 밑창이 질퍽한 흙길을 찍고 지나갔다. 반 간첩 투쟁 전람관으로 오던 때의 기세는 어디간지 알 수 없고 오히려 축 처진 분위기가 대열을 지배하고 있었다. 대신 저마다의 속도로 맥박이 뛰었다.

쿵. 쿵. 쿵.

언뜻 들리는 심장 소리가, 방금 전람관 지하에서 울린 듯한 금속음과 겹쳐졌다. 정오의 차가운 해가 그들의 행렬을 비추자, 짧은 그림자가 땅 위에 쏟아졌다.

그리고 그 그림자들은, 서로 교차하며 길게 늘어졌다. 마치 이 땅 어딘가 더 깊은 어둠이 손짓하는 형국으로.

멀리서 구보 구령이 들려왔다. 돌아가야 할 훈련소가 그들을 기다렸다. 그곳에서도 어쩌면—어떤 '견학'보다 더 깊은 충성심 시험이 준비돼 있을지 모른다.

성철은 손가락 사이로 스며든 식은땀을 털어 냈다. 머릿속엔 검은 성경책 옆에 놓인 수류탄과 칼, 그리고 미소 뒤에 뻗어 있던 해설원의 고요한 눈빛이 번갈아 떠올랐다.

우리가 본 것이 정말 끝일까. 아니면… 시작일까.

그가 고개를 들었다. 회색 하늘 위로 잠깐, 찬란한 햇줄기 하나가 내려앉았다가 이내 구름 뒤로 사라졌다. 그리고 나서야, 그는 작은 목소리로 혼잣말을 내뱉었다.

"그래도… 살아남아야 한다."

그 순간, 뒤에서 누군가 화답하듯 콧노래를 흘렸다. "당신이 없으면~ 조국도 없지…"

비틀거리는 그 음조 위로, 다시 냉랭한 바람이 몰려왔다. 봄? 아직 멀었다. 하지만 어느 겨울도 끝내 봄을 이겨 본 적은 없었다.

특수작전 : 지하교회 소탕

***

하늘이 채 밝지 않은 겨울 새벽, 성철과 대원들은 완전히 밀폐된 트럭 적

재함 안에 웅크려 있었다. 손가락이 시릴 만큼 추웠지만, 눈앞에는 흐릿하게만 보이는 동료들과 기관단총들의 실루엣이 감돌았다.

"이 작전은 중요하다. 지하교회 반역자들을 무력으로 제압해야 한다."

보위부 지휘관의 말이 머릿속을 맴돌았다. 그들 사이에 나도 섞여 있다. 얼마 전까지만 해도 체제에 대한 의문이 꿈틀댔지만, 지금은 그런 의심조차 함부로 드러낼 수 없다.

'무력으로 제압!'이라는 단어가 등골이 서늘했다. '그들이 과연 배운 것처럼 총기류나 폭탄을 소지하고 우리에게 저항할 것인가?' 성철이뿐 아니라 작전조 전체 대원들의 얼굴에 두려움과 근심이 공존하고 있었다.

트럭은 험로를 요동치듯 달렸다. 서늘한 공기가 틈새로 스며들 때마다, 등줄기를 타고 오싹한 전율이 전해졌다. 나는 속으로 되뇌었다. '이건 단순 명령일 뿐이야. 그래도… 정말 이렇게까지 해야 할까?'

목표 지점에 도착한 다음 트럭에서 내려 사방을 둘러보니, 아직 해가 뜨지 않아 주위가 푸른빛으로 물들어 있었다. 고개를 돌리자, 낡은 민가가 한 채 눈에 들어왔다. 그곳이 바로 작전의 목표 지점이었다. 지휘관이 작게 손짓했다. 보위부 요원 몇 명이 문을 거칠게 차고 안으로 들이닥쳤다.

"당장 나와! 반역자들! 반항하면 즉결 처형이다!"

성철은 총을 꼭 쥐고 뒤를 따라 들어갔다. 심장은 미친듯이 뛰었다. 실내는 어둑했고, 방 한가운데에는 작은 등불 몇 개만이 깜빡이고 있었다. 등불 주위에 둘러앉은 열 명 남짓한 사람들—남녀노소 할 것 없이, 모두 누더기 같은 옷차림이었다. 어린아이부터 백발 노인까지,

방 가운데에는 너덜너덜하게 해진 낡은 성경책이 있었다.

'아름다운 찬양과 기쁜 소식 전하는 극동방송~~'

방 한 켠에 있는 반도체 라디오에서는 희미하게 소리가 흘러나오고 있었다.

"이 반역자 새끼들!"

"왜 이러십니까? 우린 아무 잘못도… 정말입니다…"

나이 지긋한 남성이 손을 떨며 변명했지만, 지휘관은 비웃듯 표정을 일그러뜨렸다.

"우리 당과 수령님을 배신하고 국가를 무너뜨리려 했지? 이런 망령된 미신 행위로 반혁명을 꾀하다니!"

그는 놓여 있던 성경책을 발로 걷어차며 독설을 퍼부었다.

"이게 간첩이 아니면 뭔가? 인민의 단결을 저해하는 더러운 간첩노무 새끼들!"

성철은 그의 등 뒤에서 총을 들고 있었지만, 머릿속이 하얗게 비어 가는 기분이었다. 그들은 무장은커녕 아무런 무기도 소지하지 않은 일반 주민들이었다.

"적대분자", "반역자"라더니, 눈앞에 있는 건 그냥 지쳐 보이는 농민들과 그 가족들뿐이었다.

"모두 밖으로 끌어내! 저항하면 현장에서 처단한다!"

지휘관의 명령이 떨어지자, 요원들이 사람들을 거칠게 끌어냈다. 새벽 공기는 살을 에듯 차가웠다. 아직 동이 트지 않아 주변은 어둠 속에 잠겨 있었다. 붙잡힌 사람들은 서로 손을 잡거나, 두려움에 떨며 어린아이를 감쌌다. 그중 한 할머니가 땅에 주저앉아 속삭이듯 중얼거렸다.

"주여… 우리를 불쌍히 여기소서…"

그 말이 끝나자, 보위부 요원 한 명이 거칠게 그녀를 발로 찼다.

"이 쌍년이"

성철이가 보기에도 갓 30을 넘은 듯 한 보위부 소위 햇병아리가 할머니를 사정없이 구둣발로 걷어차고 짓밟고 있었다. 그것을 지켜보는 성철과 신병들은 심장이 쪼그라들고 있었다. 성철은 알 수 없는 분노를 느끼고 있었다.
'저 할머니가 도대체 무엇을 했기에…'
"닥쳐! 이 반역자들아!"
성철은 심장이 덜컥 내려앉았다. 이들은 무기를 든 것도 아니고, 아무런 저항의 의지도 없어 보였다. 그런데도 폭력은 순식간에 잔인하게 휘몰아쳤다. 할머니의 눈에는 공포와 함께 이상한 평온이 비치고 있었다. 온몸이 떨리면서도, 어디론가 작은 목소리로 기도하는 듯했다.
"종교는 인민의 아편이다. 총살해라!"
지휘관의 목소리가 뇌리를 울렸다. 그의 신호에 따라 몇 명의 요원이 총구를 겨누었다. 사람들을 줄 세운 뒤, 방아쇠를 당길 준비에 들어갔다. 나는 숨이 막혀 왔다.
'진짜 쏴야 하나? 저 노인과 아이들을?'
머릿속에서는 "적대분자를 처단하라."는 교육 문구가 맴돌지만, 눈앞에서 벌어지는 상황은 학살 그 자체였다. 한 청년이 두려움에 떨면서도 내게 시선을 맞췄다.
"제발… 우린 그냥 살기 힘들어서 기도했을 뿐이에요…"
그는 거의 울먹이는 목소리였다. 그 눈빛이 내 가슴을 내리쳤다. '다른 길은 없는 걸까?' 하지만 머뭇거릴 새도 없이 총성이 터졌다.
"탕탕탕, 드르륵 드르륵"
총성이 새벽 공기를 갈랐다. 구덩이 속의 사람들이 우박을 맞아 떨어지는 꽃잎처럼 쓰러졌다. 피가 서슬 퍼런 어둠 속에 번져 나가고, 땅바닥은 금세 붉은 얼룩으로 물들었다. 성철은 제대로 서 있기조차 힘들었다. 무릎이 떨렸다. 총을 쥔 손은 마치 부서진 것처럼 힘이 들어가지 않았다.

'왜? 왜 이렇게까지 해야 하지? 이 미친 짓을 왜 하지? 저들이 도대체 무엇을 했기에…'

기도하던 할머니가 쓰러졌고, 그녀의 눈동자가 나를 스쳐 갔다. 거기에 서려 있던 것은 원망이 아니라… 평온함이 묻어 있었다. 그리고 어딘가 모를 연민이었다. 성철은 두려웠다. 어머니의 얼굴이 떠올라 숨막히는 듯했다.

피비린내가 진동했다. 그들을 몰아넣은 구덩이에 피가 고이기 시작했다. 갑자기 속이 메스꺼워져 올랐다.

'이게 정말 당과 수령, 조국과 인민을 지키는 일인가?'

"확인해!"

지휘관의 명령이 떨어지기 바쁘게 요원들은 아직 살아 있는 사람들을 확인하고 그 자리에서 확인 사살을 했다.

성철과 대원들은 멍한 상태로 총을 움켜쥔 채 얼어붙어 있었다. 피범벅이 된 바닥, 가슴이 벌둥지가 되어 버린 아녀자들과 아이들, 아이들을 보호하느라 온몸으로 덮었으나 총알은 아이들을 살려 주지 않고 관통해 그들의 필사적인 보호를 무색게 했다. 모든 게 악몽 같았다.

새벽 공기는 여전히 차가웠고, 성철은 그 찬바람에 얼굴을 마주 대고 서 있었다. 눈을 깜박이면 쓸데없이 눈물이 터져 나올 것만 같았다. 비명이 귀에서 떠나지 않고, 몸은 떨렸다. 작전은 명령대로 성공적이었지만, 내 안에 남은 것은 피 냄새와 공포, 그리고 말로 형언하기 힘든 무력감뿐이었다.

하늘은 이제 밝아오기 시작했지만, 성철의 눈에는 그저 피비린내 나는 새파란 새벽이 계속될 것만 같았다. 성철은 총을 꼭 쥔 채, '이대로 괜찮은 걸까?'라는 생각을 떨쳐 낼 수 없었다. 보위부 10294 군부대 번호가 붙은 트럭에 다시 올라타면서, 귀에는 여전히 누군가의 울부짖음과 자지러진 총성이 맴돌았다. 이 전쟁 아닌 전쟁터가, 성철과 그리고 그의 세상을 조금씩 잠식해 가고 있었다. 작전은 끝났지만, 진짜 악몽은 지금부터 시작이다.

공개 처형과 체제 공포정치

***

성철은 광장 한가운데 서 있었다. 태양은 짙은 구름에 가려 어둑한 빛만 내려놓고, 수백 명의 주민들이 밀려들고 있었다.

그들 모두는 강제로 동원된 사람들이다. 아이를 업은 젊은 여성부터 허리가 굽은 노인까지, 모두 마지못해 이 자리에 나와 있었다.

멍하게 서 있는 성철의 등 뒤로, 스피커에서 들려오는 구호 소리가 거리를 짓누르고 있었다.

"위대한 수령님께 충성하자! 혁명을 수호하자!"

성철은 그 소리를 들을 때마다 숨이 막혔다. 낡아 빠진 선전 문구가 이제는 귀청을 찢듯 공포로 다가왔다. 지하교회 작전 이후, 체제가 얼마나 잔혹한지 성철의 몸이 직접 기억하고 있었기 때문이다.

조금 전 상급 간부가 성철에게 말했다.

"이번 공개 처형은 본보기야. 군중들 앞에서 제대로 보여 줘야 해. 그래야 반역자들이 더는 발악하지 못한다."

성철도 모르게 어금니를 꽉 물었다. '반역자'라는 낙인이 얼마나 쉽게, 얼마나 잔인하게 사람들의 목숨을 빼앗아 가는지, 바로 얼마 전 성철이 지하 교회 소탕 현장에서 두 눈으로 확인했기 때문이었다.

사방에 깃발이 나부끼고, 주민들은 반강제적으로 그 주변을 둘러쌌다. 잠시 후, 한 무리의 사람들이 포승줄에 묶인 채 줄지어 광장으로 등장했다.

표정이 창백한 젊은 남자, 머리가 흐트러진 중년 여성, 아직 성인이라 보기 힘든 앳된 소녀까지… 그들의 '죄목'은 들어 보면 어이가 없었다.

"통신선을 잘랐다. 폐 전기 모터를 파괴했다. 당과 수령에 대한 불평불만을 했다."

메가폰을 올린 차량들이 들어오고 현장 즉결 재판소가 설치되었다.

넓은 벌판에 테이블과 의자들이 세팅되었고 재판관들과 검사, 현장 안전 관리를 위하여 경찰이 투입되었다. 보위부 기동타격대는 완전 무장을 하고 혹시 모를 소요 진압을 위해 대기하고 있었다.

재판관은 판결을 했다.

"나라의 신경인 통신선을 잘라 국가의 전복을 꾀했다. 국가 재산을 파괴함으로 국가의 경제를 마비시키려고 했다. 제국주의 간첩들과 내통하여 임무를 받고 인민대중 중심의 우리식 사회주의를 분열시키려고 했다." 등등의 죄목이었다.

어이가 없는 죄목이었다. 통신선을 자른 사람은 먹고 살기 힘들어 굶어 죽어 가는 가족을 살리기 위해 구리로 된 통신선을 절단하여 팔아서 밀가루를 바꾸어 먹은 것이고, 폐 전기 모터를 파괴한 사람은 모터 속에 있는 구리선을 팔아 식량을 구하려고 했던 것이다. 그리고 불평불만을 했던 사람은 온 가족이 모두 굶어 죽자 "세상이 왜 이렇게 무심하냐?"고 울부짖은 것이 죄가 된 것이다. 다른 죄목들도 이와 별 다를 것이 없었다.

이윽고 재판장이 판결을 했다.

"피서자(피고)들은 통신선을 자르고 폐 전기 모터를 파괴하여 사회주의 조국을 붕괴시키려 했고 그 구리를 공화국을 압살하려는 제국주의자들에게 넘겨주어 공화국을 공격하는 총포탄을 만들도록 적을 도왔다. 당과 수령, 인민대중 중심의 우리식 사회주의를 무너뜨리라는 저들의 임무를 받고 사회 불안을 조성했다."

재판장은 30분 이상이나 이들의 죄가 국가와 인민에게 어떤 해악을 끼쳤는지를 입에 거품을 물고 역설했다. 이윽고 판결이 떨어졌다.

"이 천추에 용서받지 못할 대역죄인 반역 죄악을 저지른 피서자(피고) ○○○, ○○○, ○○○을 사형에 처한다. 피서자들은 이에 항소할 수 없다. 즉시 집행하시오!!!" 한 줄로 늘어선 사형수들은 얼굴을 모두 가렸고 바닥에 이미 박아 놓은 말뚝에 끌려가 결박이 되었다. 사형 즉시 집행 명령이 떨어지게 바쁘게 한 사람당 다섯명의 요원들이 그들을 끌고 갔다. 그리고 흰 천으로 그들을 가렸다.

성철은 눈을 지그시 감았다. '아마도 저항하지 못하도록 지금 저 가려 놓은 흰 천의 뒤에서는 입에 재갈을 물리고 무지막지하게 폭행하여 기절시키겠지? 그래야 사형 말뚝에 결박할 때 저항을 못 할 테니까…' 그 처참한 장면이 눈에 상상이 되며 성철은 어지럼증을 느꼈다.

주민들은 웅성거리며 그들을 바라봤다.

저쪽 죄측 구석에서 한 줄의 처형을 맡은 팀이 팀장의 구령에 따라 나아오고 있었다.

"차렷! 앞으로 갓! 제자리 섯! 좌로 돌았! 사격 준비! 반당 반혁명 분자, 조국과 인민의 반역자들을 향하여~ 단발로 쐈! 단발로 쐈! 단발로 쐈!"

"탕탕탕…"

사형수들의 처형을 맡은 안전원(경찰)들은 각각의 목표 죄인들을 향해 단발로 가슴을 향하여 총을 쏘았다. 피가 튀기고 머리에 7.62mm 총탄이 관통되면 뇌가 쏟아져 나왔다.

숨이 턱 막혀 왔다. 가슴속에서 올라오는 구역질을 간신히 삼켰다.

툭툭 목이 꺾이며 떨어지는 죄수들을 보면서 성철은 어떤 여성의 얼굴을 떠올렸다.

지하교회에서 본 그 노파, 처형 직전 눈물을 쏟던 청년들… 그리고 끝내 쓰러진 아이들까지.

성철의 뇌리에서 그 얼굴들이 뒤섞이며 꿈틀거렸다.

공개 총살을 관람하기 위하여 강제로 끌려 나온 수천 명의 군중들이 웅성이기 시작했다.

비상사태를 위해 투입된 성철이 속한 진압팀에 긴장이 흘렀다. 성철은 진압 요원으로서 제자리를 지켜야 했다. 주민들이 너무 흥분해 달려들지 않도록, 비상사태 시 즉결처형해야 했다. 성철을 비롯한 진압 요원들의 기관총은 이미 안전 장치가 내려 있었고 연사할 수 있도록 미리 준비되어 있었다.

하지만 성철은 손발이 굳어 버렸다. 총성과 비명이 뒤엉키자, 마치 전쟁터 한복판에 선 듯했다.

'이건 정말로 혁명을 위한 걸까? 아니면, 권력자들의 학살 놀이일 뿐인가?'

처형이 끝나자, 상부 간부들이 광장 한쪽에 모여서 박수를 치며 웃었다.

"좋았어! 이래야 반동분자들이 겁을 먹고 딴 생각을 하지 못하지."

성철은 치를 떨었다.

며칠 뒤, 성철은 보위부 건물 내 내부 전화를 잠시 사용할 기회를 얻었다. 수화기를 들어 어머니 영실에게 전화를 걸었다.

오랜만에 들은 어머니의 목소리가 갈라져 있었지만, 최대한 평온을 유지하려고 애쓰는 기색이 역력했다.

"성철아… 괜찮니? 목소리가 좀 피곤해 보인다."

"그냥 일이 좀 많아서 그래. 엄마 허리는 어때요?"

성철이 더 묻고 싶은 건 많았다. '엄마, 여기 무섭고 잔인해. 이제 어떻게 해야 할지 모르겠어.'

하지만 감시가 늘 따라다니는 이곳에서, 그렇게 말할 수는 없다.

어머니는 짧게 한숨을 쉬었다.

"나는 괜찮아. 너야말로 몸조심해라. 무리 말고… 알겠지?"

결국 둘은 한참을 숨죽인 채 서로의 숨소리만 듣다가 전화를 끊었다.

수화기를 내려놓자, 고독감이 쓰나미처럼 성철을 덮쳐 왔다.

그날 밤, 성철은 잠결에 끔찍한 환영을 봤다. 광장에 선 성철은 총을 들고 있었다.

그런데 성철을 바라보는 사람들의 얼굴이 한순간 어머니로, 동생 영철이로, 혹은 지하교회에서 만난 노인으로 바뀌었다.

모두 입을 떼어 뭔가를 말하려고 했지만, 들리는 건 총성과 비명뿐이었다.

성철은 꿈속에서 소리를 질렀다. "그만해! 그만 좀 죽이라고!"

하지만 이미 성철의 손도, 성철의 목소리도 누구도 구하지 못했다.

식은땀을 흘리며 깨어났을 땐 새벽이었고, 가슴이 콩닥콩닥 뛰었.

'이러다 미쳐 버리는 게 아닐까?' 하는 두려움이 엄습했다.

칼바람이 부는 밤, 정문 경비를 끝내고 보위부 청사를 나오는데, 거리엔 적막만이 흐른다.

문득 지하교회 소탕 작전 때의 피비린내가 코끝에 되살아나는 것 같았다. 광장의 처형장에서 들었던 비명도 귓전에 맴돌았다.

'이 악몽 같은 세상에서 도망치면, 엄마와 성철이 모두 위험해진다. 그렇다고 이 체제에 순응하면, 더 많은 무고한 사람들을 죽음으로 내몰아야 할지도 모른다…'

갈림길은 눈앞에 놓여 있다.

성철은 대체 어디로 가야 할까?

'이 지옥에서 벗어날 길이 정말 있는 걸까?'

"과연 성철은 어디까지 버틸 수 있을까? 그리고, 그 끝에는 무엇이 있을까?"

휴가를 나온 군인

***

낡은 군용 트럭 한 대가 흙먼지를 휘몰아치며 마을 입구에 덜컹대며 멈춰섰다. 초겨울 찬바람이 사방으로 매섭게 몰아쳤고, 서릿발 같은 기운이 황량한 풍경 위로 번졌다.

트럭 뒤편에 서 있던 병장 성철은 바람에 날아드는 먼지를 가리려 모자를 살짝 눌러썼다. 그의 몸엔 보위부 표준 군복 위로 거친 털 외투가 걸쳐져 있었지만, 칼바람을 막기엔 역부족이었다.

3년 만에 받은 15일간의 휴가였다. 성철은 보위부에 배속되어 훨씬 더 가혹한 훈련을 견뎌야 했다. 제한된 서신 교류, 엄격한 규율, 끊임없는 사상

검증 탓에 집안 소식조차 제대로 듣기 힘들었다.

"성철동무."

트럭 운전병이 창문 틈으로 얼굴을 내밀어 주변을 살폈다.

"15일 뒤, 해 뜨기 전에 여기서 기다려야 해. 해가 뜨면 복귀할 차편을 못 구하니까."

성철은 어깨를 곧추 세우고 힘겹게 고개를 끄덕였다.

"알겠습니다. 꼭 돌아오겠습니다."

운전병은 더 이상 말을 잇지 않고, 차를 몰아 먼지 바람 속으로 사라졌다. 이제 남은 건 텅 빈 시골길과 적막뿐이었다.

보위부에 입대한 지 벌써 3년. 그 뒤 어머니와 동생은 국경 근처 외삼촌네가 살고 있는 시골마을로 이사했다. 내가 보위부에 있다는 이유로 조금은 배급을 받을 수 있었지만, 사실 그걸로는 부족했을 터. 게다가 주민 대부분은 이미 5년 전부터 배급이 끊긴 상태이다. 겨우 생계를 이어 가기에 턱없이 부족한 환경이었다.

성철은 배낭을 고쳐 메고, 마을의 좁은 흙길로 천천히 발을 옮겼다. 예전엔 아이들이 뛰놀던 골목이었을 텐데, 이제는 폐허처럼 버려진 집들이 줄지어 서 있었다.

그가 마침내 집 앞에 도착하자, 낡은 대문이 시야에 들어왔다. 조심스럽게 손을 대니, 삐걱대는 소리를 내며 쉽게 열렸다. 마당 한 구석에는 허술하게 묶인 마당을 쓰는 빗자루 몇 개가 쓸쓸히 놓여 있었다.

"어머니…"

성철이 작게 부르자, 안에서 인기척이 느껴졌다. 문이 열리더니, 허리가 굽은 어머니가 힘겹게 걸어 나왔다. 그녀는 한눈에도 몸이 쇠약해 보였고,

다리도 절뚝거리며 통증을 참는 듯했다. 그러나 아들을 본 순간, 놀람과 기쁨, 그리고 미안함 같은 감정이 한꺼번에 얼굴에 비쳤다.

"성철아…"

어머니는 눈물을 머금고 그를 꼭 끌어안고 말을 잇지 못했다. 보위부 군복 차림의 아들이 낯설기도 했지만, 살아 돌아온 것만으로도 기적 같았을 것이다. 성철도 어머니 어깨를 감싸며, 3년이라는 시간을 떠올렸다.

어머니에게 동생의 안부를 묻자, 어머니는 묵묵히 방문 안을 가리켰다. 희미한 불빛 사이로, 깡마른 이불을 덮은 채 누워 있는 동생의 실루엣이 보였다. 뼈만 남은 손이 이불 밖으로 나와 있었고, 숨소리는 가늘고 희미했다.

나는 조용히 다가갔다. 동생은 겨우 눈을 떠 날 바라보았는데, 그 얼굴이 너무나 앙상했다.

"형님…"

그 말에 목이 메었다.

"그래, 나야. 간신히 휴가 나왔어. 괜찮니? 뭐 필요한 건 없니?"

동생은 고개를 힘겹게 흔들며, 희미한 미소를 지으려 애썼다. 금방이라도 꺼질 듯한 기운이 느껴졌다.

해가 지자 기온이 뚝 떨어졌다. 벽 틈새로 새어 드는 바람은 뼛속까지 스며드는 듯했다. 어머니는 방 한구석에서 앙상한 감자 몇 알을 찾아 솥에 넣어 끓여 주려 했다. 그 모습조차 뭉클할 정도로 애달팠다. 식량이라고는 거의 없는 상태였다. 가지고 부대에서 집에 갈 때 부대 후방지도원이 챙겨 준 쌀 15킬로그램이 있었다.

"어머니 이거…"

성철이 미안한 듯 어머니 영실에게 쌀을 건넸다. 3년간 어머니를 돌보지 못한 것이 죄송스러웠다.

"아니 군대에서 이런 걸 다…" 영실은 아들이 대견하고 장해서 눈물만 흘렸다.

새벽이 오자, 지평선 너머 희미한 빛이 깔렸다. 성철은 마당으로 나와 사방을 둘러보았다. 허술한 가마니가 바람에 흔들리고, 마당 하가운데선 닭 한 마리가 땅을 쪼아 대고 있었다.

곧 어머니가 문지방을 잡고 힘겹게 걸어 나왔다. 얼굴엔 간절함과 불안이 함께 서려 있었다.

"성철아, 휴가 끝나고… 좀 더 자지 않고 벌써 깨어났니?"

"네 어머니."

비극과 비극의 전조

***

날이 채 밝지 않은 이른 아침, 성철은 침구에서 몸을 일으켰다. 밖에서 어머니의 흐느끼는 소리가 들려왔기 때문이다.

조용히 방문을 열고 나선 성철은, 문턱에 주저앉아 울먹이는 어머니를 발견했다. 그녀의 얼굴은 눈물로 범벅이었다.

"어머니… 무슨 일이에요?"

성철이 떨리는 목소리로 물었다. 어머니는 한참 망설이더니, 힘겹게 입을 뗐다.

"성철아… 네 삼촌이… 돌아가셨단다."

처음에 성철은 무슨 말인지 이해가 되지 않았다. 삼촌이라면 언제나 활기차고, 당과 수령에게 충성하면서 가족을 헌신적으로 돌봐 주던 사람이었다. 고난의 시기에 본인 몫의 배급마저 가족에게 내주곤 했고, 당에서 준 업무도 묵묵히 책임지던 인물이었다.

"삼촌이… 왜요…?"

성철의 목이 갈라지는 듯했다. 고작 몇 달간 소식을 듣지 못한 사이 무슨 일이 있었던 걸까. 어머니는 울분을 삼키는 듯 목이 메었다.

"네 삼촌, 보위부에 잡혀갔다는 얘기 못 들었지? 그 후 며칠 뒤에… 고문을 당하다가…"

말을 잇지 못하고 흐느끼는 어머니 앞에서, 성철은 머리가 하얗게 멍해졌다. 자상하고 성실했던 삼촌이, 어떻게 고문 끝에 죽었다는 것인가.

어머니를 따라 방에 들어서자, 숙모가 이미 망연자실한 상태로 앉아 있었다. 목이 쉬어 있는 그녀는, 또다시 삼촌의 이름을 부르며 통곡했다.

성철은 벽에 등을 기댄 채, 그 모습을 지켜보다가 결국 견디지 못하고 눈물을 쏟았다.

삼촌은 아버지가 돌아가신 후 성찰이가 의지하던 거의 유일한 남자 어른이었다. 당에 열렬한 충성을 바치며, "인민을 위해 일해야 한다."는 말을 입버릇처럼 하셨다. 밀수가 발각되어 고문으로 목숨을 잃다니, 이게 말이 되는 걸까?

'직장 동료들을 먹여 살리려고 쌀과 콩을 조금 구해 온 게 그렇게 큰 죄인가? 삼촌은 당원으로서 누구보다도 충실했는데…'

갈수록 분노가 치밀어 올랐다. 체제에서 강조하던 '인민을 보살피겠다'는 구호가 어찌 이리도 가혹한 방식으로 뒤집히는지 이해할 수 없었다.

숙모는 흐느끼고 어린 사촌동생 둘은 사태를 제대로 이해하지 못한 채, 배고픔에 울음을 삼키다 지쳐 잠이 들었다. 그 작은 모습이 성철의 눈에 들어오자, 가슴이 터질 듯했다.

성철이 열두 살 무렵 아버지를 잃었을 때도, 당국은 "인민을 보살핀다."고만 했다. 그런데 배급은 낳어졌고 아무런 지원이 없었다.

그때, 삼촌이 없었다면 우린 굶어 죽었을지도 모른다. 삼촌은 "우리가 진정으로 수령님께 충성하는 길은, 인민을 살리는 것"이라고 했었다. 밀수가 아니라, 오히려 충성의 연장선이었다고 성철은 생각했다.

하지만 결국, 삼촌은 그 충성심 때문에 목숨을 잃었다.

'무엇이 진짜 잘못된 건가? 체제가 잘못된 건가, 아니면 이 현실이 잘못된 건가?'

숙모와 어머니는 간소하게라도 장례를 치르려 했지만, 문제는 삼촌의 시신조차 받을 수 없었다는 것이었다. 보위부에 끌려간 사람은 기록조차 제대로 남지 않는 경우가 많았다. '적대 세력'으로 몰려 사라진 자들의 최후는 대부분 비공식으로 묻힌다.

"우리 어떻게 해야 좋으니…"

숙모는 말없이 허공을 바라보았다.

성철도 답을 찾지 못했다. 누구에게 억울함을 호소해야 할지, 그조차 알 수 없었다. 보위부 내부를 조금 아는 성철이 자신조차 어떤 길이 있는지 떠오르지 않았다.

어둠이 깔린 뒤에도 성철은 어머니와 숙모가 서로를 부둥켜안고 흐느끼는 장면을 지켜봤다. 갓 두 살이 된 사촌 여동생은 아버지의 죽음을 이해하지 못한 채, 마른 몸을 떨며 눈을 껌뻑였다.

성철은 그 아이를 안고, 속으로 다짐했다.

'이대로 체제에 순종해 봤자 또 희생자만 늘어날 뿐이다. 삼촌이 평생 믿고 충성했는데… 돌아온 건 이렇게 비참한 결말이라니.'

삼촌이 남긴 말이 머릿속에서 떠올랐다. "수령님을 위해 일해야 한다. 그것이 인민을 위한 길이다." 그러나 지금의 현실은 그 말을 무색하게 만들었다.

가슴 속 깊은 곳에서 뭔가 뜨거운 것이 치솟았다. 그건 비탄과 분노가 뒤섞인, 날카로운 증오였다.

아버지를 잃은 것도 억울했는데, 이제 삼촌까지… 더는 어디도 안전해 보이지 않았다. 집 안은 캄캄했고, 작은 호롱불이 깜빡였다. 어머니와 숙모는 겨우 눈물만 삼키며 시간을 보냈다. 성철은 사촌동생들의 머리를 쓰다듬으며 생각했다. '이대로 가면 또 누군가가 억울하게 죽겠지. 지금은 아무 말도 못 하지만, 언젠가 반드시…'

새벽이 될 무렵, 성철은 혼자 밖으로 나왔다. 매서운 겨울바람이 뺨을 때렸지만, 오히려 정신이 맑아지는 느낌이었다. 멀리서 스피커 방송이 들렸다.

"위대한 김정일 장군님께 무한히 충성합시다!"

그 구호가 차가운 공기에 메아리쳤지만, 성철의 심장은 이미 차갑고 단단하게 굳어 있었다. 분노와 절망이, 곧 결심의 씨앗이 되었다. 체제에 대한 증오가 끓어오를수록, 성철의 눈동자에는 과거에 없던 싸늘한 빛이 스쳤다.

"삼촌을 죽인 그놈을 절대로 용서하지 않을 거야."

그날 거센 겨울바람은, 삼촌을 잃은 슬픔과 함께 성철의 가슴속에 뜨거운 분노의 불씨를 심어 주었다. 성철이 무슨 일을 할지 아직 알 수 없었다. 하지만 이미 어떤 결심이 마음 한가운데 자리 잡은 듯했다.

이제, 성철은 또 다른 길 위에 서 있다.

삼촌의 죽음이 묻힌 황량한 땅에서, 분노에 가득 찬 성철의 발걸음이 향하고 있는 곳이 어딘지는 아무도 모른다. 그러나 하나는 분명하다. 그의 증오는 더 이상 돌이킬 수 없는 수준까지 치솟았다는 사실이다. 성철은 돌이킬 수 없는 엄창난 사건을 행하여 분노를 품고 한걸음 한걸음 다가가고 있었다. 이는 이후 선새필 그의 삶을 송두리째로 뒤집는 엄청난 사건으로 연결되고 있다.

에필로그

쌔앵~ 휘익~ 살점을 에어 내는 칼바람에 성철은 회상에서 깨어났다.

성철은 바람에 휘청이며 다시 넘어질 듯 아슬아슬하게 서 있었다. 파랗게 얼어붙은 손끝으로 앙상한 나뭇가지를 움켜쥐고 겨우 몸을 가누면서도, 그 눈동자에는 막막한 공포가 스쳤다. 얼음과 눈으로 덮인 그의 발이 한걸음씩 땅을 디딜 때마다 서슬 퍼런 추위가 온몸을 휩쓸고 지나갔다. 고요한 듯 보이지만 삭풍이 매섭게 휘몰아치는 밀림 속, 사람의 흔적은 보이지 않았다.

"여기가 대체 어디지…?"

성철은 낮게 중얼거리며 끝없이 펼쳐진 나무들 사이를 둘러보았다. 싸늘한 침묵 속에서, 오로지 자신의 거친 숨소리만이 귓전을 울렸다. 배 속 깊은 곳에서 갈증과 허기가 동시에 밀려왔다. 마치 시간이 멈춘 듯한 이 하얀 세상에서, 그는 스스로에게 물어보지 않을 수 없었다.

"나는 왜 태어났고, 왜 이렇게 살아야 하는 걸까… 도대체 나는 왜 여기에 와 있는 것일까?"

얼어붙은 하늘을 향해 뱉어 낸 탄식은 텅 빈 공간에 스며들어, 순식간에 사라져 버렸다. 누구에게도 닿지 못한 외침이 허무하게 흩어지는 것을 지켜보며, 성철은 다리가 풀린 몸을 간신히 지탱했다. 생존을 위해 이 지옥을 탈출했지만, 막상 눈앞에 놓인 풍경은 또 다른 지옥 같았다. 사람은커녕 온기 한 조각 없는 곳에서, 그는 스스로 길을 찾아 나가야 했다.

그러나 이 낯선 설원 위에 서 있는 그의 이야기는 아직 끝나지 않았다. 오히려 이 절망적 순간이야말로 진짜 시작일지 모른다. 도망칠 곳 없는 밀림 한복판에서, 성철은 자신의 존재와 인생을 깊이 통찰해야 했다. 이 눈발 속에서 새로운 가능성을 발견할지, 아니면 또 한 번 절망에 빠질지—그 선택의 갈림길이 지금 그의 앞에 놓여 있었다.

성철이 떨리는 손으로 기느다란 가지를 놓고, 비틀거리며 한 걸음 내디디는 순간, 하얗던 설원은 다시 한번 칼바람에 흔들렸다. 그의 눈은 결연해졌고, 참아 내던 숨은 더욱 가쁘게 토해졌다. 위험과 고독이 엄습하는 그곳에서, 아이러니하게도 자유와 희망이라는 불씨가 일렁이기 시작했다. '왜 태어났는가'를 향한 질문이 '어떻게 살아갈 것인가'로 진화하는 시간이 다가온 것이다.

끝이 보이지 않는 혹독한 겨울, 그리고 길을 잃은 사내. 하지만 모든 이야기는 가장 혹독한 지점에서 새로운 전개를 맞이한다. 이 지독한 시련이 성철에게 어떤 길을 열어 줄지, 그 답은 아직 감춰져 있다.

끝나지 않는 겨울의 심장부를 향해 성철은 다시 발을 떼기 시작한다.

이 한 걸음이 곧 운명의 새 장을 여는 강렬한 신호가 되리라.

눈보라 속에서 피어오르는 생존의 불씨가, 그의 삶과 이야기를 또 한 번 뒤흔들 준비를 마쳤다.

광성철은 남부러울 것 없이 살 줄 알았던 특수부대 영웅의 아들로 태어났으나, 아버지의 사망과 함께 "끝나지 않는 겨울" 같은 가혹한 현실에 내던져진다. 헐벗은 가난과 폭력, 배신과 야망이 뒤엉킨 북한 체제 속에서, 그는 가족을 지키기 위해 국가안전보위부에 들어가지만, 오히려 처절하고 잔혹한 공포정치를 매일같이 목격한다.

한편 어머니 영실은 허리 부상과 동생의 병약함, 당국의 냉담한 태도 속에서 날마다 버티며 아들을 잃지 않으려 애쓴다. 그러나 그 대가로 옛 연적 박진호에게 빚을 지게 되고, 성철은 보위부에서 반강제적 충성을 강요받는다. 분열과 절망, 그리고 체제에 대한 의심이 깊어진 채, 기나긴 겨울을 헤쳐 나가야 하는 운명에 놓인다.

결국 성철은 지하교회 소탕, 공개 처형 같은 비인간적 작전을 수행하는 위치가 되어 버리고, 마음 깊숙이 분노와 혐오가 쌓인다. 어쩌면 아버지가 남긴 마지막 희망조차도, 이 체제 속에서는 무의미해 보인다. 그럼에도 완전히 무너지지 않는 건, '어떻게든 살아남아 가족을 지키겠다'는 결심과, 어머니의 간절한 사랑 때문이다.

그러나 이야기는 아직 끝나지 않았다.
혹독한 눈보라 속에서 길을 잃은 채 쓰러진 성철은, 다시 일어서는 본능과 스스로에게 던지는 질문—'나는 왜 태어났고, 어떻게 살아가야 하는가?'—사이에서 새 길을 모색한다.
끝나지 않는 겨울 한복판에서 과연 그는 어떤 선택을 하게 될까. 지독한 고난의 행군이 지속되는 이 땅에서, 가족과 자신을 지키며 자유로운 삶을 찾을 수 있을지, 그 다음 운명은 아직 열려 있다.

다음 호에 계속됩니다…

추천의 글

임성빈 교수

(한국리더십학교장, 장로회신학대학 전 총장)

작가 연광규 목사의 간증 소설, 『틈새너머』 제1권 '끝나지 않는 겨울'! 주인공 광성철과 그 가족의 이야기, 눈물로 함께 하는 고난의 여정입니다. 이것이 광성철 개인과 한 가족의 이야기만이 아니라는 점이 우리의 마음을 더욱 아프게 합니다. 한반도의 절반을 차지하는 북녘에서 삶을 이어 가는 많은 자매와 형제들의 삶이요, 이야기임을 깨달을 때, 우리의 눈물은 더욱 굵어집니다. 감사를 잊어버리고, 생명의 존엄성을 가볍게 여기며 살아가는 남녘의 삶과 문화를 돌아보며 우리가 앞으로는 달리 살아야겠노라는 다짐을 하게 만드는 광성철의 이야기! 많은 이들이 함께 공유하고, 공감하고, 지금까지와는 다른 삶을 시작하는 계기가 되기를 바라는 마음이 큽니다.

추천의 글

피영민 총장

(한국침례신학대학)

연광규 목사님의 자서전적인 소설 『틈새너머』 제1권 '끝나지 않는 겨울'은 그 제목부터가 인간의 힘으로는 헤어 나올 수 없는 깊은 절망감 속에서의 몸부림을 애절하게 표현하고 있다는 인상을 주면서 동시에 책을 읽고 싶은 흥미를 불러일으키고 있습니다. 이 책의 내용이 깊은 공감대를 형성하는 이유는 한 사람의 생애가 민족주의와 사회주의가 결합된 체제의 가난과 공포와 불안과 절망을 모두 뭉뚱그려서 반영하고 있기 때문입니다. 두 번에 걸친 투옥, 그리고 두 번에 걸친 생사를 가르는 탈북의 과정 속에서도 하나님께서는 당신이 택하신 백성의 삶을 인도해 주시는 생생한 간증인 것입니다. 하나님께서 지금도 역사를 통치하시고 섭리하신다는 교과서적인 진리가 연광규 목사님의 삶을 통해서 가시적인 현실로 보이고 있는 것입니다. 한 민족이 민족 단위로 발전하고 번영하고자 하는 민족주의는 그 자체로서는 전혀 나쁜 것이 아닙니다. 그러나 민족주의가 다른 불건전한 사상과 결합되면 그것이 선악의 분별을 마비시키는 무서운 체제가 되는 것입니다. 대한민국도 이런 사상적인 위험성의 위협을 항상 받고 있는 상황이므로 이 책의 내용은 하나님의 놀라운 섭리와 함께 잘못된 체제가 만들어 내는 비인간적인 공포 상황을 적나라하게 드러내어 대조하면서 복음 증거와 함께 자유민주주의 체제를 옹호하는 이중의 효과를 거두고 있다고 생각됩니다. 연광규 목사님의 남은 생애는 모세의 40년 후반부처럼 하나님께 크게 쓰이는 삶이 되시기를 기원하면서 이 책의 일독을 강력하게 추천합니다.

추천의 글

안광복 목사
(청주상당교회 담임, 장로회신학대학교 이사회 이사)

북녘땅의 끝없는 겨울 속에서 한 영혼이 걸어온 이 여정은 단순한 생존 이야기가 아닙니다. 고통의 심연에서 하나님을 만나고, 죽음 냄새 자욱한 감옥에서 섭리를 발견하며, 자유의 몸이지만 복음으로 무장한 채 귀향하는 장면들은 독자들의 깊은 감동을 불러일으킵니다.

이 책은 박제된 이론이나 따분한 논리가 아닌 헐떡이며 숨을 쉬고 있는 듯한 생기를 느끼게 합니다. 왜냐하면 저자의 문장들에는 뜨거운 기도의 숨결과 눈물이 고여 있기 때문입니다. 그리고 그 눈물 속에는 강철보다 단단한 믿음과 자유를 향한 불굴의 소망도 함께 깃들어 있기 때문입니다.

저자는 독자들에게 계속 질문합니다. 믿음이란 무엇인가? 자유란 무엇인가? 그리고 소망이란 무엇인가? 일상의 자유를 누리고 마음껏 꿈꿀 수 있는 이 시대의 믿음의 형제, 자매들에게 저자는 절절한 자신의 체험을 담아 호소합니다. 우리의 자유와 소망에 대해 더 많이 감사해야 하고, 우리가 믿는 주님께 더 깊은 찬양을 드려야 한다고.

이 책을 통해 북한의 고통 받는 동포들의 소리 없는 절규가 더 크게 외쳐지길 바랍니다. 또한 이 책이 거룩한 기도의 불씨가 되어 통일 한국시대의 영적 부흥으로 이어지길 간절히 바랍니다.

겨울이 아무리 길어도 반드시 봄은 옵니다.

이 책은 그 봄을 기다리는 모든 이들에게 바치는 소망의 메시지입니다.

언제나 따스한 봄날을 누리시길 바라며 사랑의 마음을 담아 이 귀한 책을 추천합니다.

추천의 글

노승빈 교수
(크리스찬타임즈 한국후원회장, 백석대 교수)

"어둠 속에서 길을 찾다, 희망을 쓰다" 북한 탈출, 한국 정착, 그리고 미국 신학대학교에서의 배움까지⋯ 연모세 작가의 파란만장한 삶이 고스란히 담긴 감동 간증 소설!『틈새너머』제1권 '끝나지 않는 겨울'은 절망을 딛고 일어선 한 인간의 용기와, 그가 전하는 뜨거운 희망의 메시지가 당신의 마음에 깊은 울림을 선사할 것입니다. 힘겨운 오늘을 살아가는 당신에게, 이 책이 작은 위로와 용기가 되기를 바랍니다.

추천의 글

김진성 이사장

(통일부 사단법인 비전유니피케이션)

　작가 연광규 고문님의 소설, 『틈새너머』 제1권 '끝나지 않는 겨울'이 드디어 세상에 나오게 된 것은 참 감사한 일입니다. 수많은 분들의 제안과 격려에도 끝내 미뤘던 이 소설이 통일의 문을 앞당기고, 북한주민들의 생경한 삶을 세계 시민들에게 고스란히 그리고 낯설지 않게 소개해 주리라 확신합니다.

　소설의 주인공 '광성철'이 맞이한 북한의 현실이 생생하게 다가오는 것은, 이 글이 실제 경험을 바탕으로 쓰여졌기 때문일 겁니다. 백두산 자락에서 앞으로 일어날 성철이의 앞날이 무척이나 궁금하고 또 한편으론 많은 기대감을 가지고 다음 편을 기다립니다.

　바라기는 이 소설을 통해 남북의 청소년/청년들이 통일에 대한 교육을 진행하고 함께 스터디를 할 수 있으면 좋겠습니다. 먼저 사단법인 비전유니피케이션은 매년 진행되는 통일스터디에서 이 소설을 통해 북한이탈주민들에 대한 인식을 제고하고, 남북 청년들이 함께 통합되어 살아갈 배경을 소통하는 데 이 소설을 적극 활용하고자 합니다. 앞으로도 이 소설을 통해 많은 세계 시민들이 북한주민들의 실상에 더 깊은 관심을 가지고, 통일 한반도를 적극 꿈꾸게 되는 계기가 되길 간절히 바라며 소설을 추천하는 바입니다.

추천의 글

장햇살 목사
(베다니장로교회 담임, VFROK 선교법인 이사장)

에스겔 16:6의 말씀은 이렇게 선포합니다.
"내가 네 곁으로 지나갈 때에 네가 피투성이가 되어 발짓하는 것을 보고 네게 이르기를 너는 피투성이라도 살아 있으라 다시 이르기를 너는 피투성이라도 살아 있으라 하고"

이 말씀은 예루살렘이 아무런 보호나 돌봄을 받지 못한 상태로 버려진 것을 의미합니다. 하여 어느 누구의 관심도 받지 못하던 예루살렘의 무력함과 절망적인 상황을 상징합니다. 그러나, 하나님께서는 그런 예루살렘을 버리지 않습니다. 오히려 그들을 향해 "피투성이라도 살아 있으라"고 두 번이나 명령하십니다. 이 명령은 하나님께서 아무 자격 없는 예루살렘을 긍휼히 여기셔서 친히 그들을 구원하시고 생명을 지켜 주실 것을 약속하는 말씀입니다. 즉, 하나님께서는 아무런 자격 없는 예루살렘을 은혜로 선택하시고, 구원하시고, 그들을 보존하시고 인도하심을 가르쳐 줍니다.

이 책은 북한 땅에서 아무런 삶의 소망이 없던 청년 연광규를 선택하셔서 그에게 은혜를 베푸셔서 목사의 직분을 받게 하시고 통일 사역을 감당하게 하시는 하나님의 은혜의 이야기를 소설로 재해석한 것입니다. 이 책을 통해 우리는 우리의 모든 상황과 형편을 정확히 알고 계시는 하나님, 그리고 완전하신 섭리와 은혜 속에서 구원을 베푸시는 하나님, 사명을 주시고 감당케 하시는 하나님을 발견할 수 있습니다.

　이 책은 삶의 끝자락에서 하나님의 은혜와 도우심을 구하는 자들에게 믿음과 용기를 불어넣어 줄 것입니다. 또한, 북녘땅에서 고통 받는 동포들을 기억하며 기도할 수 있도록 인도할 것입니다. 아무쪼록 이 책을 통해 섭리하시는 하나님을 깨닫고 개인의 삶과 대한민국의 미래를 선으로 인도하실 하나님을 기대하고 소망할 수 있기를 기대합니다.

추천의 글

권세열 목사

(켄사스순복음교회 담임)

  하나님께서는 시대를 움직이는 영적인 거장들을 통해서 하나님의 역사를 이뤄 오셨습니다. 한 사람이 하나님의 뜻 안에서 선택되고 준비되어 하나님의 비전이 심겨질 때 세상이 감당할 수 없는 놀라운 믿음의 일들이 열매 맺게 된 것을 우리는 신구약 성경을 통해 그리고 2000년 기독교 역사를 통해 이미 알고 있습니다.

  연광규 목사님은 하나님께서 특별한 비전과 사명을 위해서 오래전에 선택하시고 준비시키신 하나님의 귀한 용사입니다. 그의 성장 과정과 북한에서 보낸 과거의 시간들은 매우 특별합니다. 출애굽기에서 모세가 동족들을 이끌고 새로운 땅을 향해 전진한 것처럼 하나님은 북한의 죽어 가는 영혼들을 살리시기 위해 오랜 시간 연광규 목사님을 준비시키셨음을 확신합니다.

  그 눈물의 시간, 그러나 한 번도 하나님께서 외면하지 않으셨던 처절한 영적 전쟁의 승리의 이야기들이 이 책에 담겨져 있습니다.

  연광규 목사님을 알게 되고 믿음으로 교제하며 계속해서 북녘의 우리 동포들을 위해 기도할 수 있음에 감사드립니다. 연 목사님의 고백처럼 이 책이 누군가에게 '살아야 할 이유'를 다시 붙들게 하고, 시대 속에서 그 가치를 잃어버리고 있는 참된 자유의 소중함을 다시 깨닫게 되는 귀한 은혜가 있기를 소망합니다. 또한 어떤 절망 속에서도 오직 예수 그리스도로 말미암은 절대긍정, 절대감사의 믿음이 이 책을 읽는 모든 분들의 삶 속에서 고백되기를 간절히 기도합니다.

틈새너머 ①
끝나지 않는 겨울

ⓒ 연광규, 2025

초판 1쇄 발행 2025년 7월 1일

지은이 연광규
펴낸이 이기봉
편집 좋은땅 편집팀
펴낸곳 도서출판 좋은땅
주소 서울특별시 마포구 양화로12길 26 지월드빌딩 (서교동 395-7)
전화 02)374-8616~7
팩스 02)374-8614
이메일 gworldbook@naver.com
홈페이지 www.g-world.co.kr

ISBN 979-11-388-4432-1 (03810)

- 가격은 뒤표지에 있습니다.
- 이 책은 저작권법에 의하여 보호를 받는 저작물이므로 무단 전재와 복제를 금합니다.
- 파본은 구입하신 서점에서 교환해 드립니다.